깃발
― 충무공 금남군 정충신 ―

이계홍 지음

깃발
― 충무공 금남군 정충신 ―

이계홍 지음

B 범우

2

차
례

16장 북행, 의주로 가는 야망

통군정 아래 칼바람이 몰아치는 벌판에서 말을 타고 기마훈련 중이던 정충신은 동충평과 함께 잠시 언덕에 올라 휴식을 취했다.

"야, 너 중국말 배우겠다더니 빨리 익히는 법 가르쳐줄까?"

동충평이 제의했다.

"그래, 빨리 배우고 싶다. 어떤 길이 있나?"

"욕부터 배워라.

"중국말로 '만나서 반갑습니다'라는 인사는 어떻게 하냐."

"'헨 까오싱 지안따오 닌'이라고 한다. 하지만 그런 상투적인 인사법으로는 중국말 빨리 배우기가 어렵다. 그렇게 나가면 왕빠딴이 된다."

"왕빠딴? 무슨 말이냐?"

"개자식이란 말이다."

"개자식? 왕빠딴은 나가 아니라 너여!"

"거 봐라. 벌써 넌 왕빠딴을 배웠다."

"이런 나쁜 놈."

"그건 헤이런!이다. 나쁜 놈, 조폭같은 놈⋯."

"이런 왕빠딴, 헤이런 같은 놈!"

"거 봐라. 당장 상놈의 새끼라는 말을 배웠지 않느냐, 하하하."

"그럼 일본놈에게 '쪽바리 조폭 새끼들아!' 하고 욕을 퍼부으려면?"

"왕빠딴이나 헤이런을 그대로 쓰라. 중국 욕은 그렇게 많지 않다. 욕부터 배우는 것은 감정을 배우는 것이다. 지금은 기병훈련이니 말 타는 법을 먼저 제대로 익혀야 한다. 넌 기마 자세가 엉망이다. 기초가 덜 돼 있어. 마상에 서면 지휘관이 된다는 뜻이다. 그러니 기마 자세부터 폼생폼사로 배우라. 빠르게만 가려고 하는 감정부터 앞세우는데 그러면 말도 다치고 기수도 떨어지기 쉽다. 머리, 어깨, 엉덩이, 다리가 수직선상, 즉 일직선상에 놓이는 것이 바른 기마자세다. 세 살 때부터 말을 탈 줄 안다는 것은 거짓말이다. 교관으로부터 기마 자세를 터득한 연후에 말 달리는 기법을 배운다. 조교관은 전래 기술을 익힌 아버지도 될 수 있고, 삼촌도 될 수 있다. 기병의 역할이 무엇인 줄 아는가?"

"마상에서 적을 무찌르는 군사 아닌가."

"아니지. 지휘관으로서 병사들을 지휘통솔하는 역할이다. 적에게 방진(네모지게 친 진)을 짜지 못하도록 미리 파고들어 적진을 교란시키는 전법을 구사하는 자다. 적의 진용이 흩어진 상태에서 보병이 파고들어 적병을 칼로 베는 것이다."

동충평은 신이 나 있었다.

"잘 들어라. 사람뿐만 아니라 말 또한 훈련과정에서 단련된다. 말은 군마로 쓰기 위해서 3년 정도 집단훈련과 질주 연습, 구보 연습 및 사람과의 친화 등을 배운다. 군마병은 예비마까지 포함해 늘 이

삼십 필씩 거느려야 제대로 된 병종(兵種)을 얻게 된다.”

“그냥 말만 타면 되는 줄 알았다.”

“천만의 말씀이다. 기병은 무조건 말을 타고 이동하기 때문에 기동력이 좋다고 생각한다. 이건 반만 맞는 말이다. 기병도 여건에 따라서는 두 발로 걸어다닌다. 기병은 기본적으로는 보병과 함께 다니기 때문에 보병과 보조를 맞추기 위해 걷는 경우가 많다. 말 위에 있을 때 보병들은 졸개로 보인다. 위엄이 있고 기품이 있다. 그러나 말이 지치면 업고 다녀야 한다.”

“업고 다녀? 고건 디지는 일 아니여?”

“그만큼 말을 아끼라는 말이다. 전투용 말은 짐을 실어선 안 된다. 일본 사무라이들이 일개 기수에게 손쉽게 패한 이유가 뭔가?”

“니가 대답해봐라.”

“기수가 말을 자기 생명보다 위했기 때문에 그 보상을 하는 것이다. 기병은 두 가지 장점을 가지는데 하나는 충격력이고, 다른 하나는 기동력이다. 충격력은 기병이 가진 질량과 속도에서 오는 것으로, 말과 기수의 무게를 합치면 오백 근이 넘어가고 이런 덩치가 질풍노도처럼 달려들면 그 자체만으로도 위력적인 무기가 된다. 말 하나만으로도 이럴진대 수백 기의 기병이 한꺼번에 돌격을 실시하면 그 앞에서 적은 대오를 유지하기 어렵고 아무리 긴 창을 들었다 해도 흩어지게 된다. 낙상지 장군을 아는가?”

“모른다. 그가 누구냐.”

“간쑤성에서 모시던 분이다. 명마를 고르러 왔는데, 내가 도왔다.”

동충평이 설명하자 남방 병사가 끼어들었다.

“낙 참장은 남병사 사령관이시다. 우리가 그 휘하에 있었다.”

낙상지는 신기영(북경수비대) 좌참장으로 있다가 이여송 휘하의 참장이 되어 남병사 오천 병력을 이끌고 의주에 파견된 원군 지휘자였다. 남병사들이 고래로부터 내려오는 오나라 군대 전통대로 용맹성을 떨치고 있었으나 근래는 오합지졸 신세여서 낙상지가 사령관으로 갔다.

　"낙 참장이 젊은 시절, 남방의 닝뽀에 주둔하고 있을 때 왜노에게 포로로 잡힌 적이 있다. 그때 당한 원한으로 왜에 대해선 복수심에 불타 있다. 왜에 침략을 당한 조선에 동정심이 많고, 왜에 대한 복수를 조선 땅에서 하려고 한다. 근력과 용력이 뛰어나 천근을 든다고 해서 낙천근(駱千斤)이요, 말 또한 잘 탄다고 해서 마상번개로 불리는데 왜노에게 잡힌 것을 가장 큰 수치로 아는 분이다."

　명 장수는 게으르고 싸우기를 싫어하면서 여자에게 주접떠는 인간군상으로만 비쳐졌다. 대표적인 장수가 평양성에서 패배해 도주한 명의 총병 조승훈이었다. 과는 부하에게, 공은 자신에게 돌리는 장수였다. 여자와 술에 절어 살았다. 그래서 그의 소속 부대는 민폐의 대상이었다. 그러나 남병사 장수 낙상지는 다르다는 것이다.

　"그가 힘이 장사고, 말을 잘 탄다고 했나?"

　"그래. 그는 병사의 기초 훈련을 강조하는 분이다. 그의 휘하의 병졸들은 어떤 싸움에 나가도 전투력을 잃지 않는다. 그런 장수가 여기 오신 것은 조선에 큰 행운이다."

　"명 장수들은 거드름피우고 대접받으려고 하는 위인들 아니여?"

　"낙 참장은 그렇지 않다니까. 누구에게도 차별이 없는 인격자다. 우리가 가까이 가서 말을 걸어도 친절하게 대답해주는 분이다. 천인은 아니나 양반 계급도 아닌 신분으로서 모든 사람은 평등하다고 보고, 벼슬길이 막힌 관노, 사노들에게 길을 열어주고, 귀순자는 차별없이 대했다."

누구나 차별없이 대한다는 말에 정충신은 그가 궁금했다. 정충신도 성장기에 차별을 받고 자랐다. 몰락한 가대는 더 빈티나게 비쳐졌는지, 사람들은 어린 그를 하대했었다.

"누구나 친절하당게 하는 말인디, 만나볼 수 있냐? 막 만나는 군번은 아닐팅게. 다리 한 번 놔볼텨?"

"나는 안 된다. 배신자를 받아들이겠냐."

"도량이 넓으시담서? 너는 배신자가 아녀. 적 진영인 왜에게 투항했다면 그런 말 들을 수 있제마는, 조명연합군의 일원으로 조선군에 들어온 것은 배신이 아니다."

"그래도 이건 아니다. 느닷없이 조선군의 까까머리 총각 병정이 찾아가면 만나주겠냐. 어린애가 놀러온 것으로 알겠지. 너 자신을 위해서도 격식이 필요하다."

부대 조장쯤 되니 동충평은 나름 사려깊은 면이 있었다. 이렇게 해서 정충신은 동충평을 데리고 집으로 왔던 것이다. 이항복 대감에게 정충신이 제안했다.

"우리가 낙상지 장수를 접변(接辯)했으면 합니다."

"답답하던 차에 좋은 생각이다."

다음날 병판 소속의 영접관을 보내 낙상지 참장을 이항복의 사가로 초대했다. 방에는 주안상이 차려졌다.

"기방이 아니라서 미안하오이다."

인사차 이항복이 말하자 낙상지가 껄껄 웃었다.

"진중의 낙은 기녀가 아니라 우정입니다."

"인격이시오."

이항복은 그가 예사 장수가 아니라는 것을 단박에 알았다. 술이 몇 순배 돌았다.

"내가 평양성을 진격하기 위해 지방을 돌았습니다. 전쟁은 민심이 칠할을 좌우하니까요."

낙상지가 말했다.

"돌아봤더니요?"

"삼남지방까지 갔다 왔지요. 쓸만한 군사가 없다는 것이 참으로 안타까웠소이다."

"그렇습니까."

명색이 병조판서인데 명의 사단장급 장수한테 조선군사가 형편없다는 평을 들으니 기분이 좋지 않았다.

"내 말 불쾌하게 받아들이지 마십시오. 내 본 느낌대로 말하는 것이올시다."

그를 통해 조선군의 실상을 알아볼 수 있으니 나쁠 것도 없었다.

"옳은 말이오. 아군은 아군이라는 가족 개념으로 감싸안으려고만 했지, 제대로 돌아보지 않는 측면이 있지요. 기탄없이 말씀해주셔야 병무 행정을 수행하는 데 도움이 되지요. 본대로 말씀해보시지요."

"첫째는 스스로 힘을 기를 수가 없을 것이라는 점입니다."

"왜 그렇습니까."

"장수에서 졸개에 이르기까지 사대근성이 체화되어 있습니다. 자주군대의 자세가 결여되어 있습니다."

의외의 말이었다.

"다음으로, 군사는 양인(良人)만으로 구성되는 것이 아닙니다. 귀족 자제에서부터 관노, 사노, 갖바치, 부상(負商) 등 천인들까지 망라되어 구성되어야 강군이 되는 것입니다. 통합의 기제가 작동되어야 하니까요. 그런 가운데서 상호 주인의식과 애국관을 길러야지요."

"당연히 그렇겠지요."

"그런데 모두에게 골고루 빠짐없이 군역을 치르게 되어 있는데 귀족 자제, 양인들은 빠지거나, 포(布)를 내고 입대하지 않고, 상민이나 중인, 천인들이 대신 군역을 치르고 있습니다. 그러면 군 사기가 오르겠습니까. 부대마다 병적만 있고 군영에 없는 병사가 많으니 전쟁을 제대로 치르겠습니까. 조령(鳥嶺) 이남에서는 벌써 왜의 추종자들이 무리로 생기고, 여자들은 왜놈 씨를 지닌 경우가 많다는 얘기를 들었습니다. 그게 왜놈 세상이지 어찌 조선 세상이라고 하겠습니까. 전쟁은 하나마나입니다. 참패는 불문가지고, 명실공히 왜의 식민지가 되는 것입니다."

알고는 있었지만 묵살했거나 대수롭지 않게 여겼다. 이항복 역시 가진 자의 시선으로 사물을 보았다.

"참으로 고통스런 지적이십니다. 뼈저리게 통감하고 있습니다."

"그런 중에 의병들이 들고 일어나는 것이 그나마 다행이라 하겠습니다. 그것도 횡적으로 연대가 없으니 포말화되고 맙니다. 약한 군은 연합작전이 이루어지지 않으면 실패합니다. 다음으로, 전쟁의 수장들이 한결같이 지방 수령들이 차지하고 있는 바, 그들이 과연 전쟁을 수행할 능력이 있습니까? 방 안에서 책만 외던 사람이 휘청거리는 다리로 산악지대를 누빌 수 있습니까. 부장쯤은 직업군인으로 채워서 실전에 투입해야 하는데, 그런 사람이 눈에 보이지 않더이다. 보이더라도 수령이 무공을 가로채버리니 싸워봐야 무슨 재미가 있겠습니까."

이항복이 벌개진 얼굴로 정충신을 향해 물었다.

"받아 적고 있느냐? 적을 것은 바로 적어야 한다."

"소인 머릿속에 담고 있습니다."

"아니다. 지필묵이 옆에 있으니 일일이 받아 적거라. 귀한 말씀이다."

정충신이 지필묵을 꺼내 두 사람의 대화를 받아 적기 시작했다.

"마지막으로, 양식을 제대로 공급하는 것만으로는 안 된다는 것입니다."

이항복은 얼른 알아듣지 못했다.

"그러면 어떻게 한단 말이오?"

"급료병이 있어야 한단 말이지요. 급료병 일인당 월 백미 닷 말씩 지급하는 직업병사 말입니다. 의무병은 계병제에서 필요한 병력이지만 군사는 그것만으로 되는 것이 아닙니다. 모병에는 반드시 보수가 지급되어야 합니다. 그리고 군사훈련소가 있습니까."

"중군장, 별장, 천총, 파총들이 각 부대에서 병사들을 훈련시키고 있습니다."

"그리하면 백 가지 훈련법이 나오겠군요. 전쟁터에 머릿수만 채운다고 싸움이 치러지는 것이 아니듯이 훈련 교범이 통일되지 않으면 오합지졸이 됩니다."

되짚어보니 그런 것 같다. 조선왕조 이백 년을 거쳐오는 동안 제대로 된 무장(武將)을 배치한 것이 없다. 고려조에 설치한 함경도 6진과 압록강변의 경계병 정도가 제대로 배치되었다. 노략질을 일삼는 거란족, 몽고족, 흉노족 따위 오랑캐를 막는 정도였으니 엄밀히 말하면 조직적인 규모의 군사랄 것이 없었다.

"그렇다면 해결책이 무엇입니까?"

"군율을 바로 잡으시오. 수칙을 만들어 그 수칙에 따라 군사조직을 움직이면 기강이 잡힐 것입니다. 수칙은 전체 군대에 공통으로 적용되어야 합니다. 부대마다 수칙이 다르면, 병사 전속과 교체가 이루어질 시 혼란이 가중될 것인즉, 통일해야 할 것이오. 그리고 아까도 말했듯이 급료병을 모집하시오. 포수, 궁수, 살수 등 직업군인을 양성해 운영하란 말이오이다.”

어느새 정충신이 받아적은 것이 하나의 서책이 될 만큼 빼곡히 채워졌다.

다음날 이항복은 입궐해 왕에게 아뢰었다.

“마마, 어전회의를 소집해 주시옵소서. 보고할 것이 있습니다.”

그는 병법을 적은 서책을 쥐고 있었다. 정충신이 낙상지로부터 받아적은 서책이었다. 얼마 후 영의정 류성룡, 형조판서 이덕형이 행재소로 들어왔다. 왕이 좌정하자 모두 왕 앞에 무릎꿇고 앉았다. 이항복이 말했다.

“성중(城中)에 와 있는 명군의 참장 낙상지 장군을 만났소이다. 한양 도성과 삼남지방에 진을 친 우리 군대의 상황을 샅샅이 살피고 신에게 보고하였는 바, 가장 긴요한 것이 훈련도감 설치라고 하였소이다. 통일된 군사훈련 수칙을 만들고, 그 수칙에 따라 모든 부대가 똑같은 목표로 훈련하라는 당부입니다. 십진법과는 다른 훈련교범입니다.”

“군 사령관마다 제 나름으로 군사교육을 실시하고 있지 않소이까. 수칙을 만들려면 원전이 있어야 하는데 없잖소. 오성대감 머리에 있소?”

이덕형이 비꼬듯이 물었다. 이항복은 때가 때인지라 진지하게 받았다.

“하나로 통일된 훈련교범이오. 명나라 명장 척계광이 집대성한 《기효신서(紀效新書)》를 교재로 쓰라고 하였소. 우리의 십진법은 전투교본이고, 그에 앞서 훈련교범을 숙지하고, 그런 뒤 병법을 강구하라는 것이오. 《기효신서》는 명군 훈련법의 기본으로 하고 있는 바, 그것에 따른다면 명 군대와 보조를 맞춘다고 했소. 무예학습, 포군양성, 정예부대를 편성하면 방어전술과 공격전술을 구사하는 데 이익을 볼 것이라 하였소이다."

"장사하는 것이오? 이익을 본다는 것으로 만족할 수 있는가. 섬멸해야지."

왕이 탐탁지 않게 여기고 응수했다.

"그렇습지요. 그래서 특수부대를 편성해야 하는데, 부대는 급료병으로 편성해야 한다는 것이옵니다."

"특수부대는 무엇이고 급료병은 무엇인가. 또 무슨 돈으로?"

"포수, 사수, 살수 부대를 일컬어 삼수부대라고 하는 바, 이 부대를 특과별로 각 1500명씩, 4500명으로 부대를 창설하고, 삼수부대는 급료병으로 편성하여, 급료는 재정 사정에 맞게 하되, 기본 월 백미 닷 말씩 지급하는 것이 적절하다고 하였습니다. 이런 모병은 기민 구제를 하는 방편도 되니 민심을 사는 일도 됩니다."

"듣자하니 그럴 듯하오. 생각이 많은 신료들이 모여 있는데 의견을 말해보시오. 입들은 많은데 왜 우리는 이 모양인가."

이항복이 다시 나섰다.

"기왕 나온 말씀 하나 더 올리겠나이다. 낙 참장은 적의 작전계획을 알아내고, 예상 침투로를 사전에 파악하여 매복해 타격하는 정탐병과 척후병, 기습 특수부대를 편성하라고 하였나이다. 그것이 조선 반도의 지형에 맞는 전략이 될 것이라고 하였나이다. 정탐병과 척후병은 이미 지난 7월 전라도 금산(현재는 충청남도)의 이치전투, 진안 완주의 웅치전투에서 정탐병으로 맹활약해온 젊은 병사 정충신 등이 있습니다. 권율 광주목사 휘하에서 활약했나이다."

"문제는 훈련소 설치를 말하는 것이렸다?"

왕이 다르게 물었다.

"그렇사옵니다."

"훈련도감 설치와 훈련소 마당을 어디에 둔다?"

"상감마마, 근왕병이 주둔해 있는 통군정 아래 연병장이 있나이다. 거기서 매일 활쏘기, 화포 쏘기, 말 달리기 훈련을 하고 있나이다."

"그렇군. 과인이 젊은 병졸들의 무예를 직접 보겠다. 낙상지 참장도 초대하도록 하라."

날씨가 꾸물거린 가운데 눈발이 난분분 휘날리고 있었다. 압록강의 강심은 벌써 꽁꽁 얼어붙어 얼음판이 되었고, 대지 또한 살을 에는 듯한 대륙의 삭풍이 몰아붙어 음산했다.

통군정 아래 연병장엔 깃발이 사납게 나부끼고, 말들이 히이힝 울면서 앞발로 땅바닥을 긁었다. 단 위에는 신료들이 앉았고, 그들 앞에 낯선 장수가 앉아 있었다. 복색이 노랗고 빨간 도복을 입은데다 머리를 밀어붙인 다음 뒤통수에 꽁지머리를 하고 있어서 단박에 명의 장수라는 것을 알 수 있었다.

단 앞에 나와 각지게 지휘하는 별장의 손동작에 따라 기패관(旗牌官)들이 연병장 둘레에서 기를 휘날리고, 한쪽 구석 말 위에 앉아 대기하고 있던 다른 기패관(騎牌官)들이 깃발을 휘날리며 말을 몰아 연병장을 한 바퀴 돈 뒤 본부 앞에 도열하고, 다시 별장이 손을 들어 아래로 가르는 순간, 기병들이 먼지를 일으키며 연병장을 가로질러 기패관 뒤에 섰다.

곧이어 취주악대가 나팔을 불며 앞장서는 가운데 왕이 탄 어가가 연병장으로 들어왔다. 단상의 모든 신료들이 일어섰으나 명의 장수는 그대로 앉아 있었다. 건방진 태도였으나 당당한 모습이었다. 그는 눈 하나 꿈쩍하지 않고 앞만 바라보고 있었다.

단 앞에 악대가 멈춰서고 뒤이어 왕이 가마에서 내려 궁중 호위병들이 뒤따르는 중에 단위로 올라섰다. 미리 대기하고 있던 신료들이 읍을 하고, 왕이 가까이 오자 명의 장수가 그제서야 일어나더니 90도 각도로 허리를 꺾어 읍했다. 뻐딱하게 그를 보았던 조정신료들의 의구심이 벗겨지는 순간이었다. 하긴 그는 명의 장수지, 조선의 장수가 아니고, 왕의 신하는 더더군다나 아닌 것이다. 그가 왕 앞에서 소리쳤다.

"명군 이여송 부대의 참장이며, 신기영 부참장이자 남병사 사령관 낙상지 문안 드리옵니다!"

"내 익히 들어 알고 있소. 우리 조선에 각별한 애정을 갖고 있다는 말을 듣고 과인이 낙 장수를 직접 초청하라고 일렀소. 오늘은 우리의 군대가 얼마만큼 기력을 회복하고 있는지 낙 장수께서 직접 참관하고, 기탄없는 질책을 해주길 부탁하는 바이오."

왕이 말하자 그가 머리를 수그린 다음 말했다.

"이항복 병조판서로부터 익히 들어 알고 있습니다만, 조선군대가 오합지졸을 넘어 요근래 기강을 잡았다는 말씀을 들었습니다. 본인이 보는 한은 미심쩍은 바가 있으나 성스러운 자리에서 다 말할 수는 없고, 한번 지켜보도록 하지요."

왕이 용좌에 좌정하고 그의 곁에 낙상지가 앉았다. 그 옆의 이항복 병조판서가 별장에게 지시하자 별장이 군호를 외쳤다.

"투창부대 출장!"

밖에 대기하고 있던 투창부대원들이 우렁찬 고함소리와 함께 연병장으로 뛰어들어왔다.

"장검부대 출장!"

장검부대가 들어오고, 뒤이어 군호에 따라 화포부대, 궁수부대, 석전부대, 특수전부대가 차례로 들어왔다.

"상감마마, 날씨가 매서우니 특수전부대의 대련만 보기로 합지요."

왕이 고개를 끄덕이고, 이를 받아 이항복이 별장에게 눈으로 지시하자 별장이 연병장을 향해 소리쳤다.

"특수전 부대, 전투대형으로 헤쳐모엿!"

특수전 부대가 헤쳐모여서 줄을 정돈한 가운데 교관의 호령에 따라 전통무예인 권법, 택견, 태권이 혼합된 무예동작을 선보였다. 이들이 착착 기계처럼 움직일 때마다 연병장의 먼지가 뿌옇게 일었다.

"낙 장수에게 보이기 위해 이틀 사이에 특별히 고안한 무예올시다."

이항복 병조판서가 설명했다.

"저기 맨 앞에 대원의 실력이 뛰어나군요. 어디서 본 대원 같은데, 몇 품계 위급일 정도로 동작이 절도 있군요."

낙상지가 감격스런 표정을 지었다.

"저 병사가 낙 장군도 만났던 청년이올시다. 소신의 집에 있는 정충신이란 청년입니다."

잠깐 스치듯이 본 데다 도복을 차려 입었기 때문에 낙상지는 얼른 알아차리지 못하고 있었다.

낙상지가 만족한 듯 고개를 끄덕이며 곁의 왕에게 뭐라고 속삭였다. 왕이 웃음을 짓는 것으로 보아 특수부대에 놀라는 모습이 역력했다.

17장 청년장교

"조선의 무예는 여진족의 무예 잔상이 보입니다. 기마 대련이 있군요. 나의 병법을 익히면 체계가 세워질 것입니다. 조선에 온 명나라의 1차 구원병은 기병 중심이었으나, 2차 구원병은 보병 중심의 절강성 부대입니다. 내가 데리고 온 부대지요. 조선군 부대의 무예에 《기효신서》에 등장하는 절강병법을 배합하면 육박전에서 왜군을 박살낼 것이오이다. 그런 인재들을 오늘 만난 것이 소득입니다."

낙상지가 말했다.

"저 병사가 대본을 짰습니다."

이항복이 선두의 정충신을 눈으로 가리켰다.

"서둘러 이것저것 배합을 한 흔적이 보이군요."

그렇게 말한 뒤 낙상지가 박수를 치며 말을 이었다.

"《기효신서》에 나오는 절강병법을 꼭 익히도록 하세요. 여섯 가지 병장기를 훈련시키는 병법입니다."

"훈련도감을 설치하기로 했으니, 낙 장수께서 입회하여 주십시오."

"교관단을 파견하겠습니다."

"당연합지요. 이들이 나라의 기간병입니다. 급료를 받은 만큼 우수 군인이 됩니다. 의무병과는 근본이 다릅니다. 그리고 예법만 아는 지방 수령이 장수로 나서는 제도를 폐지하고, 직업 군원이 계급 승진을 해 장수가 되고, 지휘관이 되어야 합니다. 그렇게 군의 질서와 기강을 잡아야 합니다."

낙상지의 조언은 여러 모로 자극이 되었다.

병사들의 제식훈련 시범이 끝나고 행진이 있었다. 행렬의 앞에는 기수와 취주악대가 나팔을 불고 북을 치며 가고, 그 뒤에 왕의 가마가 따랐다. 그 뒤로 문무 대신들이 따르고, 그 뒤를 무장한 보병과 기병이 행진했다. 보병은 창수와 환도수, 궁수들이었고, 기병은 긴 창을 가진 중장기병과 정예부대인 철갑옷과 투구로 중무장한 개마무사였다. 정돈된 행진은 아니었으나 격식을 갖추었다. 모처럼 의주하늘이 훤히 트이는 것 같았다. 신료들은 이들의 행진을 보고 희망을 보았다.

겨울의 한 복판인데, 서둘러 무과시험을 치렀다. 섣달 그믐께였다. 정충신은 다섯 번 쏘는 활쏘기에 백발백중시켰고, 투창에서도 다섯 번 중에 네 번 과녁을 맞혔다. 말달리기는 기수보다 먼저 목표 지점에 당도했다. 말을 타고 검을 쓰는 검기(劍技)에서도 일등이었다. 학과시험인 무경칠서(武經七書)와 장감(將鑑)을 교관 앞에서 막힘없이 달송(達誦)했다. 누가 보아도 특출한 문무겸장 인재였다.

합격자 발표를 보니 정충신은 장원급제가 아니라 2등인 방안(榜眼)으로 급제했다. 누군가의 장난이 아닌 한 있을 수 없는 일이었다. 시험관 누구도 정충신의 장원급제를 의심한 사람은 없었다. 정충신이 시험관 주임을 찾았다.

"시험결과를 승복할 수 없습니다. 답안지를 봅시다."

시관이 머뭇거리다 대답했다.

"답안지를 보여줄 권한은 없다. 자넨 천문학에서 문제가 틀려서 방안 급제가 되었네."

천문학은 더욱 자신있는 과목이었다. 응시자 중에 천리를 자신 만큼 아는 자가 없다고 생각했다. 정충신이 집에 돌아와 퇴궐한 이항복에게 이 사실을 아뢰었다.

"대감마님, 저는 천문학 과목에서 하나도 틀리지 않았습니다."

이항복의 대답은 엉뚱했다.

"네가 차석이 되었다는 것은 내 사가에 있기 때문이라는 것쯤 알렸다?"

"네?"

"네가 내 집에 있기 때문에 시관에게 달려가서 따진 것 아니냐. 내 힘을 믿고 따졌단 말이더냐?"

"아닌데요?"

"그건 권세를 남용하는 행동이다."

엉뚱한 불똥이 떨어진 꼴이었다. 단순하게 의심이 생기고, 승복할 수 없어서 따진 것 뿐인데, 어른들은 복잡하게 생각한다. 만점을 받았다고 생각하기 때문에 부당하다고 느끼고, 그래서 알아보자는 것인데, 그런 것조차 병판 대감 댁에 기숙하고 있으니 시관에게 달려가 따졌다고?

"사달이 나라고 한 것은 아니고요, 승복할 수 없어서 가본 것입니다요."

"그게 사달이 아니고 무엇이냐."

부당한 것을 항의도 할 수 없다는 것, 생각할수록 요상했다. 정충신이 고개를 갸우뚱하고 서있자 이항복이 점잖게 나무랐다.

"보거라. 너는 내 사가에 있기 때문에 더 큰 불이익을 당할 수 있다. 세상의 눈은 그러하니라. 네가 실력대로 장원급제 하였다 해도 내 사가에 있는 한 오해를 살 수 있다. 사적인 정으로 봐주었다고 할 것이니, 억울한 경우를 당할 수도 있다는 말이다. 이것이 인간사니라. 살아가는 동안에는 이런 일들이 비일비재할 것인즉, 분이 나도 의연하게 눈감고 살아가는 법을 익혀야 한다. 백성들이 네가 당하는 것보다 더 억울하게 당하는 일이 어디 하나둘이더냐. 무지해서 넘어가거나, 알아도 체념하고 살아가고 있는 것이다. 거기에 비하면 너는 특권을 향유하고, 또한 실력이 도망가는 것이 아니니 걱정할 것이 없다."

"대감마님, 부당합니다. 부당한 일을 보고도 묵인하고 넘어간다면 억울해서 살겠습니까. 억울한 일이 있으면 풀어야지 덮고 가자는 것이 말씀이 되옵니까? 이래도 당하고 저래도 당하고 살아야 하는 것이 아랫것들이옵니까?"

"어떤 장수는 승진시험에서 서른 번의 활쏘기를 하는데 스물아홉 개를 맞추고 하나를 못 맞췄다. 서른 개를 다 맞출 수 있었는데 일부러 한 발을 맞추지 않은 것이다. 왜 그러는 줄 아느냐?"

"소인이 어떻게 알겠습니까."

"자만해질까봐서 스스로 그런 것이다. 그는 승진을 못 했지만 더 큰 장수가 되었다. 너는 내 집에 있으니 큰 도량을 갖추어야 한다."

"고건 대감 마님 생각이고요, 내 권리는 내가 찾아야지요."

"닥치거라. 내가 필부필부(匹夫匹婦)라면 몰라도 병판의 사가에 있으니 사람들은 오해할 것이니라. 힘은 아낄수록 힘이 나는 법이다.

알겠느냐."

"몰겠는디요?"

대감은 자기 체면만 생각하나? 이항복은 당쟁과 파벌을 헤쳐나온 능수능란한 인물이었다. 그것은 침묵할 때 침묵하고, 말할 때 말하면서 누구나 나뉨이 없이 공평하게 대하는 그의 인품에서 나온 힘이었다. 이 대감은 일로써 승부를 보아야지 파벌의 뒤에 숨어서 그 힘을 빌려 어찌어찌해보려는 사람을 경멸했다.

"소인 지벌(地閥)이 하찮은 관계로 장원을 주지 않은 것이 아니옵니까?"

"그만큼 말했으면 알아들을 수 있으련만. 꾸역꾸역 내지르는 것 보니 내가 민망하구나. 열등감 때문인가. 속이 밴댕이 속만 해선 안 되느니라."

부당함을 따지는 정충신을 바라보는 이항복은 그러나 속으로 옳거니, 했다. 불의에 항변하는 것은 청년의 특권이다. 정신이 살아있는 것이다.

사실 그도 조금은 화가 났다. 저 멀리 남녘에서 올라온 소년인데다, 별 볼일 없는 가대라고 시관들이 하찮은 존재로 업신여긴 것은 아닐까? 사대부가 들락거리는 궁궐 주변에 새카만 촌놈이 겁도 없이 설레발치고 나대는 꼴이 밉살스러워서 눌러버린 건 아닐까. 그러나 이 대감은 이렇게 타일렀다.

"천문학 성적이 부족했다고 하니 더 천리를 익히라는 뜻이렸다? 북두칠성과 샛별자리를 보고 야간행군의 방향을 잡아 군졸을 어김 없이 이끄는 지휘관의 병법을 개발하라는 뜻이렸다? 조숙한 벼는 먼저 모가지가 잘리는 수가 있겠다? 이렇게 이해하라. 인간지사 새옹지마니라."

"장원이 차지하는 비중이 얼마나 큰데 그 자리를 놓치다니, 속이 뒤집어질라고 하능마요."

"아직도 저것이! 인생에서 일등과 이등 차이는 한순간의 기분일 뿐이고, 저 아래 급료병이나 국출신, 권무군관도 별장, 중군장, 도원수가 될 수 있다. 일이 등이 인생 승부의 전부가 아니란 말이다. 이번을 계기로 천문학은 물론 말 병을 고치는 마의학도 공부하고, 부상병을 치료하는 의학도 공부해서 장차 병졸을 다스리는 지도자로 우뚝 서도록 하라. 너는 내 사사로운 집안 사람이 아니라 성남, 정남, 규남, 기남에 이어 내 다섯번째 아들이다."

며칠 후 무과 시관은 전원 교체되었다. 정충신이 이항복 대감의 사가(私家) 하인쯤으로나 여기고 업신여긴 나머지 덮어놓고 젊은이의 의기를 꺾어버린 월권을 행사했다고 보기 때문에 덮어둘 수 없었다. 정사를 보는 데 있어서 이항복 병판 대감은 빈틈이 없었다.

"관복을 입거라."

다음날 이항복 대감이 정충신을 불러 명했다. 헐었으나 깨끗하게 다린 의관을 정제하자 이항복이 그를 데리고 입궐했다. 군관의 몸으로 입궐하니 모든 것이 새삼스러웠다. 어전에 들어 넙죽 엎드려 예를 취하자 왕이 말없이 턱으로 정좌하기를 권했다.

"상감마마, 마마께옵서 정충신이 이천수백 리를 한달음에 달려와 장계를 올린 충정을 보시고 무척 감탄하시고, 정충신의 재주 또한 비상하다고 하셨는 바, 이번에는 무과에 방안(榜眼)급제 하였나이다."

이항복이 아뢰자 왕이 의아하다는 듯이 물었다.

"아니, 장원급제가 아니고?"

"신이 그렇게 하였나이다. 건방을 떨까 싶어서 일부러 그렇게 조처하였나이다."

이항복은 여러 말 하기가 귀찮아서 그렇게 응답했다.

"에이, 그것도 부정이로다. 그렇게 하면 어린 것이 상심이 크고, 마음으로 승복하겠느냐?"

"아니옵니다. 방안도 영광이옵니다."

정충신이 머리를 조아리며 공손히 답했다.

"그래? 어린 사람이 벌써부터 깊은 도량이구나. 정충신은 과인 곁에 있어야 하느니라. 용호영 좌초(左哨)의 초관(哨官)으로 임명하면 어떻겠는가? 과인은 늘 좌초를 지나 통군정에 오른다."

"성은이 망극하옵니다."

이항복과 정충신이 동시에 외치고 머리를 조아렸다. 열여덟 소년 장교가 졸지에 근위병 중에서도 가장 지근거리에서 왕을 모시는 초관으로 임명된 것은 이례적인 일이었다. 그것도 첫 벼슬자리에서 얻은 보직이라 주변을 놀라게 했다.

용호영은 국왕을 호위하는 친위군영이었다. 우수한 무관들로 구성되어 조선시대 무재(武才)를 시험하여 인재를 등용하는 시취(試取)들이 모인 곳이었다. 금군청(禁軍廳)이라고도 불리는 용호영은 조선조 초기 국왕의 친위군으로 창설되었다.

금군청의 금군(禁軍)은 내금위(內禁衛)·겸사복(兼司僕)·우림위(羽林衛)의 3위가 설치되어 각각 200명 내외의 군원이 왕을 호위하고, 3명의 장(將)이 이들을 지휘했다. 반란을 일으키려 해도 용호영(금군청) 때문에 어느 누구도 음심을 품을 수가 없다는 강한 군사조직이었다. 금군의 우수한 자는 용호영 내의 당상군관·교련관, 외방의 무관직과 각 군영의 무관직으로 진출하는 이른바 무관으로서 출세의 대로(大路)였다.

환도 후 도성에서는 인정전, 월랑(月廊: 큰 궁궐과 연결된 건물들)의 입직, 도성 8문 등을 비롯한 요소요소에 분배입직(分配入直)했다.

왕이 다시 말했다.

"적간(摘奸)도 행하렸다!"

"네?"

무슨 뜻인지 몰라 정충신이 묻자 이항복이 나섰다.

"상감마마께서 하교를 내리실 때는 반문하는 법이 없다. 바짝 정신 차려려 하느니라. 적간이란 대궐 주변에서 난잡한 행동이나 부정한 일을 하는 자를 조사하고 적발하는 역할을 말함이다. 행재소가 어수선한 틈을 타 불한당들이 기웃거린다, 알겠느냐."

그러자 왕이 소리내어 웃었다.

"하하하, 그렇게 나무라면 되겠느냐. 나는 볼수록 소년 군관이 호두알처럼 단단해보인다."

"성은이 망극하옵니다."

두 사람이 똑같이 복창했다. 다음날 정충신은 좌초의 초관으로 복무했다. 어느 날 젊은 패거리들이 초소를 기웃거렸다.

"소나무!"

정충신이 군호를 물었는데 응답이 없자 그들 행동을 정지시켰다.

"이게 안 봬나?"

한 놈이 자기 군모에 부착된 군표를 손으로 가리켰다. 군모에는 명군의 것인지, 북방 똘마니의 것인지 알 수 없는 손톱만한 철제 표딱지가 빼뚜름하게 부착되어 있었다.

"나는 몰겠다. 여기서 얼쩡거리지 말고 길 밖으로 나가!"

정충신이 눈을 부라리자 덩치 큰 자가 물러서지 않고 대꾸했다.

"너희놈들이 뭐간대 오라가라 야단이야? 꼴을 보니 패잔병 그대로구만!"

"뭐라는 것이여? 여긴 궁궐이여!"

"여기가 궁궐이라면 우리집 해우소는 황궁이다야."

"이 새끼가 뭐라는 거여?"

정충신이 그 자의 멱살을 쥐어잡으며 소리쳤다.

"신분증 까라."

지금부터라도 궁궐 주변의 질서를 잡아야 했다. 멱살잡힌 자가 캑캑 밭은기침을 뱉어내면서 사세가 심상치 않다고 느꼈던지 옷소매에서 패를 꺼내 보였다. 과연 명군 패거리였다. 패를 도로 건네주자 그 자가 패를 호주머니에 집어넣으면서 한소리했다.

"원군을 뭘로 보고 신분증 까라 마라 겐세이야?"

"겐세이?"

순간 정충신의 뇌리에 섬광과도 같은 것이 스쳐지나갔다.

"체포해라!"

정충신이 창검을 들고 서있는 초병들에게 명령했다. 초병들이 우르르 달려들어 그자를 포승줄로 묶으려 하자 그들이 일시에 검을 빼들어 반항했다. 그들의 칼솜씨는 뛰어났다. 눈 깜짝할 새에 초병 머리가 하나 날아가버리고, 또 한 초병이 배를 움켜쥐고 쓰러졌다. 정충신이 몸을 날려 한 놈 목을 베고, 환도로 대치한 사이 증원병이 들이닥쳐서 나머지 세 놈을 생포했다. 정충신의 판단력은 적중했다. 그들은 명군이 아니라 왜군 간자(間者)들이었다.

궁중의 비밀을 캐내려고 접근한 첩자들인데, 평양성을 점령한 고니시 유키나가는 명과 화평회담을 하는 중에도 끊임없이 정탐병을 압록강 변경과 의주 행재소에 풀어놓고 궁중 상황을 탐지하고 있었다. 정충신은 이 사실을 용호영 본부에 알리고 이들을 감옥에 구금했다.

정충신은 병조로 달려가 일직 중인 내금위장에게 말했다.

"용호영 초관과 초병의 복색을 제대로 갖춰주시오."

늘어지게 자고 있던 내금위장이 잠을 깨운 것이 불쾌하다는 듯 심드렁하게 대꾸했다.

"복장은 무슨… 여긴 옷깁는 집이 아닐세."

"초관과 민간인이 구분되지 아니하니 우린 그저 시중 잡배로 보일 뿐입니다. 그러니 누구나 업신여기고 있소이다. 제대로 된 제복이 있어야 한다니까요."

"환도하면 그때 맞춰 입으라구. 여긴 그런 걸 갖춰입을 처지가 못돼. 신료들도 일상 융복 차림 아닌가."

길게 하품을 하고, 코를 후비던 그가 다시 말했다.

"너는 소문이 병판의 총애를 받는다더군. 어린 놈이 벌써 출세했어. 그렇다면 병판 나리께 직접 가서 말하려무나."

"직속 상관에게 진언하는 것이 군의 질서 아닌가요?"

"군 질서? 우리가 언제 질서 찾고, 복색 찾고 살았냐. 잔소리 말고 돌아가!"

정충신은 그 길로 병조판서 집무실로 향했다. 벌써 왜의 간자 체포 소식을 보고받았던지 이항복 대감이 그를 반겼다.

"말 한마디로 단서를 잡아 첩자들을 때려잡았다고?"

"초관으로서 해야 할 일을 했사옵니다. 그보다 초관일수록 위엄과 권위가 있어야 한다고 사료되옵니다."

"당연히 그렇지."

"그런데 행재소의 신료나 군관의 복색이라는 것이 한결같이 하찮은 융복 차림입니다. 비상 군사(軍事)시 입는 복장이므로 품계의 구분이 없습니다. 먼 길을 떠날 때나 갖춰 입는 복색이라서 체통이 서지 않습니다. 상하가 이렇게 엉성한 철릭을 입고 융사(戎事)를 접하니 오랑캐들까지 조롱하고 무시합니다."

"그래?"

"북풍이 몰아치니 추위를 이기지 못한 병사들이 변방 오랑캐의 복색처럼 여우털이나 시라소니, 토끼털을 벗겨 아무렇게나 뒤집어쓰고 다니고, 사대부들 또한 그러하니 중국인들이 '그대 나라의 신료나 관원들은 산적떼들 같다'고 희롱하고 있나이다. 복색은 국체와 관계되는 것이니 초췌한 복색으로는 나라의 기강과 권위가 서질 않습니다. 이런 것들 때문에 도감 낭청과 외방의 차사원들이 구타당하고 모욕을 당하고 있습니다. 제대로 된 의관을 갖추지 못한 소치가 이런 식으로 우스개거리가 되고 있나이다. 의장과 복색을 갖춰 초관의 체모를 살려주어야 한다고 사료되옵니다."

"일리 있다."

며칠 후 용호영 초관의 복색이 달라졌다. 예조로부터 받은 군복은 초라해서는 안 된다는 지시에 따라 꿩 깃이 달린 군모에 흰색 솜바지에 계급에 따라 청색 흑색 두루마기를 걸친 제복이 지급되었다. 임시 궁궐일망정 행재소의 궐문이 환해지고 절도가 분명해졌다.

어느 날 이항복 대감이 정충신을 불렀다.

"내가 이여송 장군 접반사로 명받았다. 수행하라."

"대감 마님이 명군 접반사로 명받으셨다고요?"

"그렇다. 낙상지 장수가 이여송 제독에게 건의해서 접반사로 나를 초청하고, 나를 수행할 자로 너를 추천한 것이다."

"대감 마님, 이여송 제독을 잘 아십니까."

"그의 조상이 우리 조선 출신 아니냐. 그는 성주 이씨로서 고려 대의 문벌이다. 그래서 우리를 도우러 명군을 끌고 오신 것 아니냐. 고마운 분이다."

"그것이 아닐 틴디요?"

이여송 조상이 조선 출신이라는 것은 알려진 사실이었다. 그러니 조선에 호의적일 것으로 조정은 생각하고 있었다. 그러나 정반대였다. 그는 자기 가대의 신분을 감추고 있었다. 오로지 조선에 파병된 명나라 방해어왜총병관으로서 군림하였다.

이여송의 가대를 보면, 그는 고려 전객부령(고려시대 典客寺의 정4품 벼슬) 출신인 이천년의 7대손이다, 이천년의 동생 이조년은 고려 원종~충혜왕 때의 문신이었다. 권신 이인임도 그의 조상이다. 이여송의 6대조 이승경은 고려가 원나라로 병탄되었을 때 요양성 참정을 지냈고, 고려로 복귀해서는 문하시랑 평장사를 지냈다. 5대조인 이영이 모반사건에 연루돼 압록강을 건너 요동에 정착하여 이성량~이여송으로 이어진다. 이여송 아버지인 이성량은 명나라 요동총병으로서 큰 전공을 세워서 요동의 왕으로까지 불리었다. 이성량에게는 이여송뿐 아니라 임진왜란과 사르후 전투에 참가한 이여백, 이여매 등 9명의 자식이 있었는데, 요동 사람들은 그들 일가를 이가구호장(李家九虎將, 이씨네 용맹한 아홉 장군)이라 불렀다(위키백과 등 자료 인용).

이여송 역시 가대에 힘입어 중국땅에서 승승장구했는데, 그는 이미 뼛속까지 중국인이었다. 그의 군사들도 왜군 못지 않게 조선 백성을 괴롭혔는데, 그는 이 사실을 아는지 모르는지 방관했다. 4만 3천 명의 군사를 이끌고 원군으로 왔으면 보급계획을 수립해야 했는데, 전투식량을 모조리 조선에 맡기고 있었다. 전쟁으로 인해 농사를 짓지 못한 데다 흉년이 들어 기아와 질병으로 조선땅은 문자 그대로 피골이 상접해 있는데, 엎친 데 덮친 격으로 명군마저 먹여살려야 하니 조선은 쓰러질 판이었다.

"전투식량을 조선 조정에 맡기면 그것이 용병이지, 뭡니까."

정충신이 불만을 터뜨렸다.

"그런 소리 할 때가 아니다."

이항복이 나무랐다. 그러나 이여송이 압록강을 건넌 장면을 떠올리면 마음이 쓰라렸다. 애가 탄 왕은 이여송이 압록강을 건너자마자 개선장군처럼 가슴을 쩍 벌리고 행재소(이동 궁궐)에 들어올 때, 버선발로 뛰쳐나가 그를 마중했다. 절박했으니 왕이 그런 행동을 보였겠지만, 이를 지켜본 이항복은 가슴이 미어졌다. 그러는 가운데 그도 이여송에게 머리를 조아렸다.

"조선을 구해 주십시오."

그러나 이여송은 미적거렸다. 왕은 그가 대병력을 이끌고 조선으로 온 이상, 단숨에 왜군을 쓸어버릴 것으로 기대했다. 그러나 공세를 취하지 않고 전세를 관망하며 비르적대고만 있었다.

1차 평양성 전투에서 대패한 조승훈 군의 패잔병까지 천지사방에 흩어져 민폐를 끼치니 조선은 말 그대로 꼴이 아니었다.

이런 상황에서 이항복이 접반사로 나서 그에게 참전을 종용하는 역할을 수행해야 한다.

"총병관에게 무슨 선물을 줄 것인지 심히 걱정이다."

이항복은 은을 줄까, 백미를 줄까. 압록강의 물고기를 줄까, 멧돼지나 호랑이를 잡아줄까, 아니면 수청들 여자를 줄까. 감이 안 잡혔다.

"대감 마님, 그것은 제가 준비하겠습니다."

정충신이 이 대감의 고민을 덜어줄 요량으로 말했다.

"어떻게?"

"저에게 맡겨 주십시오."

이여송을 만나러 가는 날, 정충신이 두루마리 종이를 이항복 대감에게 전달했다.

"이것이 무엇이냐. 땅 문서냐? 요동 땅 살 일이 있냐? 아니면 벼슬자리를 줄 명세서냐?"

"이것을 선물로 드리면서 이여송 총병관께 무엇이라고 설명하지 마십시오."

"그러면 예의가 아니지. 선물을 주면서 말을 않다니…."

"그렇다면 이렇게만 말씀하십시오. '총병관 각하, 저희의 소중한 재산이옵니다'라고만 하십시오."

이항복이 궁금증을 참고 고개를 끄덕이더니 두루마리 종이를 두루마기 소매 속에 넣었다.

18장 지체와 문벌을 뛰어넘다

　매서운 북풍이 기러기떼가 날아가는 창공을 베고 지나갔다. 하늘은 맑은데도 얼음조각 같은 눈발이 휘날리고 있었다. 북방의 날씨는 가늠할 수 없었다. 살을 에는 듯한 추위였으나 중국군은 단련되었는지 끄떡이 없었다.

　의주 남문 아래 드넓은 벌판에 이여송 총병관 환영식장이 마련되었다. 깃발이 펄럭이고, 수만 군사가 드넓은 야영지에 도열해 있었다. 취타대가 요란하게 북과 피리를 불고, 기병과 보병이 도열한 가운데 이항복이 이여송 총병관을 찾았다. 임시 천막은 몽골식 게르였지만, 그 안으로도 쉴새없이 모래바람이 날아들어 누구나의 입에 모래가 씹혔다.

　"추운 날씨에 오시느라 얼마나 노고가 많으셨습니까."

　그러나 이여송이 주인인 듯 받았다.

　"어서 앉으시오."

　접반사 일행과 이여송 군 지휘관들이 자리에 앉았다. 전개되는 취타대의 요란스런 소리에 아랑곳없이 이여송이 이항복을 위아래로 훑어보았다. 어떻게 골탕먹이나 하는 생각을 하는 것 같았다. 이항복 뒤에는 조선 신하들이 배(拜)하고 앉았고, 정충신이 초관 자격으로 이항복 곁에 섰다.

"의주 땅은 우리에게 참으로 보배로운 땅이요."

이여송이 가슴을 앞으로 내밀며 말했다. 마치 자기 땅이라는 태도였다.

"우리에게도 보배로운 땅이지요."

이항복도 배포있게 말했다. 군사의 싸움도 중요하지만 외교전도 그에 못지 않다.

"왜 자랑스런 땅이란 말이오?"

이여송이 물었다.

"의주 땅이라고 할 것 같으면, 우리의 태조 성상께옵서 복무했던 곳입니다. 바로 저 건너 강상에 보이는 위화도에서 태조 성상께옵서 꿈을 키웠던 곳이지요."

이항복이 눈보라가 휘날리는 얼어붙은 압록강을 손으로 가리켰다.

"태조는 한양으로 쳐들어가고, 그 자손은 의주로 도망오고, 참 볼 만한 풍경이오."

이여송이 껄껄껄 웃었다. 순간 이항복은 심한 모욕감을 느꼈다. 그러거나말거나 이여송이 말을 이었다.

"홍건적이 의주땅을 피바다로 만들 때 우리가 도운 사실을 아시오?"

"알고 있소이다."

"장사길 장사정 형제가 의주 백성들을 대신해서 홍건적을 맞아 싸우는데 사실은 역부족이었소. 이원계·이성계 형제도 역부족이었

소. 후대 사람들이 두 형제가 전공을 세웠다고 말하지만 모두 헛소
리요. 우리가 아니었으면 어림없었지. 그중 이원계가 물건이었다고
보는데, 어떻게 생각하오?"

이런 못된 자가 다 있나. 대놓고 조선 건국 왕을 깔아뭉개고, 조
선조를 깎아내리다니? 더군다나 이원계를 치켜세운다? 물 먹이자는
수작이 완연했다.

이원계는 이성계보다 다섯 살이 많은 이자춘의 전실 부인이었다.
전실 부인 한산이씨는 병으로 일찍 죽고, 후실로 들어온 최씨 부인
에게서 이성계 형제들이 줄줄이 태어났다. 이복 형 이원계와 아우
이성계는 문과 무과 모두 급제하고, 함길도(함경도)와 평안도에서 홍
건족을 몰아내는 데 공을 세웠다.

왜구가 침략하자 이원계는 군 원수로서 변안렬을 이끌고 아비
의 고향 전라도로 내려갔다. 고려 우왕 6년(1380), 왜구가 광주와 능
주·화순 두 현을 침범하자 최공철 중원부대와 함께 왜구를 몰아냈
다. 왜구는 계속 충청·전라·경상 3도 연해에 침략해 오자 3도순찰
사 이성계가 임지 출병했다. 이때 이원계는 아우를 맞아 남원·운봉
에서 왜구를 격퇴했다.

이성계가 회군을 하고 고려를 무너뜨리자 이원계는 이성계와 길
을 달리했다. 이성계가 끝내 고려를 멸망시키자 그는 자결했다. 아
우의 편에 가담했으면 임금의 형으로서 큰 출세를 했으련만 불사이
군이라는 신념을 지키고자 스스로 목숨을 끊은 것이다.

이것을 빗대 이여송이 조롱하고 있었다.

"도덕성이 결여된 자는 나라를 강탈하고, 양심을 지키는 자는 패
자로 남고, 역사란 참 역설, 모순, 이율배반적이란 말이오. 하지만
우리는 과거에 연연하지 않소. 명나라 천병(天兵)이 홍건족을 물리

치고, 이번엔 왜군을 섬멸하러 온 것이오. 그때나 이때나 명조(明朝) 동맹은 변함이 없는 것이오. 든든한 군신관계 의리를 천군이 지키는 것 아니겠소. 조선국은 얼마나 든든하오이까, 하하하."

이여송이 또 호방하게 웃었다. 건방기가 가득 묻어난 웃음이었다. 환영연에 기녀들이 발발 떨면서 춤을 추고, 곁에서 술시중을 드는 여인들도 새파랗게 몸이 얼어 있었다. 그런 중에 몇몇 장수는 벌써 기녀의 저고리 안으로 차가운 손을 집어넣어 젖을 주물럭거리고 있었다.

"이 엄동설한에 사만삼천 병력을 이끌고 다시 출병해주시니 얼마나 고마운지 모르겠습니다. 저희가 선물을 준비해왔사온 바, 부족하지만 너그러이 받아주시기 바랍니다."

이항복이 옷소매에서 두루마리 종이를 꺼내어 이여송에게 두 손으로 받쳐 올렸다.

"아니? 그런 선물도 다 있소?"

이여송이 의아하다는 듯 두루마리 종이를 받아들어 펴보더니 눈이 휘둥그레졌다.

"아니 이건 조선반도 지도 아니오?"

이항복은 빙그레 웃으면서 가타부타 말이 없었다. 사실 그도 두루마리에 무엇이 적혀 있는지 몰랐다. 정충신 초관이 설명을 하지 말라고 했으니, 그럴 바엔 아에 펴보지 말자고 생각했던 것이다.

"이게 선물이라는 거요?"

이여송이 단박에 사람 놀리느냐는 식으로 불쾌한 표정을 지었다. 이항복은 여전히 빙그레 웃기만 했다. 그 표정에는 조선반도 지도를 선물한 뜻을 헤아려 보라는 주문이 담겨 있었다. 정충신이 그에게 진언한 이유도 거기 있었을 것이다.

지도에는 멀고 가까운 우마차 길과 산길과 샛길, 민가의 밀도와 들판, 험악한 산세와 군사요새지 등이 기재되어 있었다. 특히 한양—개성—평양—숙천—개천—영변—정주—안주—태천이 눈에 보이는 듯이 그려져 있었다. 정충신은 광주 목사관에서부터 틈틈이 천문, 지리, 한의학, 마의학을 익혀왔고, 전라도에서 한양—개성—평양—의주를 두 차례나 왕복했다. 그 도중에 눈썰미 있는 시선으로 지형지세를 파악해 종이에 그려 놓았다. 그것을 함축적으로 그린 지도였다.

"이 접반사, 혹 장난하자는 것 아니지요?"

이여송이 노기를 띠며 다시 물었다. 이항복은 정충신의 진의를 알아차린지라 여전히 웃음띤 얼굴로 가볍게 목례했다. 명의 장수들도 아직 헤아리지 못하는 듯 뭐 이 따위야, 하는 표정들이었다. 그러나 한 장수가 무릎을 탁 치더니 아는 체를 했다.

"아, 조선 땅을 우리에게 바친다는 뜻 아닙니까. 우리가 조선을 접수하라는 것 아닙니까."

그러자 이곳저곳에서 장수들이 맞장구를 쳤다.

"그렇군요. 이런 통큰 선물이라니, 참 대단한 보물을 받았소이다."

"조선 지도를 선물로 주었다면 조선 땅에서 명군 수만 명을 살리는 일과 같소. 조선의 지형지물을 빠삭하게 알 수 있게 되었으니 명군이 위험한 곳, 공격할 곳, 역습할 곳, 주둔할 곳, 산과 강을 바꿔탈 곳, 이런 지형과 지세를 알게 해주는 것 아니겠소?"

"바로 그것이오. 그러잖아도 조선 출병이 갑갑했는데, 지도를 얻게 되었으니 작전 전개에 있어서 천군만마를 얻은 기분이오이다. 백미 수만 석, 기생 수백 명을 선물로 받은 것보다 값진 선물이오이다, 그려."

"그렇소이다. 지도는 작전 전개의 등불이요, 뱃길을 열어주는 나침반과 같은 안내자올시다. 조선은 참으로 선물의 뜻을 아는 사람들이오. 조선의 권문세족이 타락한 줄 알았더니 이렇게 머리가 팍팍 돌아가는 것 보니 싹수가 있소. 근래 지배층이 교체되었다더니 사고들이 창의적이고 진취적이오."

"그렇지요. 광해라는 젊은 세자가 앞장서 왜를 쳐부수는데, 백성들이 많이 따른다지요? 젊은 세자의 명민함이 눈에 잡히는 듯하오. 분조를 참 잘했소."

그들은 제각기 해석하고, 난해한 문제를 푼 수험생들처럼 기뻐했다. 애매하고 모호한 것을 던져주면 그것을 가지각색으로 유권 해석하고 유추하는 방식. 마치 상징시를 해석하는 평론가들과도 같다. 머리가 없는 자일수록 아는 척 현학적이기까지 하다.

이항복이 곁에 서있는 정충신을 애정어린 시선으로 바라보았다. 너의 지혜는 훌륭하다. 성공하였도다. 정충신은 그러나 시치미를 떼고 초관으로서 장창을 굳게 쥐고 앞만 바라보고 서 있었다.

"이런 선물이야말로 내가 원하던 바요."

한동안 시큰둥하게 종잇조각을 내려다보던 이여송이 마침내 동의했다. 그 자신도 무식하고 꽉 막힌 장수가 아니라는 것을 보여주어야 하는 것이다.

"우리 병사들이 또한 길을 안내해드릴 것입니다."

이항복이 말하자 이여송 곁에 있던 낙상지 참장이 나섰다.

"그런데 의주 땅에 웬 성을 그렇게 많이 쌓는답니까? 의주 산 능선마다 성을 쌓는다는 것은 왜군을 방비하는 것이 아니라 우리 명군을 방비하겠다는 뜻 아니오?"

"천만의 말씀입니다. 절대로 아닙니다."

이항복이 강하게 부정했다.

왕이 의주로 몽진(임금이 먼지를 쓰고 뒤집어쓰고 피난함)한 이후 행재소가 착수한 첫 업무가 백성들을 동원해 성을 쌓는 일이었다. 의주 백성들은 그동안 홍건족, 거란족 등 오랑캐의 침입을 막기 위해 각 성을 쌓았지만, 방치한 통에 유실된 것이 많았다. 이것을 다시 축성하는 것이었다.

그러나 낙상지가 보는 견해는 달랐다. 그것은 엉뚱한 노역이었다. 왜군에게 쫓기면 뒤로 밀려 오도가도 못하게 성에 갇히게 된다. 그래서 굳이 따지자면 압록강을 건너오는 명군이나 후금군을 막는 성채밖에 되지 않았다. 결국 명군의 진입을 막는 모양새인데, 여기에 막대한 노동력을 투입하고 있다.

"전쟁은 민심부터 살피는 것이 기본 전술입니다. 쓸데없이 주민을 괴롭히는 것은 민심 이반을 가져오지요. 축성은 왕권의 권위를 위해 쌓는 것일 뿐, 적의 방비와는 무관하오. 실용성으로는 목책 하나만도 못할 수 있소."

이해가 안 된다는 듯 이항복이 고개를 갸우뚱하자 낙상지가 다시 설명했다.

"축성은 양병(養兵)보다 못 하다는 것이요. 복건성과 항주, 영파의 용맹한 남방 군단을 보시오. 그들이 성을 쌓아 강병이 되었소? 아니오. 오히려 성을 부숴서 강병이 되었소. 성을 부수고 쳐들어가 승리한 것이오. 잘 훈련된 양병들의 모습이오. 조선 지도를 선물로 주셨는데, 살펴보면 모두 험준한 산악지대요. 이 산악이 모두 성벽 역할을 하오이다. 은폐물과 엄폐물로 이 이상 좋은 성채가 없단 말이외다. 그런데 자기들 힘 안 든다고 애먼 백성들 잡아다 족치면서 노역에 동원하고 있소. 불만이 없겠소? 조선의 행정가들은 왜 이따구로 주먹구구고, 비현실적이오? 애민사상이라곤 없소. 백성을 골탕먹이면서 그런 식으로 발라도 되겠소?"

"그러면 중국은 왜 만리장성을 쌓았소?"

이항복이 반발했다. 낙상지 참장의 논리가 납득이 가지 않는 것이다. 낙상지가 말했다.

"내가 만리장성이 잘 되었다고 말한 적 없소. 그것 또한 미친 짓이요. 그건 왕의 권위를 위해서 축성한 것일 뿐, 적을 물리치지 못하는 허깨비요. 일생동안 군역에 매달리다 산속에서 죽은 병사만도 기십만 명이오이다. 얼마나 백성을 욕먹이는 짓입니까. 백성을 이런 식으로 다루니 장성을 완성하자마자 나라가 망해버린 것 아니오? 이들을 제대로 양병했으면 최강군 말이라도 들었지. 전쟁은 쓸데없는 권위 놀음, 탁상의 공담(空談)으로 무너지는 것이오. 분명히 말하건대, 성벽을 허무는 순간 당신들의 제국은 넓어집니다. 마음의 성벽도 허물어져 넓어지지요. 조선 지도를 선물로 제공한 걸 보면 상상력이 풍부한 줄 알았는데, 거기까진 미치지 못하는군. '성을 쌓으면 망한다'는 말은 징기스칸의 말입니다. 자기만의 성을 쌓고 그 안에 스스로 갇혀 살겠다는 것은 전략 중에서도 하수라는 뜻이지요. 설사 그렇게 한다고 해서 나라가 막아집니까? 백성을 쥐어짜지 않는 열린 세계관이 그들을 구원할 것이외다."

낙상지는 조선 지도 선물에 대한 해석을 완전히 달리하고 있었다. 그의 군사철학에 정충신은 귀가 뜨이는 기분이었다. 낙상지가 다시 말했다.

"얼마 전 나의 부장(副將)이 통군정에 오른 적이 있소이다. 그때 왕이 명나라 군대가 오지 않는다고 누에 서서 통곡을 하고 있었다더군요. 그래서 통군정을 '통곡정'이라고 부른다면서요? 나의 부장은 처음에는 우는 자가 누구인 줄 몰랐는데, 알고 난 뒤 대단히 실망했답니다."

행색이 초라해서 부장은 그가 초로(初老)의 고을 사람인 줄 알았다. 그런데 그가 명군 복색을 한 부장을 발견하자 달려와 반기었다.

"왜 이제 오시오. 얼마나 기다렸는데… 참 잘왔소."

"누구시오?"

부장이 물었다.

"과인이 몽진해온 조선국의 왕이오."

그는 처음 그 말을 듣고 늙지도 않은 자가 실성한 줄 알았다. 그러나 뒤에 궁인들이 달려와 그를 부축하는 모습을 보고 상황을 알았다. 부장은 진지로 돌아와 투덜대었다.

"위엄이라곤 찾아볼 수 없을 정도로 가슴 졸이는 왕의 체모를 보고 내가 과연 조선에 투입될 필요가 있는가, 의심스럽다."

그는 이렇게 말하고 군병을 이끌고 구련성으로 돌아가버렸다. 낙상지가 덧붙였다.

"사대가 조선 정신의 기본입니까. 사대주의 노예 사상이 뼛속까지 새겨진 사람이 왕이라니, 자주정신이 뭔지 알기나 하오? 백성들에게 자신감을 심어주어도 부족할 판에, 스스로 비관을 만들어 쩔쩔매고 있으니 백성들이 누구를 믿고 따르겠소이까? 비관이 만드는 공포, 낙관이 만드는 희망이란 말 못 들어봤소? 세상의 어떤 비관도 낙관을 이기지 못하오이다. 그런데 명색이 왕이란 사람이 도망 나와서 탄식만 하고 있으니 나라꼴이 뭐가 되겠소? 그러면서도 백성을 깻단 털듯 털고, 빨래 짜듯 쥐어짠단 말이오이다. 무능한 음군(陰君)이 아니고 뭐요?"

낙상지의 말에 명의 장수들과 조선의 장수들이 놀라고 있었다.

와, 저 박식과 놀라운 달변. 야전에서 굴러먹은 그들로서는 지식이 짧은지라 낙상지의 똑떨어진 논리에 놀라면서 쫄고 있었다.

낙상지가 하던 말을 계속했다.

"비관주의자는 기회 속에서 어려움만 보고, 낙관주의자는 어려움 속에서도 기회를 본다고 했소. 백성들에게 희망을 심어주는 실천주의자가 왕의 역할 아니겠소?"

"맞소이다. 새겨들으렸다?"

이항복이 동의하며 곁의 정충신에게 명했다. "넷!" 하고 정충신이 장창을 앞으로 내밀었다가 자기 가슴에 갖다 붙였다.

"조선에 진격하여본즉 나라가 이렇게 타락한 줄 몰랐소. 왕조와 그 사대부들이 사는 방식은 전통적으로 백성을 쪼개어 분열시키고 가두고 있소이다. 이런 나라에서 무슨 힘이 나오겠소. 지역으로 나누고, 신분 계층으로 나누고, 남녀로 나누는 등등 세분할 수 있는 것은 모두 잘게 쪼개어 분열시키고 통치하는 수법… 그렇게 가른 백성들이 파편처럼 흩어지지 않겠소? 거기서 무슨 힘이 나오겠소. 그리고 그들 대부분이 노비나 천인, 상놈이고, 그들은 일할도 안 되는 양반계급을 위해 혓바닥 헐떡거리며 부역하고 있으니 누가 나라에 애착을 갖겠느냔 말이오!"

"맞는 말이오."

"세도가들은 적의 공포를 유포해서 권력기반을 다지지만 한 꺼풀만 벗기면 모두 허구요, 사대부와 양반 계급이 이런 협박과 위협으로 착취하고, 나랏돈 빼먹는데, 나라에 돈이 없는 것이 아니라 그들이 도둑이 되어버리니 가난한 나라가 되어버린 것이오. 어느 누가 이런 나라에 충성하겠소? 강제된 충성이 충성이오? 망국의 길로 접어든 것이 당연한 수순이지…."

"낙 참장, 지나치지 않소? 왜 그리 남의 나라에 신경쓰오? 그러거나 말거나 내버려 두시오. 우리와 무슨 상관이오? 그들의 정사까지 관여할 필요가 없소이다."

한 명 장수가 말렸다. 다른 장수가 거들었다.

"그래요, 낙 참장, 오늘은 우리를 위한 환영식이니 즐기자고! 조선 기생 맛이 찰지다고 소문나지 않았소? 놀아보자고!"

기생의 가슴에 손을 넣고 계속 젖을 주물럭대던 장수도 덩달아 씨부렸다. 그러자 와크르 장수들이 웃었다.

"너만 똑똑하냐?"

이여송이 낙상지에게 통을 주었다. 지까짓 게 뭔데 사대주의 찾고, 주체성, 주인의식 따위 술맛 없는 말만 읊는가. 지금 그런 것에 신경쓸 필요 있나? 누구는 몰라서 말을 안 하나. 이여송의 핀잔에 다른 장수들이 유쾌하다는 듯 껄껄껄 웃었다.

"연회에 가면 저런 인간들이 꼭 한둘은 끼어 있다니까. 어이, 낙상지, 낙지인지 쭈꾸미인지 모르겠다만 술먹는 자리에서까지 고상한 척해야 하니?"

다시 좌중에서 와크르 폭소가 터져나왔다. 낙상지가 멀뚱히 허공을 바라보았다. 말 상대가 안 된다는 표정이 역력했다.

이여송은 조금 지쳐 있었다. 그는 간쑤성 닝샤(寧夏)에서 몽골 귀화인 출신 보바이(哱拜)가 일으킨 반란을 진압 제독으로 참가하여 제압하고 북경에 개선한 지 얼마 안 된 상황이었다. 보바이난을 평정한 공으로 도독(都督)으로 승진하고 휴식을 취하는데, 임진왜란이 일어나 방해어왜총병관(防海禦倭總兵官)으로 임명되어 곧바로 조선으로 파병된 것이다.

그러나 모병이 되지 않아 애를 먹었다. 도리없이 누르하치의 일부

병력까지 흡수해 압록강을 건넜는데, 와보니 군 기강이 개판이었다. 도처에서 약탈과 부녀자 겁탈이 일상화되었다. 평양 1차전에 투입되었다가 패전한 조승훈 패잔병들까지 기어들어와 삭주 영변 안주 평산 의주 등지는 약탈의 놀이터였다.

이여송은 처음에는 묵살했지만 도가 지나쳐서 짜증이 난 데다가, 그가 받은 방해어왜총병관 직책도 마땅치 않아 내버리고 싶었다. 송응창 경략(經略) 지휘를 받아서 기분이 내내 좋지 않았던 것이다.

중국은 조선이 따른 그대로 문을 숭상하고 무를 아래로 깔아버리는 경향이 있어서 직업 무장 출신인 이여송이 아무리 전공을 세워도 문신 송응창 아래 벼슬에 머물렀다. 보바이 전투 승리로 도독 승진까지 했으니 무인으로서 더 이상 바랄 것이 없었지만, 공적도 없는 송응창이 단지 문신이란 이유 하나로 그의 위에 있으니 기분이 잡치는 것이었다. 거기다 휴식도 취하지 못하고 출병하게 되었다.

"못된놈들, 공은 무인이 세워서 나라를 굳건히 지키는데 권력은 지들이 독차지한단 말이야. 승패는 병가지상산데, 패전이라도 하면 당장 목을 치고, 조선반도 진격사령관으로 가도 지면 목을 칠 것이 아닌가."

거기다 의주 땅을 밟자마자 조선 왕은 물론 좌의정 윤두수, 도체찰사 유성룡, 병조판서 이항복, 예조판서 이덕형, 이조판서 이산보가 연일 어린애처럼 매달려 적을 무찔러달라고 간청한다. 술을 먹는데도 이런 주문이 따르니 술맛이 달아나고, 결과적으로 비싼 술을 먹게 되는 셈이다. 그런데 저 멀리 복건성 출신의 낙상지라는 촌놈이 병서를 달달 왼 품으로 고상한 체를 한다. 야전 경험이 많은 사령관 앞에서 주접떠는 게 영 마땅치 않았다.

이런 분위기를 모르고 또 낙상지가 말했다.

"군인정신은 전쟁의 승패를 좌우하는 필수적인 요소로서 군인은 명예를 존중하고 투철한 충성심, 진정한 용기, 필승의 신념, 임전무퇴의 기상을 견지하며, 죽음을 무릅쓰고 책임을 완수하는 숭고한 애국애족의 정신을 그 바탕으로 삼아야 하는 것이오."

"야, 이 자식아, 아가리 안 닥칠 거야? 그런 것 다 교본에 있어. 조선 군대도 부대마다 써붙여 놓은 거야!"

이여송이 드디어 폭발했다. 그가 자리에서 일어나더니 낙상지를 걷어찰 자세를 취했다가 멈췄다. 그의 키는 육척 장신에 기골이 장대한 데다 조선족의 피를 받은 탓으로 잘 생긴 풍모를 지니고 있었다. 그런데 입과 행동은 거칠고 험했다. 자존심 강한 낙상지가 버티며 한마디 했다.

"장군, 군인정신이 없이 어찌 전선에 있겠습니까."

"그러니까 너는 평생 훈련대장이나 해. 야, 임마, 이곳은 내 선조의 땅이야. 한가하게 문자 써서 고상한 척할 때가 아니야. 고상한 문자가 아니라 칼 한 자루, 화살 한 촉이 필요하단 말이야. 왜의 척후병들이 이 연회에도 깔려 있다는 것 알라. 잘난 체하는 넌 내일부터 당장 왜의 첩보사항을 챙겨 와. 이것이 오늘 술먹는 값을 하는 거야. 그리고 말 먹이는 것 잊지마라. 말 먹이는 병졸만 하는 일이 아니라 군관이든 천총이든 부장이든 대장이든 구분하지 말라. 우리만 배불리 처먹으면 말도 먹어야 한다는 것 알란 말이다!"

그는 부리나케 백마를 타고 사라졌다. 기병 출신답게 그는 말을 몹시 아꼈다. 전투 승리는 말의 역할이 칠할이고, 군인의 검은 삼할로 보는 사람이었다. 그는 조선 출병에서도 대기병 집단을 몰고 왔다. 일본군은 보병 중심의 군대를 이끌고 조총으로 전투를 전개하지만, 이여송 군대는 기병을 주축으로 우마차에 포를 실어 적진에 포를 쏘는 묵직한 전쟁을 하고 있었다. 그는 기마병단을 이끌고 영하의 전투에서 보바이 반란군을 쓸어버렸던 것이다.

연회가 파장이 된 상태에서 낙상지가 정충신을 불러 물었다.

"적의 첩자들을 찾아낼 방도가 있겠나?"

"왜의 간자들 세 놈을 체포해 영창에 집어넣었습니다."

"잘 됐다. 그 자들을 움직여서 적정을 탐지한 뒤 나에게 넘기면 안되겠나?"

"그렇게 하지요."

"이 새끼들, 어떻게 해서 궁궐까지 왔어?"

정충신이 붙잡아온 왜 병사 세 놈을 국문실로 끌어냈다. 그러나 그들은 멀뚱멀뚱 서로를 쳐다보며 무슨 뜻인지 모르겠다는 표정이었다. 그러나 이런 간자들은 조지면 불게 되어 있다.

"행재소를 염탐한 이유가 뭐냐. 고분고분 얘기하면 밥을 줄 것이다. 제대로 대답하지 않을 적시면 한 방에 간다. 니놈들 몸 상하기전에 미리 말해둔다. 뭣땜시 왔어?"

"우리는 낙오병이요."

"이런 잡놈의 새끼, 둘러대는 말 내 모를지 아냐?"

정충신이 몽둥이로 한 놈을 갈겼다. 대번에 그가 고꾸라졌다.

"저기 목책 보이지? 거기에 피냄새 맡은 호랑이가 있다. 제대로 불지 않으면 호랑이 밥으로 던져줄 것잉게 사실대로 토설해!"

옥간(獄間) 한쪽에 호랑이 울이 있었는데, 목책 안에 수컷 호랑이가 이쪽 옥문을 바라보고 있었다. 호랑이는 인간의 맛을 본 듯 혀를 내밀어 싹싹 입주변을 핥았다. 간자 한 놈이 벙어리 흉내를 내며 우는 시늉을 했다.

"어버버버, 우리는 길을 잘못 들었스무니다. 살고 싶스무니다."

"살고 싶으면 제대로 토설하랑게."

"우리가 아는 것은 아무것도 없스무니다. 낙오병이무니다."

"비밀장소인 행궁을 찾아와 주변을 기웃거리는 것은 보통 정탐병이 아니면 어렵. 왕실이 임시 이동해왔기로서니 우리가 그렇게 허술한 줄 알았더냐?"

"알고 왔으면 여기까지 왔겠스무니까. 모르구 왔스무니다."

정충신은 고문을 전문으로 다루는 옥졸(獄卒) 둘을 차출해 옥간으로 불러들였다. 그들은 형조 소속이었지만 행궁에 와 있는지라 지금은 의금부 소속이었다. 의금부는 역모를 꾀하는 대역죄인을 잡아 족치는 곳이어서 살아나와도 병신이 되는 무서운 곳이었다. 왕권이 미치는 곳이라서 포졸 따위는 누구나 선망하는 곳이었다. 지금은 궁안의 나인들밖에 없으니 잡아족칠 자도 없어서 주먹이 근질근질하던 차였다.

차출된 옥졸들은 고문에 이골이 나있는지라 하루에도 한두 놈 조지지 않으면 삭신이 근질근질했다. 상고심 기관인 형조, 감찰 탄핵기관인 사헌부, 민간 형사사건을 담당하던 포도청, 노비사건을 담당하던 장예원 중에서도 왕명에 의한 의금부가 가장 권위있는 수사기관이었고, 무서운 기관이었다. 의금부 부원의 자부심 또한 컸다. 종친, 부마, 고위 양반과 반역, 강상죄(綱常罪)를 다루면서 퍼진 소문은, 봐주고 싶은 자는 상납금 받고 죄를 감면해주고, 매도 덜 때렸다. 그러나 괜히 미운 사람은 반 죽여놓았다. 이렇게 권세를 부리니 의금부가 좋다는 평판이 자자했다. 그런데 행궁에서의 요근래 일이란 게 뚜렷한 게 없어서 옥졸들끼리 서로 고문술을 써먹고 싶은 충동마저 일던 차였다.

"저 새끼들 손 좀 봐줘라. 왜놈들한티 당한 것만큼 조사부러."

정충신 초관이 말하자 세 옥졸 중 한 놈이 물었다.

"족치는 기술로는 여러 가지가 있는데 그중 하나를 골라주십시오. 먼저 손과 발을 묶어서 도르래에 달아 올렸다가 내리면서 난로불에 살의 낭심과 좆을 태우는 포화로가 있습니다. 두 번째는 살 가죽을 벗기는 삭피구가 있고, 세 번째 발가락에 바늘을 박는 갑각이 있으며, 네 번째는 서까래에 매달아 작대기를 집어넣어 어깨뼈, 다리뼈, 팔을 탈골시키는 조대패, 다섯째는 불에 달군 인두로 등짝을 지지거나 눈깔에다가 박는 화형이 있고, 여섯째 혀를 뽑는 설피구가 있습니다. 뭘로 해드릴까요."

"고걸 누구한티 써먹었다고?"

"형조에선 도적이나 살인범, 강간범과 폭력사범을 다루니까 그자들을 심문하면서 써먹지요. 의금부에선 정치범이나 사상범이고요. 민생범은 상납받는 경우가 많고 조무래기 잡범들이라 몇 번 몽둥이를 휘두르지만, 정치범은 가혹하지요. 상감마마의 어명이 있으니까요."

"좌우간 우리 백성들에게 그렇게 했다고?"

"그렇습니다. 그래야 자백을 받지요. 그렇게 하면 원하는대로 생사람도 잡을 수 있답니다. 그 재미가 솔찬합니다. 자동적으로 희열을 느끼지요. 패면 팰수록 짜릿한 쾌감이 옵니다."

"그래서 억울한 자도 나왔겠군?"

"당연히 나오지요. 하지만 시키는대로 우리는 할 뿐입니다."

"징그러운 놈들, 고렇게해서 밥이 넘어가냐."

"재미있다니까요. 통쾌하지요."

"아무리 그런다고 그렇게까지는 할 수 없지. 이 자들이 왜놈들이라고 해도 그렇게는 하지 말라. 설득해서 자백을 받아봐.”

“고것이 될랑가 몰라.”

두 옥졸이 한 놈을 밧줄로 꽁꽁 묶어 눕히더니 뺀치로 그 자의 발톱을 뽑기 시작했다. 발톱뽑기를 당한 자가 엉엉 울면서 몸부림쳤다.

“젊은 나리 살려주십시오. 제가 잘못했습니다.”

“아니, 너 조선놈 아니냐.”

정충신이 놀라서 물었다. 그는 분명 똑 부러지게 조선말을 쓰고 있었다.

“맞습니다요. 박천 사는 옹가이옵니다요.”

“조선놈이 간자로 나서?”

“예, 잘못했습니다요. 살려만 주신다면 다 불겠습니다요.”

“거, 보십시오. 고문 한 대 들어가니 요로코롬 불잖습니까. 고문기술이란 만병통치약이지요.”

옥졸이 뻐기자 정충신이 그들을 뒤로 물러서게 하고 직접 범인을 다그쳤다.

“할 짓이 없다고 왜놈 간자(間者) 노릇을 해?”

옹가놈이 빈대처럼 납작 바닥에 엎드렸다. 나이는 정충신보다 너댓 살 많아 보였다.

“젊은 나리, 몹쓸 짓을 했습니다요. 한 번만 용서해주시면 시키는 대로 하겠나이다.”

“용서는 너의 하는 짓을 보아서 결정하겠다. 사실대로 불겠다고 했으니 사실대로 토설해보라. 뭣땀시 행궁을 기웃거린 것이여?”

나이가 한참 아래여도 군관의 복색을 갖춘지라 정충신은 위엄있어 보였다.

"몰랐군입쇼. 제 집 말씀부터 올리리다."

옹가는 안주 박천 지방에서 홀어머니를 모시고 산에서 나무를 찍어 먹고 사는 초부(樵夫)였다. 글도 좀 읽은 만학도였다. 스무날 전, 산에 들어가 나무를 찍는데 갑자기 괴한 두 놈이 나타나 그에게 칼을 겨누었다. 두 놈 모두 왜놈 군졸인데, 그중 한 놈은 조선말을 서투르게나마 구사했다.

"너 의주 땅 아느냐?"

옹가는 의주에서 중국 무역을 하는 상인 집의 하인으로 들어가 이태 살았고, 요근래는 장작을 수레에 싣고 의주땅까지 다니며 여염집에 팔고 있었다. 의주 고을 지리는 비교적 빠삭한 편이었다.

"잘 알지요. 내가 거기서 살다 왔는데요?"

"요이(좋다)!"

왜놈 병사가 아무도 없는 숲인데도 그를 한쪽 숲으로 이끌더니 말했다.

"내 말을 잘 들으면 은 스무 냥을 주겠다."

그리고 실제로 주머니에서 끈에 꿰어진 은 다발을 꺼내 보여주었다. 은 스무 냥이면 백미가 열몇 가마니. 이 난리에, 이 흉년에 무슨 횡재인가. 자그마치 머슴살이 이 년치의 새경인 것이다.

"들고 말고요."

옹가는 지게 작대기를 내던지고 그 길로 길을 나섰다. 글줄을 좀 알았기 때문에 왜 군사들도 요긴하게 옹가를 부려먹었다. 성동격서 식으로 이상한 방을 써붙이고 민심을 교란했다.

왜군은 압록강에 진출하기 위해 간자와 척후병들을 여러 갈래로 파송했다. 고을 사정과 적정 상황을 탐지하기 위해 각 고을의 젊은 이들을 잡아다가 간첩으로 고용했다. 간첩 고용은 큰 비용이 드는 것이 아니었다. 조 몇 말, 백미 한두 말이면 자발적으로 따라붙었다. 민심은 그렇게 변해 있었다.

"너의 활약이 뭐였나니께?"

옆길로 새는 것 같아 정충신이 물었다.

"네, 말씀 올리겠습니다. 왜군들은 명군의 식량비축 실태를 파악하고, 평양성으로 내려오는 진로를 염탐중입니다요."

옹가가 말하자 곁의 왜군 병사놈이 눈을 부라리며 옹가를 제지했다.

"함부로 말하지 말라!"

그는 옹가가 그들의 하수인이라는 사실을 인지키시고, 그래서 허튼 말하지 말라고 쐐기를 박는 것이었다. 두말없이 옥졸이 달려들어 왜 병사를 떡실신이 되도록 두둘겨팼다.

"너는 가만히 있어, 새끼야. 여기가 어디라고 주뎅이를 함부로 놀려. 옹가, 계속하라우."

왜군병사의 얼굴이 피투성이가 되고, 입에서 핏물 가득한 침을 뱉어내자 옥수수 알 같은 이빨 두 대가 떨어져 나왔다.

"이 자는 이제 너의 하수인이 아니다. 똑같은 죄인일 뿐이다."

그러자 다른 왜 병사가 나섰다.

"우리는 저 자에게 비용을 주고 몸을 샀소. 우리와 함께 한 활동상은 우리 것이니 훔쳐갈 수 없소. 옹가, 너 입 함부로 놀리면 어떻게 되는지 알지? 우리를 배신하면 너의 홀어머니 목숨이 위태롭다는 것 알라. 우리의 다른 병력이 벌써 간자들 집을 감시하고 있다!"

왜 병사들은 주도면밀한 구석이 있었다. 간자들을 움직이지만 혹시 도주와 배신을 때릴 것을 대비해 그 가족을 인질로 잡아놓고 있는 것이다. 정충신이 옥졸에게 지시했다.

"이놈들을 따로 분리해 심문하라."

두 옥졸이 왜군 척후병을 한 놈씩 각기 다른 옥에 가두었다.

"조선 처녀들을 많이 따먹었습니다. 항의하는 그 아비를 죽창으로 찔러죽였구요."

그들이 사라지자 옹가가 고자질했다.

"그때 너는 뭐했냐."

"달리 방법이 없었습니다. 지켜보기만 했지요."

"너는 더 나쁜 놈이야! 이 놈도 어디 한 군데 분질러놓아라."

정충신이 명령하자 옥졸이 당장에 달려들어 그의 왼쪽 팔을 꺾어 탈골시켜버렸다. 옹가의 팔이 너덜너덜해지고, 그는 곧 정신을 잃었다.

"난리가 났으면 백성부터 살려야지, 이 난리 중에도 왜놈 간자로 붙어먹어? 여자들이 욕을 당해도 나몰라라 해? 어디서 굴러먹다 온 개뼉다구여?"

혼절에서 깨어난 옹가를 향해 정충신이 다구리했다. 끙끙 앓는 소리를 뱉어내던 옹가가 싹싹 빌었다.

"잘못했습니다요. 살려만 주시면 무슨 짓이든 하겠습니다요."

"그러면 사실대로 불어야 할 것이다. 안 디질 요량이면 불어야 써. 사실이 아니면 발톱 손톱까정 다 뽑아버릴 것이게."

"네네, 사실만 말씀 드리겠습니다. 나에겐 늙으신 어머님이 홀로 계십니다요. 내가 없어지면 어머니는 굶어죽습니다요. 어머니를 먹여살린다고 나선 것이 이 모양이 되었습니다요."

전란 통에 농사를 짓지 못한 데다가 산골마을인지라 진작에 양식이 떨어져서 고을 주민들은 곡기 없이 산 지가 반 년이 넘었다. 관서지방은 일찍 추위가 찾아오니 주린 배에 추위마저 겹쳐서 사는 꼴이

들짐승보다 못했다.

안주 숙천 순안 강서 영변 박천 의주 지방이 더욱 심했는데, 그것은 명군의 평양 진격로였기 때문이다. 길가 마을은 농사지을 종자까지 군량미로 빼앗아 갔다. 길가에는 마을에서 징발한 곡식 가마니가 쌓여 있었는데, 이것을 몰래 훔치다가 명 군졸에 걸려 맞아죽거나 병신이 된 자가 수두룩했다. 정작 내 것인데도, 그것을 가져갔다고 안 죽을만치 맞았다. 이때 쌀 몇 됫박이면 영혼을 팔고, 소녀들은 끌려갔다. 그것은 왜의 척후병·정탐병들이 활동하기 좋은 환경이었다. 그들은 이런 주민을 값싸게 간첩으로 고용해 썼다.

"그 자들이 원하는 것이 무엇이더냐."

정충신의 위엄에 옹가가 에구구구, 탈골된 어깨를 주무르며 죽는 시늉을 했다.

"평양 점령중인 고니시 유키나가 1군 사령관이자 선봉장에게 유고가 있는 듯합니다."

"유고? 무슨 뜻이냐?"

평양성을 점령한 고니시 유키나가 1군 대장은 명의 칙사 심유경과 휴전조약을 체결하고, 심유경이 북경에 가서 황제로부터 재가를 받아오기로 했다는 것이다.

고니시는 전쟁에 지쳐 있었다. 두 달이면 전쟁을 끝낸다고 보았는데, 여덟 달이 지나도록 전선은 지지부진, 병사들 먹일 식량마저 부족해 탈진 상태였다. 더 나가지도 못 하고, 그렇다고 물러나지도 못하는 중에 조선 의병들이 처처에서 일어나 그들을 괴롭혔다. 본래 그는 전쟁을 좋아하는사람이 아니었다. 본래는 장사꾼이었고, 참전에도 의사가 없었다. 일찍이 밀무역에 손을 댄 뱃놈이었다. 포르투갈인을 만나 천주교 영세도 받았다.

그런데 히데요시가 전국을 통일하면서 그의 가신이 되고, 규슈의 우토 지방을 통치하는 다이묘가 되었다. 그 인연으로 조선 정벌에 참여했다.

반면 함경도를 점령하고, 임해군 순화군 두 왕자를 포로로 잡은 가토 기요마사 2번대장은 기세좋게 점령지역을 확장해 가면서 고니시의 점령지까지 압박해오고 있었다. 고니시는 가토와 한양에서 한 번 일합을 겨룬 적이 었었다. 둘 사이는 적보다 더 사나운 경쟁자였다.

서로 조선 왕을 잡겠다고 한양—개성—평양—의주 선을 노렸는데, 침공 선봉장인 고니시로서는 1번대장으로서 당연히 자신이 왕을 생포해야 한다고 믿었다. 이에 히데요시 가신이란 뒷배경을 믿고 가토가 반발했다. 둘은 한양에서 칼을 뽑아들었다. 막료장과 부장들이 뜯어말려서야 싸움이 진정되었지만, 두 사람의 대립의 골은 더욱 깊어졌다.

결국 히데요시의 개입으로 두 사람의 진격 경로가 결정되었는데, 고니시가 조선 땅에 먼저 상륙한 인연으로 개성—평양—의주로 진출했고, 가토는 함경도 노선을 탔다.

평양성을 점령하긴 했지만 고니시는 전쟁보다 협상으로 잇속을 취할 방법을 택했다. 고니시는 명의 칙사 심유경을 불러 휴전협상을 제의했다. 명 또한 조선 땅에서 피흘리는 것이 명분도 실리도 없는 것을 알았다. 그리고 무엇보다 조선 파병이 요동 국경선 취약으로 드러났다. 요동에는 흥기한 후금의 누르하치가 중국 본토를 노리고 있었다. 결국 심유경이 이에 동의했다.

문제는 명일(明日)이 한강을 경계로 조선반도를 분할할 것이냐, 대동강을 경계로 분할할 것이냐로 의견이 상치되었다. 그것이 불분명한 가운데 심유경이 황제의 재가를 받기 위해 북경으로 떠나고, 고니시는 지금 그가 돌아오기만을 고대하고 있었다. 심유경이 북경으로 돌아간 것은 사기꾼 기질의 그가 뒷감당을 하기 어려워서 피해버린 측면도 있었다.

사정을 알 바 없는 가토는 더 이상 진격하지 않는 고니시를 압박했다.

"개새끼, 진격하지도 못하면서 욕심은 있어 가지고…."

서른 살의 가토는 젊은 패기로 네댓 살 많은 고니시를 이렇게 대놓고 욕했고, 고니시는 그대로 "어린 놈이 들짐승처럼 덤비기만 해서 일을 그르친다니까. 싸우지 않고 이기는 방법도 있는 것도 모르는 병신 새끼"라고 가토를 업신여겼다.

양자의 긴장이 팽팽해지자 황해도로 진출한 구로다 나가마사 3번 대장이 중재에 나섰는데, 본전도 못 찾고 물러나버렸다. 왜인의 성질은 한번 틀어지면 찬바람이 쌩쌩 이는 냉엄함이 있었다.

고니시는 어떻게든 가토가 나타나기 전에 휴전협정을 체결할 요량이었다. 그가 나타나면 필시 협상을 깨버릴 것이다. 그런데 심유경이 더 이상 나타나지 않았다. 차츰 그의 협상력에 회의를 품은 자들이 늘어났다. 그는 차츰 고립무원이 되었다.

고니시는 가토의 압박을 벗어나기 위해서도 조선 영토 분할을 매개로 휴전조약을 빨리 체결하고 싶었다. 도장을 찍은 다음에는 가토도 어쩔 수 없이 승복할 것이다. 그런데 심유경은 감감무소식이었다. 그래서 동태를 살피고자 첩자들을 풀어 압록강변까지 진출시켰던 것이다.

왜의 정탐병들은 조선인 간자들을 부리는데 효용가치가 없으면 처치해버렸다. 목을 잘라 전공용으로 평양성에 주둔중인 1번대 본부로 보내거나 귀찮으면 아무데나 버렸다. 고용 비용을 아끼고 기밀을 묻어두기 위한 것으로는 그만한 방법밖에 없었다.

버려진 두상들을 배고픈 백성들이 거두어 소금에 절인 뒤 표품(標品)으로 만들어 아군 군영지로 보내 상을 받는 일도 생겼다. 왜의 병사 두상이라고 속여 쌀을 받아간 것이다. 장수들은 이것을 모아 임금의 처소로 보내 더 큰 상을 받았다.

"먹고 살기 위해서라고 하지만, 해야 할 짓과 안 해야 할 짓이 있다. 돈 몇 푼에 적에게 동족을 죽이도록 이끈다는 것은 무엇으로 죄값을 받겠느냐. 당장 목을 쳐도 넌 할 말이 없다."

정충신이 추궁하자 옹가가 목을 움츠리며 말했다.

"용서하십시오. 대신 이 사람이 적정에서 탐지한 기밀들을 고변하겠소."

"고변?"

"네. 고니시 1번대장이 심유경이 이중간첩이 아닌지 변경에서 염탐해보라고 한 것이네. 심유경이 협상 때 왜의 군사기밀을 알아내 조명군에 제보하는지의 여부를 알아오라고 일렀답니다. 조명이 연합해 평양성을 치는지의 여부도 알아오라고 밀파한 것이오."

"그래서 의주땅까지 왔다?"

"네네. 정탐병으로서 온 것입니다."

"왜 군사가 압록강이 얼기를 기다렸다가 대륙을 쓸어버릴 작정이 아니고?"

"아닙지요. 쟤네들은 지쳐 있습네. 왜놈들은 추위에 약합네. 본시 유카타나 사루마다, 훈도시를 입고 사는 불상놈들인지라 초가을만 되어도 낭심을 쥐어잡고 오들오들 떨고 있습지요. 고니시가 자기 군사 약점을 알고 있습네다. 그래서 조명군이 이 약점을 노리고 치고 내려오면 꼼짝없이 당할 것이라고 조마조마해 있습네다."

"틀림없는 말인가?"

"두말 하면 잔소리요."

"그럼 됐다. 밥이랑 고기를 줄텡게 먹고 옥에서 쉬면서 몸 관리 잘 해라."

"아구구구, 이렇게 병신 만들어놓고 쉬라뇨? 무작스럽게 팔뼈를 분질러버리면 나무도 못찍고, 어떻게 살란 말입니까. 발톱까지 뽑아버렸으니 개병신되었구마요. 홀로 계신 오마니가 걱정이 되누마요."

"그것만도 대접해준 것이다. 그런데 왜 평안도 말을 쓰지 않는가."

"본시는 한양 사람이오이다. 선친이 사건에 연루되어 박천으로 쫓겨왔구만요."

삶이 고단한 지난날을 생각했던지 옹가가 울면서 때가 전 소매로 눈물을 훔쳤다.

"몸 구완하도록 조치하겠다."

정충신이 옥문을 지키는 옥졸에게 잘 지킬 것을 지시하고, 왜 병사가 투옥된 곳으로 이동했다. 왜 정탐병 둘은 각기 다른 옥방에 갇혀 있었다.

"저놈이 도망가려고 해서 발등을 찍어 놓았습니다."

옥문에 이르자 취조 병졸이 다가와 그에게 보고했다.

"도망?"

"네. 옥의 목책을 뚫고 빠져나가려고 했습니다. 그래서 도끼로 발을 찍어버렸습니다. 발가락 네 개가 나갔습니다."

"잔인한 사람들이무니다."

구석에 고꾸라져 있는 왜 병사가 죽는 시늉을 하며 이쪽을 노려보고 있었다.

"이 새끼야, 너희들이 한 짓에 비하면 이건 대접해준 거야! 끽소리 말고 자빠져 있어. 아직 심문이 안 끝났어. 심문 때 안 죽을랴면 지대로 대답해!"

그리고 정충신에게 보고했다.

"그런데 이 자가 잘 불지를 않습니다."

왜 병사의 발은 무명 베로 칭칭 감겨져 있었는데, 베에 핏물이 흥건하게 적셔져 있었다. 정충신이 옥 안으로 들어가 볏단 위에 앉은 뒤 고꾸라져 있는 왜 병사를 향해 물었다.

"왜 행궁을 기웃거렸더냐?"

왜병은 대답하지 않았다.

"벌써 옆방의 동료가 다 불었다. 맞나 안 맞나 맞춰보는 것뿐이다. 틀리면 둘 다 가는 거다."

건너짚어 말하자 왜병이 두 눈을 말똥거리며 그럴 리가 없다는 듯 고개를 저었다.

"고개를 저어봐야 소용없어. 한쪽이 틀리면 둘 다 목이 달아난다는 거라니까. 그래, 너의 이름이 무엇이냐."

"나카무라 이시가루다."

"이시가루 중에도 종(種)이 여럿 있을 텐데?"

"그렇다. 이시가루 중 유미 이시가루는 활 궁수고, 뎃포 이시가루는 화승총부대원, 아시 이시가루는 창병이다."

"넌?"

"유미 이시가루로 있다가 차출되어 정탐병으로 보직을 받았다."

"그렇게 사실대로 토설하면 살려준다. 남자는 정직이 무기다. 알았나?"

왜 병사는 대답하지 않았다.

"왜군 편제는 기밀도 아니잖냐. 말해보라. 어떻게 구성되었나?"

"기마무사, 야리(창병), 포(조총병), 궁수, 데아키(예비병)로 구성된다. 이것으로 소두(조두)를 이루고, 소두 넷이 대두, 거기에 예비대와 카치(도보 무사), 모치(종)가 편입되어 이시가루 다이묘를 편성한다."

"소요 인원은?"

"다이묘마다 숫자가 차이가 있지만, 내가 소속한 고니시 직할부대는 기마 무사 200명, 철포 200명, 야리 500명, 궁수 500명, 노보리(피아 식별용 군기 깃발부대) 200명, 카치 200명, 도합 1,800명이다. 여기에 마졸(馬卒), 모치(종), 예비병력, 지원인력(잡병)까지 포함하면 2천명이 넘는다."

"고니시 직할부대만인가?"

"그렇다. 1번대에는 1,800의 고니시 직할부대가 있고, 소 요시토시, 마쓰라 시게노부, 아리마 하루노부, 고토 스미하루, 오무라 요시아키 부장이 각기 병사를 휘하에 두고 있다. 병력은 총 1만 8천700이다. 병사 하나하나를 점으로 볼 때, 점이 모여서 선이 되고, 선이 연결되어서 면이 되어 유기적으로 번대가 움직인다. 이 군사조직이 제9번대까지 있으며, 쓰시마에 4개의 증원군단이 출동 준비를 하고 있다. 이 덩어리가 움직이면 웅장한 산맥이 이동하는 것과 같다. 이 것이 야마도(대화혼)의 힘이다. 일시에 피었다가 지는 사쿠라와 같은 집단의식은 일본 정신의 총아다. 그런데 대장들이 각자 개성이 강해서 조선반도에서는 각자도생이다."

"힘을 바르게 써야 존경받는다. 주변국의 희생을 강요하거나 노략질로 분탕질하면 야만인이지 뭐냐."

나카무라가 픽 웃었다.

"왜 웃나?"

"싸움이 도대체 소꿉장난 같아서…."

"무슨 뜻이냐?"

나카무라는 고니시 직할부대에 편성돼 부산포, 밀양, 대구, 상주, 문경을 거쳐 충주에 이르러 삼도 도순변사(都巡邊使) 신립이 이끄는 조선 주력군과 맞닥뜨렸다.

신립은 군주의 상징인 상방검(尙方劍)을 왕으로부터 직접 하사받고 출정했다. 북방의 오랑캐를 무찌른 명장이라서 왜군을 쓸어버릴 것이라고 믿는 터여서 왕의 신임은 두터웠다. 신립은 북방에서 활약한 정예 병력과 한양에 주둔한 경군(京軍)을 모아 충주로 내려갔다. 전투경험이 많은 북방의 정예부대에 정규군인 경군까지 합류했으니 기세가 올랐다. 그러나 무참히 깨졌다. 그것을 나카무라가 비웃는 것이다.

"조선군은 왜 궤멸되었는가."

"관찰한대로 말해주겠다. 조직력이 없었다. 지휘 체계 또한 중구난방이었다."

조선군의 숫자는 8천명 설과 1만 6천명 설이 맞서고 있다. 신립이 북방의 직속 병력과 조정으로부터 인계받은 무사, 장정들을 합쳐 8천여 명이라고 하는데, 북방에서 내려온 군사가 그렇게 많을 리 없고, 도성의 경군 숫자도 많지 않다는 설이 유력하다.

다만 한양—경기도—충청도로 내려오는 사이 끌어모은 민간인과 상주 전투에서 패배한 이일 순변사의 잔병들까지 규합하니 적게는 8천. 많게는 1만 6천이었을 것으로 추산한다. 훈련받지 않은 민간인, 도망갈 궁리만 하는 사람들까지 징발되었으니 조선군 조직은 밥만 축내는 식충들이라고 해야 옳았다. 잘 싸우는 정규군까지 덩달아 질서가 무너져 기강이 흐트러졌다.

유성룡의 《징비록》 초본에는 도성에서 이끌고 간 경군의 병력이 기록되지 않았고, 《선조수정실록》에 도성의 무사 재관(材官), 외사(外司)의 서류(庶類), 한량인으로 활 쏘는 자 수천 및 장사 8천, 방읍병(防邑兵) 8천, 즉 1만 6천명이라는 서술이 나온다. 그것이 사실이라고 하더라도 질이 문제였다. 숫자만 채워 보냈으니 왜의 부대와는 애당초 비교가 되지 못하는 것이었다.

반면에 왜 군단은 현대적 군 편성 기준으로 보자면, 분대, 소대, 중대, 대대, 사단, 군단으로 나뉘어 일사불란한 군조직 체계와 규모를 갖추었다.

역사 기록에는 신립의 '탄금대 전투'라고 하지만, 전투 중반까지 충주천 이남 달천평야에서 조선군과 왜군이 싸웠다. 달천에서 조선군 주력이 왜군 보병의 조총과 화포에 깨지고, 잔병들은 도망가고, 신립은 탄금대로 후퇴했다. 신립이 탄금대 강물에서 최후를 맞았기 때문에 탄금대 전투로 불리게 되었지만 달천에서 주로 싸워 달천전투가 바른 지적이라고 보는 견해가 많다.

달천평야든 탄금대든 논에는 벼를 심기 위해 물이 가득차 있었다. 신립 군은 주력이 북방군이고, 북방에서 기병전으로 재미를 보았던 만큼 평야지대에서 기병단을 앞세워 보병 중심의 왜군을 격퇴하리라고 별렀다. 이때 종사관 김여물이 "적은 우리보다 숫자가 배가 많다. 숫자가 적은 군대로 대군을 방어할 곳은 산악 지역으로, 험준한 문경 방향의 조령(鳥嶺)이 적지다. 지형지세의 엄폐물과 은폐물을 아용해 그곳에서 유격전을 벌이는 것이 합당하다"고 전장(戰場) 변경을 건의했으나 신립은 거부했다.

"지형이 험한 조령에서는 기병을 쓸 수가 없단 말이다. 우리 기병 단으로 저것들을 싸그리 쓸어버릴 것이다."

그는 북방 변경에서 기병으로 전공을 세운 자부심을 남달리 내세 웠다. 내가 뽀대나게 뽀개줄 것이다! 그는 자신감이 있었다.

달천과 탄금대 벌판은 벼를 심기 위해 가둬놓은 물이 가득차 있었고, 하필이면 비가 내렸다. 4월 27일 고니시 1번대 선봉장이 이끈 왜 군단은 조령을 넘어 검단과 달천에 이르렀다. 충주목사 이종장과 순 변사 이일이 미리 맞섰지만, 밀렸고 척후병마저 갇혀 적정 상황이 차단되었다.

새벽, 고니시 군은 부대를 나누어 본진은 충주성으로 돌입하고, 좌군은 달천변으로 숨어들었다. 신립은 밀리자 일단 충주성으로 말을 돌렸으나 전열이 정비되기도 전에 성안에 미리 들어가 있던 왜군의 기습을 받았다. 군마들이 논바닥에서 나뒹구는데 이때 왜의 총포를 맞은 병사들이 진창에 박혔다. 제대로 훈련받지 않은 병사들은 나가는 족족 고꾸라졌다.

신립은 후퇴한 가운데 부장 김여물과 함께 적병 수십 명을 베었다. 그러나 밀려오는 왜 군사를 막아내지 못하고 탄금대로 밀려나 패전을 자인하고 강물에 몸을 던졌다. 이 전투에서 조선군이 궤멸되고, 산 자는 산을 타고 도망을 갔는데, 그 숫자가 기백 명에 불과했다. 대부분 전사한 것이다. 조선군을 제압한 왜군은 한달음에 도성으로 진격해 한양을 점령했다.

"왜 왜군이 이기고, 조선군이 패배했는가."

정충신이 물었다.

"당신들은 일본군을 모르고, 우리는 조선군을 알았다. 고래로 지피지기면 백전백승, 이것은 시공을 초월한 전쟁 이론의 기본 아닌가."

"그것이 전부인가."

"너희는 군사조직 체계가 무엇인지도 몰랐다. 약골 문신이 실전 장수가 되어 오합지졸을 끌고 전투에 투입되었으니 무엇을 이루겠는가. 이론 몇 문장 왼다고 이긴다면 천하의 문장가인 공자가 명장이게? 게다가 천리와 지리(地利)도 너희 편이 아니고, 그것을 이용할 줄도 몰랐다."

"그러면 천리와 지리도 왜군놈들 편이었단 말이냐?"

"그렇지. 물구렁에서 기병 전법을 쓰는 자가 천리와 지리를 이용한다고 볼 수 있겠스무니까? 모두가 칙쇼메데스이무니다(병신같은 새끼다). 천리, 지리도 강자의 편이무니다!"

왜 병사가 조롱조로 경어를 쓰며 우쭐대었다.

"이 새끼, 재수없다. 너는 붙잡힌 놈이란 사실을 망각했느냐?"

"솔직히 말하면, 조선 지휘관들은 에치에치시다요(찌질한 놈이오). 내 땅의 지형을 이용할 줄 몰랐스무니다, 일본군이 매복전에서 더 재미를 보았스무니다. 조선군이 무논에서 날뛰는 꼴은 꼭 생쥐들의 잔치 같았스무니다. 자만심은 강했으무니다. 우리 일본군 전사자는 159명, 조선군 전사자는 팔천에서 일만여 명, 으하하하…."

잡혀온 자가 호탕하게 웃는 모습은 자못 모욕적이었다.

"조용히 하라. 너 왜 궁궐 주변에 얼쩡거렸나?"

나카무라가 입을 다물었다. 어느새 들어와 지켜보고 있던 취조 옥졸이 창검을 들이밀며 위협했다.

"자백하렸다!"

"왕의 목을 따러 왔스무니다."

왜 병사가 눈 허나 깜짝하지 않고 응수했다. 대번에 옥졸이 창검으로 왜 병사의 눈을 거누었다.

"죽여버리겠다!"

"아서라. 이미 디진 놈이다."

정충신이 제지했다.

정충신이 이항복 병조판서에게 가서 아뢰었다.

"왜의 정탐병으로부터 입수한 정보보고를 올리겠습니다."

"고니시의 1군, 가토의 2군, 구로다의 3군이 한결같이 왕의 목을 치러 온다는 첩보냐?"

"알고 있었나이까. 그자들이 벌써 들어왔습니다."

"들어와?"

"왜의 간자들이 벌써 왕의 목숨을 거두려(빼앗으려) 왔나이다. 그것을 적발했나이다."

"그래? 어떻게 되었느냐?"

"옥에 가두고 심문한 결과, 간자들이 왕의 목을 베어가면 은 백 근에 비단 오십 필, 작위를 받아 평생 자자손손 팔자를 고친다고 했나이다. 이 말을 듣고 산을 타고 강을 건너서 의주 땅에 숨어들어 왔나이다. 이런 간자들이 세 조나 된다고 합니다. 각 군단 지휘관들이 날쌘 군사를 선발해 밀명을 내려서 경쟁적으로 올라왔다고 하는 바, 그중 한 패거리가 행재소까지 잠입해 들어왔나이다."

"어떻게 적발했단 말이냐?"

"서문에서 얼쩡거리는 자들이 있었습니다. 뒷골목 왈패들처럼 행동하는데 아무래도 수작이 이상하고, 말씨가 서툴고, 숨긴 칼집이 얼핏 왜의 문양이어서 당장에 체포했습니다."

"성상께서 선견지명이 있도다. 상감마마께옵서 주출입로에 초관으로 너를 임명하셨으니 이런 전과가 나오는 것이다. 마마의 혜안이 똑부러지지 않느냐. 다른 초관 같았으면 어림없었을 것이다. 어떤 자가 간자들을 적발해낼 수 있었겠는가. 상을 내릴 일이로다. 진실로 큰일 날 뻔한 것을 네가 막았다. 그런데 기밀을 그자들이 고분고분 고변하더냐?"

"불지 않아서 어깨뼈를 분질러 놓았습니다. 내빼지 못하도록 발도 찍어버렸습니다."

"그렇게까지 해서야 되겠느냐만, 잘했다. 궁중을 기웃거렸다면 중국 같아서는 한뜸한뜸 포를 떠서 죽였을 것이다."

"다행히도 대감 마님께서 우려하신 것과 달리 왜군 병사들이 의주로 올라오지 못하게 되었습니다."

"그것은 무슨 뜻이냐?"

"기후와 지리가 우리를 돕고 있나이다. 한 겨울철에는 왜놈들은 사루마다나 훈도시에, 유카타를 걸치고 사는 종자들인지라 조선반도의 북풍 한파를 견디지 못합니다. 살을 에는 맹추위라는 또 다른 지원병의 도움으로 아군은 저놈들을 묶어두게 되었습니다. 그래서 지금이 기회이옵니다. 오줌을 싸면 당장 얼어버리는 지금이 저놈들을 치러 갈 적기입니다."

"이여송 군대가 움직이지 않는다. 되놈들이란 워낙에 게으르고, 반면에 탐악질이 심해서 이래저래 골칫거리다. 그렇더라도 때가 때인지라 빨리 가서 독촉해야 하겠구나."

"왜놈들은 한겨울의 벌처럼 몸을 잔뜩 움츠리고 있지 않습니까. 이때 우리 주력이 쫓아가서 조사불고 뽀사부러야 할 것입니다."

"조사불고 뽀사부린다는 말은 너의 향토말이냐?"

"그렇사옵니다. 시원하게 봐버린다는 뜻입니다. 어쨌거나 우리가 공성전에 먼저 투입되어 전과를 올려야 하옵니다. 평양성에서 이기면 다른 전쟁에서도 이길 수 있습니다."

"일리가 있는 말이다만, 우리 힘만으로는 어렵다. 기왕에 원병이 왔으니 명군과 합동작전을 꾸미는 것이다."

"소인이 동충평이라는 명군 기병과 낙상지 장군으로부터 들은 것이 있나이다."

"무엇이냐. 첩보사항인가."

"그렇습니다. 명군의 남방 병사들이 닝보라는 항구에서 뱃길을 타고 올라가 왜국의 규슈를 칠 계획을 세우고 있다고 하옵니다."

정충신은 낙상지의 남방병사 중 저장성에 잔류한 부대가 일본을 치기 위해 배를 건조 중이라는 얘기를 들었다. 이들은 해안을 노략질하는 놈들을 잡기 위해 아예 왜국 땅을 점령해버린다는 계획이었다. 본래는 왜군이 그 뱃길을 타고 닝보를 쳐서 중국 대륙을 점령하려고 했으나 남행의 뱃길이 태평양 남쪽으로부터 불어오는 태풍을 맞게돼 뜻을 이루지 못하고, 대신 조선을 징검다리로 하는 정명가도 전술을 쓴 것이었다.

일본의 배는 바람을 맞고 남행하는 데 반해 중국의 배는 태풍을 등에 받고 북상하기 때문에 쉽게 시고쿠와 규슈를 갈 수 있다고 했다.

중국의 남방병사들이 용맹한 것은 왜의 해적들과 대적하면서 많은 실전 경험을 쌓은 데 있었다. 왜군은 바람의 저항 외에 남방병사의 저항을 받지 못하고 있었다. 대신 조선땅을 거쳐서 요동반도—북경을 공격노선으로 택했다는 것이다.

"중국의 남방병사들이 일본 본토로 들어갈 시, 우리는 조선반도에 들어온 놈들을 격파하는 것입니다. 양쪽에서 협공을 하니 필시 궤멸될 것입니다. 이때 우리도 쓰시마를 거처 후쿠오카로 들어가 왜놈 땅을 점령하는 것입니다. 역으로 우리와 명이 일본 본토를 반토막낼 기회가 온 것입니다."

"하, 네가 그런 생각을 했단 말이냐?"

"그렇습니다. 쪼깐한 왜것들 아주 밟아버리겠습니다. 씨알이 작은 놈들이라 몇 볼태기 안 될 테니, 패대기치면 개구락지 뻗듯이 뻗을 것잉마요. 우리가 쥐새끼들한테 당하는 것이 분이 납니다. 우리가 학문이 부족합니까, 예의 법도가 없습니까. 그렇다고 덩치가 작습니까. 키 크고 잘 생기고, 한족마냥 기골도 장대한디 당하고만 있으니 환장해불겠고만요."

정충신을 불러 하루 있었던 얘기를 듣는 것은 이항복으로서는 낙이었다. 기지와 패기넘치는 자신감은 답답한 정사를 다룬 골치아픈 그에겐 한 모금 냉수를 마신 것 같은 청량감이 있었다.

"그렇게 분이 나는 것이냐?"

"당연하지요. 남방 병사들이 쳐들어가면 우리도 왜의 본토로 들어가야지요. 먹어부러야지요."

"허허허."

이항복은 비현실적인 얘기라고 생각을 하면서도 마음은 뿌듯했다. 젊은 청년의 용기와 야망은 듣는 것만으로도 가슴 부풀게 한다. 우리가 왜 이런 꿈을 꾸도록 이끌지 못했던가. 꿈을 한번 꾸면 꿈으로 끝나지만, 계속 꾸면 현실이 된다.

이항복 자신, 젊은 시절 그런 꿈을 가졌다. 개국 200년이 되니 나라는 무력해지고 있었다. 동력을 찾아볼 수 없었다. 어디서부터 잘

못된 거지? 그는 패거리들을 끌어모아 토론으로 밤을 새우고. 삼각산 금강산 묘향산 백두산 유랑길에 올랐다.

세상은 젊은이의 뜻을 받아들일 여건이 못 되었으며, 공맹(孔孟)을 달달 외워야만 사람 구실을 하는 것으로 몰아갔다.

결국 그는 돌아와 뒤늦게 책을 붙들고 과거시험에 매달렸다. 제도권에 매달려야만 행세할 수 있었다. 기득권의 한 자리를 찾으려면 공맹을 달달 외워야 했다. 그는 다른 연배들보다 늦게 급제했다. 세월만 낭비한 셈이 되었다. 다행이라면 부친과 처가의 후광으로 출세의 급행열차를 탔다는 점이다. 대학자 이제현의 후손으로서 아버지는 참찬 이몽량이고, 처가쪽은 장인이 권율이고, 처할아버지는 영의정을 지낸 권철이다. 그는 쉽게 지배층의 복판으로 진입했다.

그렇더라도 중심을 잡고 있었으니, 그것은 제 정파로부터 거리를 둔 것이었다. 제 정파들은 연일 별것도 아닌 이치로 쌈박질이고, 조상 제사를 가지고 무식의 유무를 따졌다. 이를테면 제사상에 배를 올리면 무식하고, 사과를 올리면 미친놈이라고 했다. 배를 올리고, 사과를 올리면 어떤가. 곶감과 대추의 배치를 뒤바꾸면 왜 못 배운 놈 말을 듣는가. 이 따위 것을 가지고 피터지게 싸운다. 파로 갈려 죽기 살기로 싸운다. 삽 한 자루 만드는 것보다 못한 이런 쟁투 속에 묻혔으니 나라의 발전책은 어디서도 찾아볼 수 없었다.

그런 쟁투로부터 일정 거리를 두니 이항복은 누구로부터도 공격을 받지 않았다. 기회주의자란 말을 들을 수 있지만, 명문 가대의 후광 때문에 그런 비판도 묻혔다.

그는 어전회의에 나갈 때마다 중심 인물이 되었다. 농담 한마디 던지면 회의 분위기가 일순 유쾌해지는 것이다. 매사 쌍통 찌푸리며 대립하는 신료들인데, 그것과 상관없이 유유자적한 그가 나타나 농담 한두 마디 하면 회의가 매끄럽게 진행되었다. 이해 다툼없는 그의 말은 누구에게도 친절한 것이었다. 그래서 그가 나타나지 않으면 신료들은 불안해 했다.

이항복이 물었다.

"너는 나라에 불만이 많은가."

"당연합지요. 정말 싫습니다."

"어째서 그렇단 말이냐."

"이런 얘기 해도 될랑가 모르겠는디요…."

이항복이 웃음을 머금고 어서 말해보라는 눈짓을 하자 정충신이 말했다.

"상감마마는 의심병 환자 아닙니까?"

"왜?"

"세자 저하가 일 잘하면 칭찬할 일이지, 자꾸 내칠라고 한단 말입니다. 깜도 안 되는 소문인데도 그것을 빌미로 옥사로 다스리려 한단 말입니다."

"그런 것을 어디서 보았느냐."

"어디서 보았느냐가 아니라, 그런 소문이 맞냐 틀리냐가 중요한 일입니다요. 죄없는 사람을 죄를 뒤집어 씌운 뒤 배 창사를 뽑아버링께 하는 말이지요."

"배 창사를 뽑아버려? 함부로 말하면 큰일 난다!"

"조선이 망하니께 하는 말이지요. 망할 징조가 벌써 나타나부렀습니다."

"조선이 망한다고?"

"점쟁이는 아니지만요, 종당에는 그렇게 갈 것이옵니다요. 치사한 왕과 악덕 사대부들이 나라를 거덜낼 것입니다."

"네 이놈, 듣자 하니 못할 말이 없구나!"

나가도 너무 나간다 싶다. 그러나 정충신이 물러서지 않고 눈에 힘을 주며 다시 말했다.

"무슨 말이든지 하시라고 하지 않았습니까?"

이항복이 콧김이 나올 정도로 크게 숨을 내쉬었다가 말했다.

"틀리지는 않았다면 목이 둘이 아니라면 말조심 해야 하느니라."

"왜는 본래 조선의 하인국이었습니다. 그들은 신분제 속에서 스스로 하인국으로 자처했고, 우리나라더러 인정해달라고 조공을 바치고, 신분 인증 승인을 간청까지 했습니다."

"그랬지. 그런데?"

"하지만 이 지경이 되고 말아부렀당게요. 우리는 그자들을 아래로 내려다보는 자만심만 가졌는디 어느새 그자들 밑에 깔려버렸습니다. 한순간에 뒤집어져버렸습니다."

"왜 그렇게 보는 것이냐?"

"그자들은 책하고는 거리가 먼 종(種)들 아닙니까. 못생기고 안짱다리에 성질만 급하지요. 그래서 조선에 늘 열등감을 갖고 살았지요. 스스로 예를 모르는 하인국으로 자처했지만 조선의 사대부는 그들을 무시할 뿐, 대비하거나 다스릴 줄 몰랐나이다. 안으로는 신분을 이용하여 백성을 종으로 인식하고 거드름 피며 쩌누르며 안주하고, 세력을 쪼개서는 이익을 독점하려고 지들끼리 피투성이 싸움을 벌입니다. 공맹을 주절주절 외면서도 문장과 달리 하는 짓이 다반사였습니다. 이렇게 이중적이고 위선적인 사대부는 차차 왜놈들도 우습게 보게 되었지요. 존경했는디 알고봉게 암껏도 아니더라, 정말 엿도 아니네? 하고, 갈갈이 찢어지는 대립상과 분열상을 보니 집어먹기 좋겠네 하고 덥석 물어 먹어버린 것이지요. 봐버린 것입니다요."

"그래서?"

"사서삼경이 왜놈들의 일본도보다 앞선다고 하는데, 사서삼경은 무를 잘라내지 못해요. 하지만 칼은 단박에 두 토막 내버리잖습니까요. 그래서 한 방에 가버린 것입니다요. 조정 신료들은 지금 그런 사실조차 모르고 있나이다. 세상 돌아가는 맥락을 모른단 말입니다. 세계관이 엉망입니다. 백성들 쪄눌러 고혈을 짜니 부와 세는 유지되고, 호령하는 신분이니 떵떵거리고 상게 재미질 뿐이지요. 그렇게 변화할 생각이 없지요. 수구 기득권에 매몰돼 있다가 개피 본 것입니다요."

"그것은 너의 생각이냐?"

"평소 소인 생각이옵니다. 그런데 대감마님, 고니시 유키나가와 중국 사신 심유경이 조선반도를 두 토막내서 한수 이남은 왜가 가져가고, 한수 이북은 명이 차지한다는 화평회담을 알고 계십니까?"

"너 그 말 어디서 들었느냐."

이항복이 놀라며 물었다.

"왜것들이 조선반도를 지들 꼴리는대로 도륙한다고 자랑하고 돌아다닙니다."

"그 말 어디서 들었냐니까."

"간자들을 조져서 얻어냈나이다. 이 자들에 의하면…."

심유경과 고니시 유키나가는 평양성 외곽 깊숙한 밀회장소에서 조선반도를 양분해서 서로 나눠갖는 일방으로 명일(明日) 간에는 전쟁을 갖지 않기로 협약을 맺었다. 심유경은 황제의 재가를 받기 위해 지금 북경에 체류중이다. 그들은 이 밀약을 비밀로 하기로 했다. 만약 그것이 드러나면 조선이 가만 있지 않을 것이다. 그러면 시끄러워질 것이다. 그런데 황제에게 재가를 받으러 간 심유경이 나타나지 않았다. 그래서 고니시가 잘못되면 어쩌나 싶어서 이를 먼저 터뜨렸다. 비밀로 부치자는 것을 흘려버린. 그러면 중국도 호응해오겠지, 하고….

　조선은 전쟁에 지기는 했지만 굴복하지 않았다. 침략받지 않은 호남과 전라좌수영 수군에 의해 왜군의 병참선이 차단되었다. 보급선이 막히자 왜군이 점차 맥을 쓰지 못하고, 대신 조선이 맥을 쓰더니 전라도 경상도 황해도 일원에서 의병이 일어나고 승병까지 기병해 왜의 뒤를 쫓고 있었다. 백성들은 병신만 아니라면 쇠스랑과 낫과 죽창을 들고 의병대에 합류했다. 여자들도 들고 일어났다. 조정은 숨죽이고 도망다니고 있었지만, 백성들이 사납게 왜병들에게 대들고 있었던 것이다.

　명나라 병부상서 석성 등 주력은 심유경을 조선에 보내 조선 백성들이 일어나기 전에 일본과 서둘러 조약을 체결할 의향이었다. 몽고족과 후금의 침략 때문에 군원(軍援)을 보낼 여력이 없었고, 그래서 코빼기만 비치고 체면을 살릴 생각이었다. 그런데 조선 백성들로 인해 체면도 명분도 실리도 살리지 못하게 되었다. 화평회담으로 손을 빼면서 부모국으로서 영향력을 행사하려고 하는데 조선 백성들이 들고 일어난 것이다.

　"그런데 말입니다."

　정충신이 자세를 고쳐 앉으며 말했다. 무릎 꿇고 오래도록 앉아있었으니 발이 저렸다.

　"발이 저리냐?"

　이항복이 물었다. 그도 청년시절 많이 당해보아서 안다.

　"네. 인자 괜찮구만이요. 어쨌든 상황이 이런데도 조정은 사태파악을 모르고, 사대(事大)의 근성을 버리지 못하고 있단 말입니다. 스스로 나라 지킬 생각은 안 하고 외세에 기대고 있단 말입니다. 자주국방 말 못 들어보셨나이까?"

"사대, 자주국방, 그리고 조선반도를 두 토막낸다…."

이항복이 속으로 뇌며 생각에 잠겼다. 새파란 청년장교의 생각보다 깊지 못한 자기 생각이 조금은 부끄러웠다. 나 역시도 기득권의 한 자락을 붙잡고 안일하게 살았던 것이 아닐까. 어떤 회한이 가슴 속 깊이 파고들었다.

정충신이 엉뚱하게 말했다.

"제가 평양성을 한 번 갔다 와얄랑갑습니다요."

"평양 가는 것은 좋다만 왜? 그러기 전에 사대, 자주국방, 조선반도가 두 토막 난다는 말은 무슨 뜻이냐."

"두 가지만 말씀 드리겠습니다. 상감마마께옵서나 조정 신료들이 중국 아니면 나라가 지탱하지 못할 것처럼 하는디, 고것이 아니지요. 사대에 대해서 신료들이 더 난린디, 그 밑에서 호의호식하기 땜시 그런가요? 후금이 명을 노리고 있는디, 우리는 명만 쳐다봐야 하나요? 그러다 명이 망하면요? 명은 부패한 데다 노국(老國)으로서 망할 징조가 빤히 보이는디, 왜 명을 우러르지 않으면 사람이 아니라고 이적시하는지 모르겠습니다. 대국이 우리의 안전을 도모해주나요? 그 자들이 더 착취하고 유린하고 있는데도요? 율곡 선생이 자주국방 하자고 말씀하신 것은 거저 하신 말씀이 아닙니다요. 명군 놈들 하는 짓 보십시오. 못된 짓은 왜군 놈들보다 더 한다니께요. 백성들 약탈에 여자 겁탈에 온 나라가 털리고 있습니다요."

정충신은 알다가도 모를 일이었다. 부정의한 나라의 힘을 빌려서 자기 권력을 유지하는 수단으로 삼는다는 것, 비겁하다고 생각했다.

후금의 동태를 살피자고 하니 후금 간자냐고 뒤집어 씌운다. 세상 돌아가는 세상 이치를 깨닫지 못하고, 오직 명나라 문법으로만 나라를 지탱한다고 보는 사시들, 그런데 그들이 견고한 뿌리를 내리고 있다. 그래서 반대하면 이적행위라고 처단한다. 자기 보고 싶은 것만 보고, 믿고 싶은 것만 믿는 것들, 그러면서 세상을 쩌우르고 있다.

　"함부로 말하지 말라. 목숨이 둘이 아니다."

　"대감 마님, 사대의 품안에서 호의호식하는 자들, 그들의 허위를 반박하지 않으면 진실이 묻혀버립니다요. 누군가 말했습니다. 지체된 정의는 정의가 아니다, 라고요. 눈앞에 비리가 난무하고, 특권, 반칙, 불법이 횡행하는디 입닫고 있으라고요? 칼이 들어와도 할 말을 하라고 하신 말씀이 대감 마님 뜻 아니었습니까?"

　이항복은 속으로 느낀 것이 있었으나 꾸짖었다.

　"흉중의 목소리는 무겁게 담아두어라. 인간이란 모름지기 시와 때가 있는 법, 시간을 기다릴 줄도 알고, 장소도 가려볼 줄 알며, 이치도 살펴야 하느니라. 깨달으면 깨달을수록 지체를 낮추는 법이다. 참으로 무서운 세상이라는 것을 알아야 한다. 갓 태어난 강아지 새끼, 호랑이 무서운 줄 모른다는 속담은 거저 나온 말이 아니다. 평양성으로 간다고 하였으니 준비하거라. 낙상지 장군이 곧 들어올 것이다. 정 초관이 낙 장수에게 평양 침투 계획을 설명하라. 용호영 좌초관 임무는 후임에게 맡길 것이다."

　정충신이 군기대 초소에 머물고 있을 때 이항복 대감이 불렀다. 병조로 가보니 낙상지가 와 있었다.

　"왜군 격퇴전략에 대해 정충신 초관이 직접 설명하렷다."

　이항복이 명했다.

"네. 대지가 꽁꽁 얼어붙을 때 왜놈들을 조져버려야 합니다. 광야에 매서운 바람이 불고, 대지가 강추위로 째하면 왜군들은 겨울 파리처럼 꼼짝 못 하고 떨고 있을 것입니다. 이가 딱딱 부딪칠 정도로 떨면 그자들은 활동하들 못하지요. 이때 뽀사부리는 것입니다. 한겨울, 공성전을 벌이기가 딱 좋습니다. 저놈들은 보병전밖에 모르는데다 엄동설한에 벌벌 떨고 있승게 기마들이 밀어붙이면 당하게 될 것입니다. 명군 기병대와 우리 기병부대가 합동 기병전을 펼치면 평양성 탈환은 어렵지 않게 이룰 것입니다."

"어린 총각 병사 같은데 놀랍소."

낙상지가 놀라는 표정을 지었다. 이항복이 대신 나섰다.

"신라 대에 화랑들은 나이 열여섯이고, 관창은 열다섯, 반굴은 열여덟이었소. 결코 어린 나이가 아니올시다."

"내 일찍 알아보았습니다. 정충신 초관을 얻으니 길이 열린 것 같습니다. 이여송 제독께서 선발대로 나가도록 지시하셨습니다. 정 초관과 동행하는 것이 든든합니다. 헌데 초관 계급으로 가기에는 제 지체가 허락지 않는군요. 제 출정이 초라해 보입니다."

"그리잖아도 생각하고 있었소이다. 정 초관을 훈련파총으로 승진 임명할 것이오. 임무를 마치면 낙 장수와 함께 훈련도감도 운영해야 하니 미리 훈련파총으로 임명하는 것이오."

그러면서 이항복 대감이 정충신에게 엄중하게 명령했다.

"정충신은 평양성 공략을 위해 명군의 향도로서 임무를 성실히 수행하라."

"성실히 수행하겠습니다만, 다섯의 정탐요원을 소인에게 주십시오. 그리고 동충평 기병을 저에게 붙여주시기 바랍니다."

"알았다. 별도로 응원병 이십도 붙여주겠다."

19장 평양성 전투

선발대는 새벽에 의주를 출발해 낮에는 산에 숨고, 밤이면 이동했다. 이렇게 해서 선천—곽산—정주—안주—숙천—순안에 이르러 평양 인근에 당도했다. 순안 서북방면에서 쳐들어갈 요량으로 독자산과 서금강에 진을 쳤다. 산 꼭대기에 기발(騎撥: 봉수가 있는 곳에 변방의 군사 정보나 왕명을 말을 타고 전달하던 교통 통신수단)인 관문참(官門站)이 있었는데 왜 군사가 천막을 치고 지키고 있었다. 그곳을 넘어야 평양성에 도달할 수 있었다.

"관문참을 뚫기가 여간 힘들지 않겠는데요?"

정탐병 날쇠가 걱정했다. 관문참은 하나의 요새처럼 외부인의 침입을 막는 목이 좁고 긴 지형이었다. 그곳을 지나지 않으면 평양 진입은 어려웠다. 어떻게든 진격로를 뚫어야 할 판이다.

"겁먹들 말어. '파총 벼슬에 감투 걱정하는 격'이여."

정충신은 자신이 파총 벼슬에 있다는 점을 과시하면서 병졸들을 독려했다. 따르던 동충평이 물었다.

"그 말이 무슨 뜻인가."

"어려운 일이 닥치기 전에 미리 징징 짜지 말란 뜻이요."

"그렇군. 우리 중국 속담에도 그런 게 있지. 어떤 일이 일어나지도 않았는데 지레 걱정한다는 뜻으로 '강에 도착하기도 전에 강 건널 걱정하지 말라'는 말이 있지. 벼슬을 하는데 뭔 감투 걱정하느냐는 뜻 아닌가?"

동충평이 정충신의 파총 승진을 축하하며 기뻐했다. 파총은 오군영(五軍營)·관리영(管理營)·총리영(摠理營)에 그 직을 각기 두었으나 명나라 척계광 장수의 《기효신서》에 따라 훈련도감에도 이 제도를 신설했다. 훈련도감에는 5인 파총을 두었는데, 정충신이 약관의 나이로 그중 하나가 된 것이다. 파총은 젊은 장교들에게는 선망의 자리였다. 그 자리는 바로 장수로 가는 길목이었다.

"병판대감에게 은공을 갚기 위해서도 반드시 전공으로 답해야 한다."

정충신은 그렇게 속으로 다졌다. 그러나 공격 진로가 험악해 난감하였다. 정충신은 평양으로 들어가는 파발 역참으로 가서 말을 세웠다.

"위험하지 않은가?"

동충평이 걱정스레 물었다. 역참은 들고 나는 사람과 짐 말, 장사꾼 말, 군마 할 것 없이 많이 모이는 곳이라 시끄럽기도 하고 말이 많이 새는 곳이었다. 동충평은 몸이 장골이고, 타고온 말 역시 그의 키보다 훨씬 큰 놈이었다. 보기만 해도 늠름했다.

"여기다 말을 세우고 진격로를 뚫읍시다."

"나는 천마(天馬)와 떨어지면 안 되오. 나의 천마는 내 역할의 열 배를 하오."

"아무리 훌륭한 말이라도 적진에 들어갔다가 울음소리를 내면 어떻게 할 것인가. 다 죽는 것 아니오?"

"역참에는 둘 수 없소. 훔쳐갈 수 있소."

보기만 해도 욕심나는 군마였다. 눈이 맑고 키가 큰 말은 명령만 떨어지면 금방 천리를 뛸 것 같았다. 마침 정탐대원이 골짜기 아래를 살피더니 말했다.

"저 아래 집이 무당집입니다. 동리 사람들이 저 무당집에 자주 드나들지요. 마굿간이 있으니 일단 말을 거기다 데려다 놓기로 합죠."

정충신 일행은 무당집으로 이동했다. 무당은 굿을 마친 뒤 늘어지게 자고 있었다.

"일어나시오. 급히 점보러 왔소이다."

정충신이 무당을 깨웠다. 무당은 놀라면서도 단박에 정충신 일파를 알아보았다.

"점보러 오는 사람들은 아닌 것 같은데, 무슨 일이시오? 왜놈들도 오더니 조선군도 오는군."

"잘 됐소. 왜군 근거지를 알고 싶어서 왔습니다."

"왜군이 은폐되기 좋은 곳을 물색해 달라고 해서 가막골, 멧골, 샛들평야를 점지해주었는데 거기에 주둔하고 있을 것입네다."

정충신은 찾아오길 잘했다고 생각했다.

"당골래는 그자들 도왔다는데, 사실인가?"

"돈 받는데 가릴 수 있소? 하지만 내가 일러준 곳은 모두 험지가 아니오. 적이 뚫으면 금방 뚫릴 곳이요."

"우리가 적입니까?"

"그놈들이 볼 때는 적이요. 그나저나 내 아이를 찾아와야 해요. 딸년을 인질로 잡아갔소. 내가 간자 노릇하면 딸을 죽인다고 했소. 헛수작하면 아이를 죽인다고요."

"몇 살 되었소?"

"열여덟이요, 소화라는 년이오. 애비도 없이 불쌍하게 자란 년이오."

"아비는 어디 갔소?"

"무당년한테 남편이 있겠소? 인연 닿으면 다 남편이지. 애지중지하는 내 핏줄이니 제발 구해주시오. 은 스무 냥 드리리다."

정충신은 무당이 가리켜준대로 언덕에 올라 왜군이 주둔한 곳의 지형을 살폈다.

왜의 고니시 유키나가 부대는 지쳐 있었다. 하긴 평양을 점령했으나 6월(음력)에 1차전을 치르고, 7월에 2차전, 8월에 3차전, 매월 한 차례씩 홍역 치르듯이 전쟁을 치렀으니 장졸들이 모두 지칠만도 했다. 승리하긴 했지만 병력 손실이 많았고, 병참선이 길어서 식량 보급이 용이하지 못해 군사들의 먹는 것이 부실했다. 언제 또 대적해야 할지 모르고, 또 지루한 싸움이 전개되니 성질 급한 왜 군사들은 제풀에 지쳐 나가 떨어졌다.

고니시는 심유경을 불러들여 화평회담을 열어 전쟁을 종식시키려고 했는데 조명은 그 시간을 전력 증강 기회로 맞서고 있다. 지구전은 왜군에게 절대 불리하고, 조명군에게는 절대 유리하다고 판단한 것이다. 유키나가는 전력이 약화되면 정공법 대신 매복전이나 유격전으로 나서야 한다고 전술을 바꾸었다. 정충신이 이를 간파하고 있었다.

"저놈들은 필시 철수하는 척하여 백성들과 첩자들을 속인 후 기습전을 벌일 것이오."

그렇게 생각하니 무당이 이상했다. 묻지도 않은 말을 먼저 꺼내고, 왜의 주둔지를 까발린다. 그런데도 무당집 인근에 왜의 그림자가 없다. 정탐 결과 왜군 주둔지는 엉뚱한 곳에 있었다.

정충신은 무당 집으로 달려갔다. 무당은 짐을 챙겨 떠날 준비를 하고 있었다.

"이년, 어딜 도망가려고?"

"에그머니나."

여자가 뒤로 발라당 나가떨어지면서 놀랐다.

"네 이년. 거짓을 말하고도 살 것 같으냐? 무당년이라서 요망을 떠나?"

"에그머니나, 나는 그런 여자 아니어요. 아는대로 가르쳐주었을 뿐이어요."

"닥쳐라. 나라 팔아먹는 년, 주둥이를 찢어라."

호통을 치면서 무당을 마당으로 끌어내렸다. 병사들이 달려들어 여자의 팔을 비틀고 입을 찢으려 하자 무당이 소리쳤다.

"사실대로 고백하겠나이다. 살려주세요. 밤이면 그자들이 찾아옵니다. 목숨 부지하려면 어찌할 수가 없었습니다. 이쪽 저쪽에 시달리느니 피하려고 했나이다."

정충신은 무당을 산속 은신처로 보내고, 집구석을 뒤졌다. 신당 안에는 꽤 많은 동전과 지전이 있었다. 한 병사가 소리쳤다.

"돈맛, 몸맛을 아는 여자야. 왜의 지전이 엄청나구먼."

평양성을 점령한 고니시 유키나가는 1차전에서 매복 기습전으로 재미를 보았다. 조승훈이 이끄는 명나라 군과 김명원이 이끄는 조선 군이 성이 비어 있다는 척후병의 보고를 받고 쳐들어갔다가 매복한 왜군에게 기습을 당해 발렸다.

유키나가는 조명 연합군이 다시 평양성을 공격한다는 첩보를 접하고 황해도 봉산에 주둔 중인 오토모 요시무네에게 구원을 요청했다. 이 첩보를 날쇠가 물어왔다.

"요것들을 어떻게든 저지해야 한다. 고니시 부대를 고립시키는 것이 전세를 역전시킬 것이여."

정충신은 아군 부대에 전통문을 보냈다.

왜군은 평양 동쪽을 방비하고 있었다. 왕성탄을 빼앗기지 않겠다는 일환이었다. 왕성탄은 물이 얕은 곳이라서 입·퇴로를 확보하는 데 중요한 군사전략지다. 왜군이 왕성탄을 지키는 것은 언제 패배할지 모른다는 그들 나름의 위기의식도 깔려 있었다. 전쟁은 매번 이길 수만은 없다. 그런데 대동강은 모든 배들이 불에 타서 나룻배 한 척이 없었다. 그러니 왕성탄만한 퇴로가 없었다.

정충신은 이를 간파했다.

"조명 연합군은 평양성 서쪽 외성에서 공격을 시작하여 모란봉, 칠성문, 보통문 방향으로 들어가는 것이 좋겠다. 저놈들이 매복전에 나서니 우리도 대비하되, 도망가기 좋게 왕성탄은 열어둘 필요가 있다."

왕성탄은 철벅철벅 뛰어갈 만한 수심인데, 작년 6월 평양성이 쉽게 함락된 것도 조선군이 이 물길을 따라 건넌 것을 보고 왜군이 뒤따라 오면서 생긴 일이었다. 주요 군사기밀이 적에게 노출된 결과가 이토록 참혹한 패배를 안겨다주었다. 그만큼 첩보전은 중요하다.

그날 밤, 정충신은 무당을 빼돌린 다음 무당의 집으로 들어가 무당의 옷으로 갈아입고 방에 이불을 뒤집어쓰고 누웠다. 집 주변에 척후병 넷을 매복시켰다.

"꼭 이렇게 해야 되겠소? 숲에서 처치해도 될 것 같은데?"

오날쇠가 물었다.

"모르는 소리, 생포해야 하는 것이여. 재미보겠다고 들어온 놈들은 무장을 풀겠지. 이때 잡는 것이여. 적정 상황을 캐기 위해서는 생포여."

그는 경기도 성환 골짜기에서 여인을 덮치던 왜군 조무라기들을 이런 식으로 골로 보낸 적이 있다. 전술이란 잘 통용되는 것을 사용하는 것이 유용한 전법이다. 잘되는 것은 바로 장기가 되는 것이다.

밤이 깊자 좁은 산길을 타고 왜군 병사들이 노닥거리며 내려오고 있었다.

"이번엔 내가 먼저야."

"아니지, 나이 순으로 해야 공평하지."

"그럼 떼씹으로 하자."

"고건 무당년 의사를 물어봐야지."

"의사는 무슨? 꼴리는대로 하는 거지, 하하하."

"무당 딸년을 중군장이 차지해버리니 완전 닭쫓던 개 꼴이 되었다. 파이야. 돼지 잡아다가 잔치 벌여준 격이야."

"오늘 밤은 초소장 차지라는데?"

"하여간에 웃대가리들 밝히기는…."

"우린 연령순으로 한다. 어린놈부터 들어가라. 내가 양보한다."

그들은 제 세상이나 만난 듯이 씨부렁거리며 왁자하게 웃고 떠들며 산을 내려오고 있었다. 마치 이웃 나들이 가는 건달들 같았다. 한 놈은 호로병을 하늘로 치켜들어 술을 들이키며 내려오고 있었다.

"상놈의 새끼들, 너그들 다 디졌다."

매복한 척후병사가 이를 갈았다. 아닌게 아니라 어린놈이 먼저 들어오더니 홀러덩 이불 속으로 들어왔다. 정충신이 단박에 단검으로 그의 배를 쑤셔박았다. 물주머니처럼 그의 배가 꿀렁하더니 움푹 패였다. 늘어진 놈을 부엌문으로 던졌다. 날쇠가 이놈을 처치했다. 한참 만에 다른 놈이 씨부렁거리며 방으로 들어왔다.

"왜 안 나오는겨. 시간없는데,"

이불 속에서 정충신이 요염한 소리를 내자 그도 이불 속으로 파고 들었다. 이번에는 오날쇠가 달려들어 쇠스랑으로 왜놈 등짝을 찍었다. 쇠스랑 끝이 왜군 앞가슴으로 나왔다. 오날쇠가 쇠스랑으로 거름 쳐내듯이 왜병을 부엌으로 집어던졌다. 정충신과 오날쇠가 사립 밖에서 대기하고 있는 다른 놈에게 달려가 양손을 비틀어 묶고, 수건으로 입을 막았다. 대거리할 자가 없으니 함부로 대적해도 되는 것이다.

정충신이 낮고 빠르게 말했다.

"이놈은 디지지 않게 해라."

두 사람은 포박된 왜 병사를 신당으로 끌고 갔다. 신당 앞에 이르러 왜놈 병사의 입에 물린 재갈을 풀었다.

"너의 역할이 무엇이냐."

정충신이 물었다.

"말할 수 없다."

오날쇠가 당장 그의 발을 손도끼로 내리찍었다. 발가락 두 개가 잘려나가 낚아올린 물고기처럼 바닥에서 한동안 파닥거리다가 멈췄다. 도망가지 못하도록 발을 찍어버린 것이다. 왜 병사가 에구구구, 비명을 질렀지만 무시하고 물었다.

"무슨 역할이냐."

"수비방어사 겸 척후장이다."

놈은 중책의 정탐장이었다. 조지면 중요한 정보를 캐낼 수 있을 것 같았다.

"이름이 무엇이냐."

"와타나베(渡辺)."

"강나루에서 태어난 도변이군. 어디에 간자들을 붙였느냐."

와타나베가 입을 다물었다. 대번에 주먹 뺨이 올라갔다.

"쌍놈에 새끼, 여기가 어디라고 버팅기는 거야? 우리가 꼬장 나면 니 인생 종치는 거야. 간자들을 어디에 붙였냐."

와타나베가 대답했다.

"의주로 보내고, 요동으로도 보냈다."

"보냈더니?"

"조명이 닝뽀에서 군사를 모아 바닷길로 규슈를 친다는 첩보를 입수했다."

그것이 벌써 적 진영에 들어갔다? 낙상지 장군과 했던 밀약이 어떻게 이 자들 수중에 들어갔나.

"어떻게 알았나."

"우리 간자들 수준이다."

안 죽을만치 패자 왕의 침소에도 적의 밀대가 들어가 있다는 기밀을 알아냈다. 그러나 왕을 해치울 필요가 없다는 것을 알고 동태만 파악하고 있다고 했다.

"그런 군왕은 있을수록 좋다. 다른 군왕이 올까 걱정이다."

"유키나가 등 평양성의 왜군 지휘관은 어디 있나?"

"그건 나도 모른다. 우리의 지휘관 상황을 알 수 없고, 대신 적장의 동정을 살필 뿐이다."

왜군은 명나라 좌군 부총병 양호, 중군 부총병 이여백, 우군 부총병 장세작이 기습공격을 해온다는 첩보를 입수했다. 조명 연합군이 본진을 구성해 보통문 앞에 전진 배치되고 정희현과 김응서의 기병 부대가 일본군을 유인할 것이라는 첩보도 입수했다.

"그러면 일본군이 우리의 전략에 안 넘어간다 이 말인가?"

"모른다. 정보 탐지해서 본부에 전달하는 것으로 내 임무는 끝난다."

"역공작으로 나를 엿먹이면 어떻게 되는지 알지?"

"나는 우리의 군사기밀과 작전기밀을 토설했으니 돌아가도 죽게 되어있다. 나를 사라."

"우린 사실대로 말하면 대접하는 인간들이다."

"내 삼촌은 고성 땅에서 항왜로 돌아섰다. 나도 돌아갈 수 없다."

그는 삼촌 때문에 일본군 이동경로를 항왜들에게 제공해 도피하도록 도왔으니 이중간첩이었다. 일본에 반기를 들고 돌아선 항왜들 숫자만도 1만을 헤아렸다.

"고니시 부대 배치 상황을 말해보라."

"그건 모른다. 적정 상황만 탐지한다니까."

와타나베는 조명연합군이 일본에 대한 대공세를 펼 날짜를 입수했다. 명군이 보유한 대장군포, 자모포, 연주포, 불랑기포를 앞세워 공격한다는 사실도 알아냈다. 서남쪽 함구문은 1차 공성전때 대패한 조승훈과 조선의 이일, 김응서가 이끄는 돌격대가 맡고, 칠성문은 장세작, 보통문은 양호, 모란봉은 오유충과 사명대사의 승병이 나선다는 첩보도 입수했다.

정충신은 군마를 타고 의주로 달려갔다. 병조 사무실은 장수들이 부산하게 움직이고 있었고, 군마를 타고 온 전령들이 첩서를 주변사령에게 올리고 있는 중이었다.

정충신이 이항복 앞에 나아갔다.

"명군이 평양성에 도달하지 않았는데도 아군 전투 전개 상황을 적들이 꿰고 있습니다. 도처에 간자들이 깔렸습니다."

"알았다."

이항복이 비상군사회의를 소집했다.

"대감 나리, 비상군사회의를 소집한다고 하면 회의 내용이 누설될 수 있나이다. 핵심 참모와 비밀회의를 갖고 기록을 남기지 말아야 합니다."

"왜?"

"군왕의 침소에도 밀대가 들어가 있을 수 있습니다. 상감마마가 총애하는 후궁이 끄나풀일지 모릅니다. 모든 기밀이 적 수뇌부의 수첩에 있습니다."

"그렇게 되었나?"

세 차례나 패했다면 간자들에게 군사정보가 털린 것이다. 이젠 더 이상 퇴로가 없다. 이번마저 진다면 나라는 변명의 여지없이 무너지게 된다.

"낙상지 장군과 상의하라. 그도 들어와 있다."

정충신은 명군 진중으로 달려갔다. 출정 준비에 바쁜 낙상지가 반겼다.

"저번 선물로 준 지도를 펼쳐보니 전술을 짜는 데 도움이 되었소. 유용한 선물이었소."

"기존의 전략을 수정해야 합니다. 명나라 좌군, 중군, 우군이 대동강과 보통문, 칠성문, 함구문으로 침투한다는 우리의 작전 기밀을 적들이 알아버렸소이다. 알아낸 이상 다른 방향으로 치고 나가야 합니다."

"어떤 방향?"

"고니시 군졸들이 전쟁 피로증에 쌓여 있습니다. 이때 공격해야 합니다. 왕성탄, 보통강, 용악산 방향으로 진격한다고 정보를 흘려 놓고 조명군은 본래의 진격로로 침투하는 것입니다."

"옳소. 정 파총의 생각은 내 전략과 같소. 파총 승진했지요?"

"감사합니다. 어찌됐건 구로다의 응원군이 달려오거나. 가토 군이 지원 나오는 것을 차단시켜야 합니다."

"걱정할 것 없소. 그들은 분열되어 있으니까. 그리고 유키나가는 화평회담에 느긋해 있소. 잔칫상만 받을 생각이니 걱정할 것 없소."

"황해도에서 오는 구로다 군대, 강계 덕천을 거쳐서 오는 가토 군대가 합류할 것을 예상해야 합니다. 나는 의병들을 독려할 것입니다. 황해도쪽 승군은 오백이 넘는다고 합니다. 구월산에 있는 자들도 끌어내겠습니다. 파발을 띄울 것입니다."

"구월산 산적이 나라를 위해 봉기한다? 조선이란 나라는 참으로 독특한 나라요."

낙상지가 고개를 갸우뚱했다. 정충신은 낙상지의 안내로 이여송 제독을 만났다.

"제독 각하, 조선의 젊은 청년장교 정충신 파총을 소개합니다."

낙상지가 정충신의 손목을 잡아끌었다. 정충신이 각지게 절했다.

"알고 있다. 무슨 용무인가?"

"정충신 파총을 명군의 향도로 쓰고자 합니다. 귀신의 촉이고, 용맹이 호랑이와 같습니다."

향도란 대오의 선두에서 진격 방향과 진격 속도를 조절하는 군사의 중요 직책이다. 두뇌와 용맹이 요구되는 자리다. 지리를 알아야 하고, 전술도 꿰야 한다. 선두와 후미의 거리를 조절해야 하니 말을 타고 신속하게 움직여야 한다. 연합군으로 구성되는지라 조명군과의 유격 거리, 유기적 협력관계도 고려해야 한다.

"향도를 맡는다면 우리 군호와 군사 언어를 알아야 할 텐데?"

"남방병사 군마 중군장 동충평으로부터 중국말을 배웠고, 명군 조직체계도 숙달했으며, 말 달리기도 익혀서 적임자입니다. 우리 또한 조선말이 서투르니 정 파총이 선봉의 향도로서 통역을 할 것입니다."

이여송은 낙상지를 아꼈다. 낙상지는 요양 사람으로 이여송의 부친 이성량과 대를 이어 이여송 집안을 섬겼고, 절강성의 남방 병사들을 훈련시켜 4차 평양성 공격에 참가하기 위해 의주에 들어와 있었다. 육척장신에 근력이 천근을 든다고 해서 낙천근이라 이름붙은 장수다. 이 사람이 조선에 우호적인 반면에 이여송은 정반대다. 이여송은 조선족 출신이면서도 조선족이 아니라고 남 대하듯이 한다. 낙상지는 정충신이 선물로 가져온 지도의 의미를 아는 사람이었다.

"지난번 제독 각하께 선물로 바친 조선 지도를 정충신 파총이 제작해서 올린 것입니다."

"그래, 그건 좋다 해. 금붙이 수만 냥을 받은 것보다 값진 선물이었지. 세밀하게 그린 지도더군. 온 군사가 동원되어서 제작한 지도 같더군. 그런데 향도는 맡길 수 없다. 위험하다."

정충신이 나섰다.

"제독 각하, 저는 저 멀리 전라도에서 올라온 사람입니다. 전라도에서 의주까지 이천오백 리 길이온데, 북경에서 의주 오는 길과 같습니다. 소인은 이 길을 두 차례나 왕복했나이다. 오며가며 네 차례나 조국 산하를 살핀 것입니다. 중요한 군의 요새, 강과 나루터, 산의 협곡과 평야를 빠삭하게 알고 있습니다. 조선의 지형에 대해서만은 안심하십시오. 아침 새보다 먼저 일어나고, 한밤중 부엉이보다 똘망똘망한 눈으로 명군을 안내할 것입니다."

이여송이 웃었다.

"말보다는 행동이 우선이다. 알았다 해."

정충신이 병조로 돌아와 이 사실을 알렸다. 대번에 조정이 환영했다.

"명 구원병이 우리 군사와 연합하여 평양성을 진격하는데 정충신 파총이 연합군 향도로 나서게 되었사옵니다."

이항복 병판이 정충신을 대동하고 왕 앞에 이르러 아뢰자, 왕도 기뻐했다.

"잘한 일이다. 그렇다면 정충신에게 역할을 다할 수 있도록 도총부(都摠府) 경력(慶曆)을 겸하여서 선전관으로 임명하노라."

"성은이 망극하옵니다."

이항복이 감복했다. 그러나 승진이 지나치다 싶어 다시 아뢰었다.

"상감마마, 평양성 승리를 이끈 다음에 벼슬을 내리셔도 늦지 않사옵니다."

"더 잘하라고 벼슬을 내리는 것이다. 화살을 먼저 맞을 향도는 그만큼 위험하지 않나. 거기다 역할은 어느 장수에 못지않으니 위해야 한다. 명군 총사령관이 임무를 부여했다면 그에 상응한 처우의 예를 갖춰야 한다."

이항복은 경사라고 받아들였지만 다른 관원들의 투기의 시선이 걱정되었다. 병판대감의 사저에 있는 정충신이 초특급 승진을 했다네. 무과 급제시키자마자 또 승진을 시켰다네… 남이 볼 때 정황상 그렇게 볼만한 근거는 충분했다.

도총부 경력이란 오위도총부에 속한 병무행정 실무를 관장하는 벼슬이다. 도사(都事), 서리(書吏), 사령(使令)보다 위에 있는 자리다. 도총부의 도총관·부총관은 부마를 비롯한 종실의 척신들이 임명되는 것이 관례여서 군정(軍政)의 군림 등으로 말이 많았는데, 오늘날의 관점으로 보면 청와대의 빽이 아니면 들어갈 수 없는 곳이다. 여기에 정충신이 임명된 데다 선전관까지 겸했으니 약관에 출세를 한 것이다. 선전관은 형명(병사의 좌립과 진퇴를 호령하는 역할), 임금의 호위, 왕명 전달 등의 일을 관장하는 왕실 측근 호위대다.

인사발령이 나자 아닌게 아니라 당장 관원들 사이에 난리가 났다.

"전라도 촌놈의 새끼가 어린 나이에 도총부 경력에 선전관까지 올라? 웃기는 나랄세."

관원들은 이렇게 욕했고, 다른 관원은 노골적으로 비난했다.

"전라도 광주 관아의 신분 낮은 통인이란 새끼가 오이꼬시하면 우리가 엿돼버린 거여."

왕의 전지(傳旨)가 별도로 내리자 설마했던 선전관들도 가만 있지 않았다.

"이항복 병판의 총애를 받더니 출세가 광속도로 나가는군. 나도 왕실 척신의 줄을 잡거나 누이를 갖다 바치겠다. 어떤 관기가 그자의 누이라매?"

이렇게 헛소문까지 돌았다.

정충신을 가지고 조정에서도 파가 둘로 갈렸다. 이항복 병조판서와 가까운 신료들은 이항복 편에 서고, 가깝지 않은 자들은 비판 대오에 섰다. 시일이 지나자 이항복 편에 선 사람들도 점차 줄어들더니 여론이 돌아서고 있었다.

어느날 행수(行首) 선전관이 다른 선전관들의 의견을 모아 임금을 아뢰었다.

"상감마마, 지금 나라가 큰 불행을 당해 상감마마께옵서 왜놈들에게 쫓겨 천리 이역 의주까지 왔나이다. 상감마마를 모시는 데 저희 선전관 또한 사력을 다하여 왕실을 옮겼나이다."

"그래 용건이 뭔가….."

빤한 공치사가 선조 임금은 비위가 상했다.

"이동 행궁이긴 하지만 그래도 법도와 기강이 있사옵니다. 저기 전라도 광주 목사관의 일개 통인이 의주에 올라와서 병조판서댁 심부름하는데, 그런 그에게 도총부 경력 벼슬과 선전관 벼슬까지 내리시니, 정사의 질서를 무너뜨리는 것이 아닌가 싶어 심히 우려되옵니다."

"그래서?"

"선전관 일동은 정충신의 벼슬자리를 지워주시는 것이 합당하고 사료되온 바 찾아뵈었나이다. 통촉하여 주시옵소서."

"지체와 문벌을 따지는 것이 기강을 세우는 것이냐? 쓸만한 인재를 찾아서 상응하는 벼슬을 내리는 것은 왕의 특권이다. 그러나 그렇다면 너의 요구대로 정충신에게 도총부 경력 겸 선전관을 내렸던 전지를 거두겠다."

"성은이 망극하옵니다."

"대신 참상급 선전관으로 승진시키는 바이다. 바로 너의 윗자리다."

선조의 오기가 발동하면 아무도 못 말렸다.

이항복 병판대감이 병조로 돌아와 집무중인데 일군색(一軍色) 이정방이 들어와 아뢰었다.

"병판대감 마님, 정충신이 금방 참상급 선전관으로 다시 벼슬이 올랐다 하옵니다."

"뭣이?"

도총부 경력 겸 선전관 벼슬이 내린 것이 며칠 전인데 또 참상급 선전관으로 승진하다니, 이항복은 놀라 자빠질 지경이었다.

"그 말이 사실이렸다?"

"그렇습니다. 선전관들이 궁궐에 들어 상감마마를 알현한 자리에서 정충신에게 선전관 벼슬 내린 것을 부당하다고 따지다가 벼락을 맞았다고 합니다. 정충신은 벼락 맞은 곳에서 항상 승승장구하는군입소."

이정방의 말투에도 뼈가 있고, 빈정거림이 묻어 있었다.

"왜 그렇다는 것이냐."

"부당함을 따지면 그가 올라갑니다요."

"이정방은 직무에 충실하라. 남 투기할 시간이 없다."

이항복이 호통쳤다. 일군색은 병조 내의 실무 부서로서 장교와 군병의 봉급과 급료 자금을 관장하는 직책이다. 기병과 보병을 관장한 이군색, 군적(軍籍)을 관장하는 도안청, 역졸과 마필을 관장하는 마색 등이 있는데, 그중 일군색은 실무 직책으로는 요직이었다. 그런데 그 역시 심술이 나는지 은근히 투기하는 것이다. 이항복이 명령했다.

"가서 정충신을 데리고 오라."

이정방이 정충신을 찾으니 그는 선전관실에 있었다. 신임 인사차 들른 모양인데, 정충신과 선전관들 사이에 언쟁이 붙었다.

"자네가 보아하니 병판대감 사위가 된다는 소문이 있었는데, 병판대감은 외동딸만 있고, 그 외동딸은 윤인옥의 내자지. 그렇다면 윤인옥을 쳐낸다는 말인데, 사대부 집안에 그럴 일이 있을 수 있나? 그런데도 그런 말이 도는 것을 보면 니가 여기저기 헛말을 돌리는 것 아닌가? 그래서 출세한겨?"

"상급자들이 근무성적이 좋아도 제때 승급하는 자가 드문데 이 자가 승진하는 것을 보니 뭔가 있다니까."

"도대체 병조엔 사람이 없나? 촌놈이 자고 나면 승급하니 말일세."

정충신은 영문도 모르고 당하는 꼴이었다. 문제는 벼슬자리가 그들을 추월했다는 점이다. 정충신이 나섰다.

"선전관이 궐내 질서와 기강을 잡아야 하는데 당치도 않는 말을 쏟아내고 있소. 나는 단 하루 참장 선전관을 하더라도 똑 부러지게 할 것이여. 이 자리는 내가 원해서 앉은 자리도 아니고, 어명에 따라 내려진 벼슬이여. 어명을 어길 것인가?"

다들 왕실의 척신들이니 오만하긴 하되 왕의 명을 거스를 수는 없다. 어명을 따르지 않는 자를 다스리는 자리가 선전관 아닌가.

왜란이 나고 임금이 의주로 몽진해오고, 행재소가 어지러운 가운데 기강이 해이해졌으니 선전관은 이런 것을 다잡아야 하는 것이다. 정충신은 바로 잡을 필요가 있다고 생각하고 소리쳤다.

"나이가 벼슬인가? 나이로 승급하냐고? 능력과 실적이 벼슬의 기준이여! 선전관들이 먼저 깨우쳐야 하거늘, 난리 속에서 비르적대며 알까고 있다면 누가 승복하겠는가. 정 이러면 내 고향 곤조 보여줄까?"

"고향 곤조가 무엇이관대?"

"일 못 하는 자는 껍닥을 벗겨버리는 것이오."

"껍닥?"

"가죽이오."

선전관들이 일시에 눈을 똥그랗게 뜨고 놀라는 표정을 지었다.

"조심들 하시오. 상관으로서 내 더 찬찬히 들여다볼 것이오."

정충신이 이렇게 나오자 이정방이 놀라고 있었다.

"정 참상, 지금 병판 어른이 부르고 계시네. 어서 병조로 들어가세."

정충신이 그들을 싸악 한번 눈으로 훑은 뒤 선전관청을 물러났다.

"아따 저 자식, 성질 한번 고약하네. 우리가 명문 가대 출신이란 것도 싹 깔아뭉개버리누만."

정충신이 사라지자 한 선전관이 혀를 내두르며 한 소리 했다.

"내 일찍이 너에게 웃자라서는 안된다고 했거늘, 어째서 선전관들을 나무래느냐."

이항복 대감이 정충신을 꾸짖었다. 이정방 일군색으로부터 중간에 자초지종 보고를 받았던 모양이다.

"내가 무과시험 때 일부러 너를 차석으로 등위를 내린 뜻을 알고 있느냐?"

"알고 있습니다."

"무슨 뜻이냐."

"경거망동하지 말 것이며, 오만하면 안 되는 것이며, 속이 찬 벼일수록 고개를 숙이는 법이라고 하셨습니다."

"그것을 지키고 있느냐?"

"지키려고 해도 지키지 못하도록 상황이 돌아가버립니다."

"그것을 간파하고 이겨내는 것이 대인이 취할 행실이다. 대궐의 정서란 편견과 음해와 모함이 넘쳐나는 곳인즉, 왜 그러는 줄 아느냐."

"권력이 있기 때문입니다."

"그렇다. 이익이 있는 곳이니 못된 풍속이 하나의 문화로 자리잡았다. 그러니 언제 어느 때 모가지가 날아갈지 모른다. 그것으로 기득권을 수백 년째 이어오고 있는 곳 아닌가. 상감마마의 감정에 따라 사람 목숨이 왔다갔다 하느니라. 나 역시도 깊숙이 기웃거리지 않고 있나니라. 누구로부터도 적을 만들어선 안 된다. 알겠느냐."

"그래도 참기 어려울 때가 있습니다."

"당연히 그럴 때가 있지. 하지만 너의 인사에 관한 한은 어른스러워야 한다. 네가 특혜를 받은 것은 사실 아니냐. 모든 관원들이 자기 하는 일보다 직분이 낮다고 생각한다. 그래서 언제 승진하나 눈이 빠지게 기다리는데 갑자기 나타난 젊은 떠꺼머리 총각이 행수 선전관보다 윗 자리에 앉아버리니 불만스러운 것이다."

"실적이 없는 건 아닌디요?"

실적으로 말하자면 장계를 품고 이천오백 리 길을 단숨에 올라와 임금의 도강을 막는 일이며, 전라도 이치·웅치전에서 도절제사의 막료로서 승리로 이끌었다.

"그들 눈에는 그렇단 말이다. 다행히도 상감마마께옵서 너의 활동을 아시고 응분의 조치를 내리신 것이니, 그 성은을 뼈에 새겨 보답해야 한다."

"충실히 따르겠나이다."

"지금 육조를 방문해 인사하고 오너라. 선전관실도 재차 방문해 정식으로 인사하고 오너라. 그런 다음 상감마마께 거듭 사은숙배(謝恩肅拜)해야 한다. 그런 다음 임무를 부여하겠다."

이항복이 짐승의 털로 만든 안울립 전립(벙거지)과 등채, 남전대를 내주었다. 군복을 벗고 새 모양을 갖추니 품새가 났다.

"신임 오위도총부 경락 겸 참상 선전관 정충신 인사 올리옵니다."

정충신이 각 대신들을 찾아 인사를 했다. 오음 윤두수와 서애 류성룡, 한음 이덕형 등 지체높은 대신들은 정충신을 보며 칭찬을 아끼지 않았다.

"역시 백사대감이 인재를 알아봐. 보는 눈이 우리와 차원이 다르다니까."

예판 이덕형의 말이었다. 정충신이 인사를 끝내고 선조를 알현하고 숙배했다.

"예법을 제대로 배웠구나. 헌데 너의 인사를 두고 불평하는 자가 있더냐?"

"아니옵니다. 소인 임무만 성실히 수행할 것이옵니다."

"오늘 이후로 지벌(地閥)을 따지는 자는 파직시킬 것이다. 지놈들 이익을 챙기고자 지벌 따지고, 문벌 따지고, 학맥 따지는데 그것이 분열의 핵심이다."

이런 현명한 임금이 왜 왜란을 자초했을까. 그럴수록 충성을 다하리라 마음 먹었다.

정충신이 어전을 물러나와 선전관청으로 다시 갔다. 행수 선전관이 아랫목에 앉고, 십여 선전관들이 양쪽으로 갈라 앉아 정충신을 맞았다. 시위하듯 자리를 지키는 모습은 겁주겠다는 수작이 역력했다. 행수 선전관이 물었다.

"어디서 오는겨?"

"육조의 대신들을 뵙고 신임인사를 드리고, 어전에 가서 상감마마께 사은숙배하고 오는 길이오."

"그러면 우리한테도 예의를 차려야지."

"그래서 이렇게 다시 찾았습니다."

"우리의 예의는 허참(許參)이라는 것이네. 허참의 예를 아시는가?"

"몰겠는디요?"

"몰겠는디요라니?"

"모르겠다는 전라도 말이오."

"모르는 것이 자랑인가. 정충신 참상관, 참상급 벼슬이라면 선전 관청의 예의법도는 알아야 하는 것 아닌가."

"가르쳐 주십시오."

뒤쪽에서 누군가 못된 자식, 하고 욕을 퍼부었다. 웃음소리가 와크르 터져나왔다. 정충신은 꾹 참았다.

"허참이란 말일세, 예로부터 선전관청에 내려온 관습이지. 새로 선전관 발령을 받으면 선임 선전관들이 신임 선전관을 통과의례 시키느라고 갖은 장난과 희롱을 하는데, 이 통과의례가 끝나면 신임 선전관은 술과 안주를 차려서 고참 선전관들을 대접하는 행사지. 이 자리가 어떤 자린데 그냥 털도 안 뽑고 먹겠는가. 어떤 사람은 소도 잡았다네."

"그것이 국사와 무슨 상관이 있습니까. 지금 잔치 벌일 일이 있습니까?"

정충신이 힘주어 물었다. 이 난세에 맹랑한 짓도 다 있는 것이었다.

"이 사람아, 그건 우애와 단합을 하는 절차야. 국사를 잘 하는 첩경이지. 하라면 해야지, 무슨 잔말이 많은가!"

이번에는 나이든 참상관이었다. 그도 새파란 젊은 친구가 참상관 자리에 오른 것이 기분 나쁜 모양이었다. 수십 년 차곡차곡 곡식 더미를 쌓듯이 절차를 밟아 오른 참상관인데, 새파란 촌놈이 하루아침에 자기와 동급 동렬의 위치에 있으니 불쾌한 것이다.

"나는 그렇게는 못 하겠소."

정충신이 잘라 말했다.

"못 하겠소이다? 어디서 배운 말버릇인가. 우리 선전관청엔 못하겠다는 말은 옥편에 없어!"

행수 선전관이 호통쳤다. 그러자 모두들 와크르 웃었다. 정충신을 완전히 엿먹이겠다는 수작이었다. 정충신이 아랫배에 힘을 주고 말했다.

"그런 통과의례는 나는 못 받겠소. 그 이유를 말하겠소이다. 첫째 이런 관습은 악습이오이다. 단합을 목적으로 우애를 깊이 한다고 해도 그것이 아니어도 얼마든지 단합을 결의할 일이 있소."

"다른 뭐가 있다고?"

"그렇소이다. 함께 백두산 등정을 하면서 조를 짜 야숙(野宿)을 하며 결속을 다진다든지, 뗏목을 띄워 함께 노를 젓는다든지, 압록강 얼음물에 들어가 몸을 담군다든지 하는 것이오."

"혼자 군인 노릇 다 하누만. 이 사람아, 얼음물에 빠져 디질 일 있어?"

참하관 중의 한 사람이었다.

"산속 눈밭에 들어가 호랑이 밥이 되라고?"

하긴 이들은 행궁에 와서 딱히 할일이 없었다. 왕실과 육조의 행정은 마비되었으니 역할이 없는 것이다. 왕자 광해가 서북지방과 삼남을 오가며 왜군과 싸우고, 전라좌수사 이순신이 남해 바다에서 고군분투하고, 의승병들이 처처에서 싸움을 벌이고 있지만, 의주 행궁은 할일이 없었다. 정충신이 장계를 품고 오지 않았다면 이들은 벌써 왕을 호위해 요동으로 건너갔을 것이다. 생각없이 사는지라 비상시국에도 먹고 놀며 시간을 죽이고 있는 것이다. 정충신이 다시 말했다.

"두번째로는 수천 리 밖 타관에 홀로 나와있는 내가 무슨 수로 술과 안주를 내겠습니까."

"그러니까 선전관은 누구나 하는 자리가 아니라니까."

"술과 안주는 낼 수 있소. 그러나 백사(이항복) 대감의 마나님 손을 빌려야 하는데, 여러분은 대신의 술과 안주를 대접받고 싶소?"

그들이 뜨악해졌다.

"호랑이와 노루와 멧돼지를 바치겠소."

선전관들이 눈이 휘둥그래졌다. 그 정도라면 어떤 호화 잔치보다 앞설 것이다.

"가당키나 한 일인가?"

"나한테는 가당한 이야기요. 선전관 다섯을 붙여주시오."

그러자 참하관 하나가 흥미를 보였다.

"사냥을 하자 그건가?"

"그렇소. 호랑이 울음소리가 들리는 것 보니 인근 산에 호랑이가 살고 있소. 호랑이가 살면 먹잇감이 풍부하다는 뜻이오. 노루와 멧돼지 사슴이 널려있을 것이오."

삭주군으로부터 흘러내려온 강남산맥의 산록지대와 연이어지는 구릉지, 그리고 천마산 줄기엔 산짐승들이 많았다. 먹이사슬이 잘 발달해 무서운 짐승에서부터 사슴 노루 멧돼지 삵괭이 여우 토끼가 풍부하게 분포되어 있었다. 겨울철엔 눈이 쌓여 깊이가 넉 자, 다섯 자를 넘으니 이것들은 지상에 그대로 노출되었다.

다음날 정충신은 지원자들과 함께 눈덮인 산으로 들어갔다. 조총이 네 자루가 있었다.

날아가는 꿩을 활을 쏘아 두 마리를 동시에 잡았다. 문자 그대로 일전쌍조(一箭雙鵰)였다.

따르는 선전관이 놀랐다.

"깊은 산에서 짐승을 잡아서 먹고 사는 중국 사냥꾼들은 '이주얼 쑹산라오후(一猪二熊三老虎)'라고 하는데 무슨 뜻인지 아오?"

"무슨 말이오?"

"첫째가 멧돼지, 둘째가 곰, 셋째가 범이라는 말이오. 사냥의 난이 도를 말하는 것이지요. 말하자면 멧돼지 사냥이 제일 어렵고, 그 다음이 곰, 세 번째가 호랑이 사냥이란 뜻이오."

"아니, 호랑이가 아니고 멧돼지 사냥이 제일 어렵다? 그게 가당키나 하오?"

"멧돼지는 백두산 산삼을 먹고 사니 힘이 좋소. 게다가 성질 하나는 지랄같소이다. 겁 없이 저돌적이고 순간의 힘이 엄청나지요. 물불 안 가리고 덤벼들면 호랑이도 옆구리가 받혀서 창자가 밖으로 빠져나올 수 있소. 그 다음이 곰인데 미련하오. 호랑이는 자기가 최고라는 자만심으로 느긋하게 어슬렁거리지요. 피하지도 않고 인간을 만나면 다가오지요. 이럴 때 조총으로 한 방 갈기면 고대로 나가떨어지지요. 그런데 인간으로서는 가장 사냥하기 어려운 멧돼지가 호랑이 주식이란 말이오이다."

깊숙한 산골에 외딴 집이 있었다. 싸리울 밑에 붉은 핏물이 번져 햇빛을 받아 반짝였다. 정충신이 걸음을 멈추고 손을 들어 뒤따르는 몰이꾼들의 걸음을 제지했다.

"호랑이가 사람을 물어죽였군!"

보아하니 외딴집 가족을 해친 것이 분명해보였다. 호랑이 한 마리가 싸리나무 사립문에서 나와 눈밭을 어슬렁거렸다. 그의 입주둥이는 온통 핏물이 들어 얼룩져 있었다. 사립문 안쪽에는 다른 호랑이 한마리가 엎드려 늘어지게 자고 있었다. 인간을 해친 것이 분명해보였다.

정충신이 몰이꾼들을 골짜기에 매복시키고, 사립문 밖 호랑이 머리에 조총의 가늠쇠를 올리고 숨을 멈춘 채 탕 쏘았다. 호랑이가 허공으로 뛰어오르더니 그대로 고꾸라졌다. 울타리 안에서 자고 있던 호랑이가 놀라 후다닥 뛰는데, 정충신이 외쳤다.

"쏘아라!"

그러나 호랑이가 한발 앞서 구렁창에 배치된 선전관을 물고 으르렁거렸다. 선전관이 울부짖었다. 호랑이는 선전관을 물고 좌우로 흔들었다. 정충신이 활을 뽑아들었다. 호랑이가 정충신과 눈이 마주쳤다. 정충신도 뚫어져라 호랑이를 노려보며 한 발 한 발 그 앞으로 다가갔다.

활시위를 당겼다가 한 순간에 탁 놓자 황소만한 호랑이가 허공으로 뛰어올랐다. 화살이 정통으로 호랑에 눈에 꽂힌 것이다. 선전관이 구르듯이 옆으로 몸을 피하자 정충신이 조총을 들어 호랑이에게 쏘았다. 호랑이 숨통이 끊어져 늘어지고, 핏물이 눈밭을 붉게 물들였다.

"다 나오시오!"

골짜기 이곳저곳에 매복했던 선전관들이 나왔다. 단숨에 그를 보는 눈이 달라졌다.

"신기(神技)요,"

정충신이 집안으로 들어가 안방 문을 열어제끼는데, 다락에 사람 셋이 엎드려 있었다.

"당신들 무사하게 되었소."

가족들이 부스스한 몸으로 다락방에서 내려왔다. 식구들이 무사하다면, 눈밭의 피는 누구 것인가.

"혹시 바깥분이 당한 것이오?"

"외양간의 소를 잡어먹은 거랍니다. 외양간에 묶어둔 소를 먹는데, 그 사이 식구들이 고방으로 올라와 숨었답니다. 우리 소가 우리를 살린 것이지요. 바깥 양반은 몰이꾼을 데리고 온다고 마을로 내려갔다우."

선전관들이 호랑이를 메고 가니 흡사 개선장군 같았다. 선전관청에 당도하자 병조의 당직 사령이 달려왔다.

"정충신 참상관은 지금 당장 병조판서 집무실로 올라가시오."

병조 사무실에는 판서, 참판, 당상관, 참의, 참지와 무선사(武選司)·승여사(乘輿司)·무비사(武備司)의 정랑과 좌랑 등 10여 명의 관원들이 모여서 회의를 열고 있었다.

"정충신 참상관은 지금 곧바로 의주를 떠나라."

무선사가 이를 받아 설명했다.

"병판대감께옵서 접반사로 임명돼 평양에 입성하는 명군을 접대하게 되었는 바, 군량과 식품이 모자라 이여송 제독이 화가 나있소. 군사를 먹이지 못하면 철수하겠다는 것이오. 박천, 안주, 숙천까지 내려가 있던 명군이 지금 멈춰 서 있소. 수만 명의 식량을 마련하려니 죽을 지경이오이다. 이 제독 심기를 거스리면 안 되오. 남의 손을 빌려서 나라를 건지겠다는 것이 이렇게 힘든 일이오. 이 제독 성질 누구러뜨리는 일이 제일 긴요한 문제요."

"걱정할 일 없습니다."

정충신이 간단히 받아넘겼다.

"이여송 제독이 화가 나있다. 호궤(犒饋: 군사에게 음식을 주어 위로하는 것)를 거부하고 명군의 사기를 떨어뜨렸다고 화를 내고 있다."

"대감 마님, 명군이 지나가는 곳은 약탈이 심하다 하옵니다. 마을마다 곡식을 끌어내고, 부녀자는 잡아가고 있다고 하옵니다. 민심이 흉흉합니다. 명군이나 왜군이나 똑같다고 민심이 폭발 직전입니다. 소인이 생각해낸 바가 있습니다."

"방법을 생각해?"

"그렇사옵니다. 이덕형 형판 대감을 역원에 보내는 것입니다. 그러면 명군이 이 대감 마님을 접반사로 알고 잡아갈 것입니다."

"친구에게 욕보일 수 없는 일 아닌가. 형판으로 자리를 옮긴 지도 얼마 안 되는데, 직무를 숙지하는 데도 시간이 부족한 사람이야."

"다른 신료를 내세우면 오해를 살 수 있지만 한음 대감은 오성 대감마님의 어릴 적부터의 친구 아닙니까요."

"꺼림칙하다."

"어차피 누군가는 가야 합니다."

"그렇게 되면 나는 나라의 궁리를 회피하는 폐신(廢臣)이 된다."

"대감 마님은 명군이 길가에 쌓아놓은 양식을 회수하십시오. 박천, 안주, 숙천부사와 방어사를 시켜 쌓아놓은 곡식을 압수해 이여송 진지로 보내는 것입니다. 명군이 약탈한 것을 도로 찾는 것이니, 백성들이 환호할 것이며, 이것을 전투식량으로 징발하지만 전쟁이 끝나면 되돌려 준다고 백성들에게 증서를 써주면 백성들이 감읍할 것입니다. 그 일은 병판이 할 일이옵니다."

듣고 있던 이항복 대감이 머리를 끄덕였다.

이항복이 밀지를 썼다. 밀지는 두 가지였다. 하나는 이덕형 형조판서에게 보내는 것이고, 다른 하나는 평안도 박천 안주 숙천 영변 부사와 방어사에게 각기 보내는 밀지였다.

밀지를 받은 이덕형 형판은 서둘러 길을 떠났다. 박천 안주 숙천 영변 고을에서도 민병대가 구성되고, 우마차가 동원되었다. 이항복이 이들 고을로 나가 민병대를 지휘해 명군이 약탈한 식량을 회수했다.

"이 곡식은 백성들의 것이니 조정이 회수한다. 평양성에 당도한 이여송 제독에게 직접 보낼 식량이다."

이렇게 나가는데 명군이 항의할 근거는 없었다.

"어느 부대 군사들인가."

"길봉하, 사대수 부대의 잔병들입니다."

"너희들 하는 수작이 아름다우면 이여송 제독에게 상훈이 내리도록 하겠다. 귀대하라."

이항복은 군례(軍禮)에 따라 명의 장병들에게도 주정소(晝停所)와 호조에서 지급하는 일당 2전7푼씩을 나누어주고 술병도 돌렸다. 이들이 "씨에씨에(고맙습니다)"하며 머리를 조아렸다.

"환잉광린 워더쥬예!(欢迎光临我的主页: 도움되길 바란다)."

이항복이 중국말로 응대하자 그들이 더욱 머리를 조아리며 사라졌다.

한편 이덕형 형조판서는 이항복의 밀지대로 평양 외곽 역원에 들어가 앉았다. 밤이 깊자 명군 정탐병 수십 명이 들이닥쳤다.

"이항복을 체포한다."

이덕형은 곧바로 명군 진지로 압송되었다.

이덕형은 평양성 외곽에 진을 친 이여송 제독의 본진 유치장에 처박혔다. 옥에는 하극상을 벌인 자, 동료들끼리 싸우다 들어온 자, 무기를 잃어버리고 동료병사 무기를 훔치다 들어온 자들이 우글거리고 있었다. 짚덤불이 깔린 바닥은 습기로 눅눅한 데다 누군가 오줌을 지렸는지 오줌 냄새가 역하게 풍겨나왔지만, 그들은 그 속에서 히히덕거리고 있었다.

존경받는 명신(名臣)이 함께 갇히니 이덕형은 체면이 아니었다. 바지 꼴마리를 까 이를 잡아 손톱으로 톡톡 까죽이는 늙은 병사가 그를 바라보며 히죽이 웃었다. 이덕형은 이항복에 대한 배신감으로 치가 떨렸다. 나가기만 해봐라. 가만두지 않을 것이다.

이덕형은 평양에 와있는 류성룡과 이일, 김명원을 만나 이곳을 빠져나갈 궁리를 했으나 연락이 닿지 않아 어찌할 방도가 없었다.

정월인지라 유치장은 추위가 맹위를 떨쳤다. 온몸이 얼어붙었다. 명군 죄수들은 강아지들처럼 서로 몸을 밀착시켜 체온을 유지하며 노닥거렸다. 꾀죄죄한 현실도 낙으로 받아들이고 있었다. 그런 태평이 부러웠다. 높은 지체가 거추장스럽게 느껴졌다. 스르르 잠이 왔다. 잠이 들면 죽는다고 했다. 그래서일까, 긴 칼을 찬 형졸이 옥 앞을 왔다갔다 하며 죄수들의 동태를 살피고 있었다.

심문관이 들어와 이덕형을 심문하기 시작했다.

"왜 여기 들어왔소?"

"그건 내가 묻고 싶은 말이오."

"당신 죄를 당신이 모르다니, 도대체 당신들 생각이 뭐요?"

"나도 잘 모르겠소."

"우리가 조선을 위해 3만 병력을 이끌고 왔으면 병사들 입성은 해주어야 할 것 아니오? 추울 때는 뱃속이 비면 더 사지가 오그라든단 말이오."

"무슨 오해가 있는 것 같은데 낙상지 참장이나 갈봉하 유격을 만날 수 있겠소?"

"그건 왜 그렇소?"

"의주 의순관에서 두 장수를 만난 적이 있소이다. 사대수 총병과 자리를 같이하면서 예를 행하고 군병의 사기를 높일 일을 상의한 바가 있습니다."

"상의한 것이 이 모양이오? 진중에 있는 장수들이 더 화가 나있소. 식량이 올 때까지 묶어둘 수밖에 없다는 명령이오."

이여송 제독이 군사 3만을 이끌고 부총병 양원을 중협대장(中協大將)으로, 부총병 이여백을 좌익대장으로, 부총병 장세작을 우익대장으로 삼고, 부총병 임자강·조승훈·손수염·사대수와 참장(參將) 이여매·이여호·방시춘·양소선·이방춘·낙상지·갈봉하·동양중과 함께 평양 외곽에 진을 친 것은 1593년 1월 11일이었다. 오는 도중 새해맞이 떡국도 먹지 못한 데다 식량 보급이 이루어지지 않아 병사들이 굶었다. 그러니 약탈이 자행되었고, 지휘부는 방치했다. 도가 지나친 것도 묵인되었다.

"주민을 괴롭힌다 하여 의병들이 명군을 공격하는 사례도 많이 접수되고 있소. 전선이 이 모양이니 누가 적이고, 누가 우군이오?"

그래서 병조판서가 평양 외곽 역원에 와 있다는 소식을 듣고 이여송의 명령에 따라 척후병들이 병조판서를 잡아온 것이라고 했다.

"자, 갑시다. 이 제독 앞으로 가서 사실대로 고변하시오."

이덕형이 이여송 제독에게 압송되어 갔다.

"아니, 이 자가 이항복이라고?"

이덕형의 위아래를 훑어본 이여송이 놀란 눈으로 압송대장에게 물었다. 한두 번 이항복을 만나본 이여송은 단박에 그가 가짜임을 알았다.

"이 자는 이항복이 아니다. 어떻게 된 것이냐?"

"조선의 병판이 역원에 당도했다는 첩보를 받고 잡아들인 것이옵니다."

"아니다. 당장 이항복을 잡아들이라!"

그때 긴 우마차 행렬이 진지로 들어오고 있었다. 우마차에는 양곡이 가득 실려 있었다.

"저 사람들이 누구요?"

우마차 행렬 선두에서 이항복 대감이 말을 타고 들어오고 있었다. 이항복을 본 이덕형 형조판서도 놀랐다.

"아니 저 자가…."

자신을 역원에 집어넣고 개선장군처럼 들어오는 것이 어리둥절하기만 했다.

"조선국 병조판서 이항복이오."

이항복이 마상에서 이여송을 향해 외쳤다. 그의 뒤에는 정충신이 따르고, 그 뒤에는 양식을 가득 실은 우마차가 차례대로 들어오고 있었다.

"이게 어인 일이오?"

이여송이 물었다.

"호궤를 제대로 이행하지 못한 것을 양해 바랍니다. 양곡을 거두어 오느라고 지체되었습니다. 좀 늦었으나 군사들이 배불리 먹을 만큼은 되었소이다."

이여송이 호방하게 웃었다.

"하하하, 그러면 이 사람은 누구요?"

이여송이 턱짓으로 이덕형을 가리켰다.

"이덕형 형조판서 올시다. 예판을 지낸 명신으로서 예의가 자별한즉, 내가 전투식량과 호궤를 차릴 식재료를 구해오는 동안 역원에 나가서 임시 접반사로서 명의 장수들을 접대하라고 요청했나이다. 혹시 결례라도 했소이까?"

— 저런 쳐죽일 인간…

이덕형은 목구멍까지 욕이 올라왔으나 참았다.

"그건 우리가 결례한 것이오. 척후병들이 이항복 병판대감인 줄 알고 잡아들인 것이오이다. 워낙에 다급한 진중 사정인지라 확인도 못 하고 압송해온 우리가 결례했소이다."

"아니올시다. 임시 접반사가 제대로 응대하지 못한 것이 결례겠지요."

— 저런 쳐죽일 놈. 한 수 더 뜨는군.

이여송이 우마차 행렬 후미를 보고 물었다.

"그런데 저 우마차 꽁무니에 따라오는 말들은 무엇이오?"

"폐마들입니다. 명군이 진격하면서 버린 말과, 우리가 기르던 것들 중 쓸모없는 것들을 모두 거두어 왔습니다. 저것들을 끌고 오느라 시간이 더 지체되었군요. 후에 또 올 것입니다."

"저런 말들을 어디에 쓴단 말이오?"

이여송 부대의 기마부대 말들은 하나같이 준마였다. 마부대장 진충평이 데려온 말들은 기름기가 자르르 도는 간쑤성의 호마(胡馬)들이었다. 가난뱅이는 염소, 양, 토끼가 화폐 단위지만, 부자들은 준마가 화폐가 될 정도로 값나가는 동물인데, 이것들을 천여 필 징발해왔다.

간쑤성 초원에서 자란 말들은 높이가 아홉 자나 되고, 덩치가 집채만한 것들이어서 전쟁터에 나갔다 하면 단번에 적진을 쓸어버렸다. 맑은 눈과 늠름한 생김새, 비호보다 빠른 달리기, 힘찬 추진력의 호마는 가히 명군이 자랑하는 동력이었다. 이런 말들인데 이항복은 하나같이 비르적거리는 말들을 거두어오고, 그것도 수십 마리다. 자신을 엿먹이는 수작이라고 여겨져 이여송은 화가 치밀었다.

"저것들을 어쩌자고 가져온 것이오?"

"지금 이십 마리가 나와 함께 당도하였소이다. 한두 식경 후에는 또 이십 마리가 올 것입니다."

"도대체 뭐하자는 것이요? 다리를 저는 놈, 한쪽 눈이 없는 놈, 수레용으로도 쓰지 못할 느린 놈, 피골이 상접한 놈, 이런 병신들을 가지고 어떻게 평양성을 공략한단 말이오? 웃자고 전쟁터에 나온 것은 아니겠지요?"

"물론이지요. 모아온 말이 수십 필이 되는 바, 하루에 몇 마리씩 잡아먹어도 꽤 될 것이오이다. 저것들을 고기를 내어 먹이면 군사들 힘이 용솟음칠 것이외다."

이 소식을 들은 명군 병사들이 함성을 질렀다.

명군은 그동안 전쟁터에서 싸우던 말이 부상당하거나 폐마가 되어 죽음에 이르면 땅속에 묻었다. 그동안 수고한 데 대한 예의로 그렇게 해주었다. 그들의 말에 대한 사랑은 이렇게 자심(慈心)했다. 예의를 생각해 이렇게 땅에 묻었으나 필요할 때는 식용으로도 쓴다는 것, 어려운 상황에서는 이것 역시 지혜임엔 틀림없었다.

물론 굶주린 군사들이 견디다 못해 파묻은 말을 몰래 꺼내 먹다가 식중독에 걸려 죽거나 돌림병에 걸려 신음하는 경우가 많았다. 그것이 말의 저주라고 했었다. 그래서 말이 살아있을 때 먹기 위해 끌고 다닌다는 것이 이항복의 생각이었다.

전쟁터에 폐마를 끌고 다니면 전력을 약화시키고, 말 자신에게도 고생시키지만 전쟁에 이기기 위해서는 산 것을 데리고 다니며 그때그때 잡아먹는다. 이것을 먹고 병사들이 거뜬히 일어나 전과를 올린다.

"이런 지혜들이 언제 생겼소?"

"요번에 이 젊은 장교가 고안했소."

이항복이 창을 들고 마상에서 그를 보위하고 있는 정충신을 가리켰다.

"참으로 쓸모있는 생각이오. 폐마가 죽을 때도 끝까지 자기 몫을 다하는구려…."

이항복은 정충신의 기지로 이덕형을 대신 접반사로 내보내고, 그 사이 명군이 노략질한 양곡을 싹 거두어 명군 본진에 선물로 가져왔다는 것까지는 말하지 않았다. 이항복이 웅크리고 앉아있는 이덕형을 보며 이여송에게 물었다.

"제독 각하, 내 대신 이덕형 형판이 접반사 역을 제대로 수행했는지 궁금하군요. 대접을 훌륭히 받았습니까?"

순간 이덕형은 저 처죽일 자가 또 장난하는군, 하고 이항복을 노려보았다. 이항복은 그러거나 말거나 이덕형을 무시하고 이여송의 말을 기다렸다.

"아, 우리가 결례를 했소. 그런 사정도 모르고, 여전히 호궤 소식이 없어서 화가 난 나머지 휘하의 정탐대장이 역원에 달려가 접반사를 압송해온 것 같소. 잘못 모셨다면 이건 철저히 내 불찰이오. 접어주시오."

이여송의 정중한 사과는 이덕형에게 보내는 예의였다. 결국 이항복이 사과를 받아낸 것이다.

"이봐라, 저 조선의 대감을 정중히 모셔라."

이여송이 말하자 이덕형이 풀려나고, 잔치상이 마련되었다. 그제서야 이덕형은 이항복의 뜻을 헤아리고 속으로 웃었다. 그러면 그렇지….

잔치상에 시중드는 여자들이 나왔는데 끌려온 평성·평양 근교 부녀자들이었다. 그중에는 관문참 아랫 마을에 사는 무당 부녀도 끼어 있었다. 무당이 웃음을 날리며 음식을 나르고 교태를 부리는데 그녀의 변신은 끝이 없어보였다.

정충신이 무당 화선에게 다가갔다.

"신을 모시는 사람이 이번에는 명장(明將)을 모시는군?"

"에그머니나, 난 또 누구라고? 간자(間者) 아니시오?"

"말을 해도 왜 고따구로 하는가? 간자라니? 나는 척후장이여. 나는 그대가 점사도 봐주고 신도 모시는 줄만 알았더니 명장을 모시는 데도 도가 트였군. 명장 얼굴을 보니 뭐가 보이는 게 있는가?"

"호호호, 지송하지만 지가 지금 잔치상을 차리고 있네요. 잔치가 끝나면 만납시다. 일러줄 것이 있으니까니…."

"반응이 왔다는 것이여?"

"왔다니까니, 왔어."

신령을 섬겨 길흉을 점치고 굿을 주관하는 사람이 무녀라고 하지만, 정충신이 보기로는 요녀 같았다.

"자네는 아무래도 간나구인 성 불러."

"간나구라니, 그런 소리 하면 천불 맞어. 신령님 볼기 한번 맞아 볼텨? 선령님과 직접 통화하는 성녀(聖女)를 그렇게 싸잡아 비틀어 버리면 섭하지. 뒷말 말고 잔치 끝나고, 해시에 대숲으로 와. 인간의 화복은 신의 뜻에 따라 좌우되니, 재화를 막기 위해서도 나를 가까이 해야. 멀리하면 인생사가 복잡해진다니까니."

대숲은 아늑했다. 삭풍이 대숲을 요란하게 혼들고 지나갔지만 대나무 숲속은 놀기 좋은 뒷방처럼 아늑했다. 바닥은 무릎까지 차는 마른 잎사귀가 쌓여서 푹신하였다. 밤이 깊자 대나무 숲 아래에서 낙엽을 밟는 소리가 나더니 두터운 장옷을 머리까지 두른 자가 다가오고 있었다.

"와 있었구랴."

장옷을 머리에서 내리니 예상대로 화선이었다. 달빛에 어린 화선의 자태가 원숙해보였다. 두툼한 양단 당의를 입었지만 도련 선이 우아하여 깨끗한 목선이 도드라져 보였다. 화선이 정충신 곁에 앉으며 들고온 것을 내려놓았다. 찐 고기와 인삼 달인 물이 담긴 호로병이었다.

정충신은 광주 관기 월매향 생각이 났다. 그녀 역시 잔치상에서 받아온 고기와 음식으로 그를 대접했다. 연상녀들이 하는 일이 그런 것 같았다. 묘한 일이라고 생각하는데 화선이 말했다.

"귀여운 낭군, 이거 먹어 봐. 총기 가득한 눈을 보면 내가 한없이 빠져든다니까. 내 일찍이 정 파총을 알아보았어."

화선이 찐고기를 정충신 앞에 펼쳐놓았다.

"지금은 파총이 아니여. 선전관이여."

"무서운 선전관 나리라고? 젊은 사람이 출세했네. 내 진작에 알아보았지. 내 영험은 저 우주에 가 닿으니까."

그녀의 몸에서 분 냄새가 풍겼다.

"이 밤중에 무슨 양단 당의여?"

"이여송 제독한테 선물 받은 거야. 내 점술이 영험하다고 해서 받은 거지. 중국 비단이 장사 왕서방한테 특별 주문해서 받아온 양단이래. 겨울옷이라서 두께감이 있고, 화려하고 무늬가 두드러진 원단이야. 화사하고 고급스럽지."

깃과 고름까지 광택 명주로 제작되어서 말 그대로 고급스러워보였다. 이 밤에 이것을 자랑하러 왔을 리는 만무하고, 정충신이 화선을 옆으로 밀어냈다.

"부정 타는디 몸을 붙이면 어떡해? 남녀는 유별이여."

"나 무당 폐업했다네."

"물어볼 말이 있는디, 화선이 왜장 놈을 만난 것도 알고 있고, 이번에는 명장(明將)을 만났잖아."

"그것이 무슨 잘못이라도 되니?"

"따지자는 게 아닝게 들어봐. 어떤 놈 후장을 따버려야 내가 살 성싶어. 그러니 나를 도와야지. 왜 장수들 이동지를 알아야 한다니까."

"왜장들 작전 모의하는 것 알고 있긴 하지."

"그걸 이야기해야지."

"하지만 이렇게 무참하게 할 수가 있남? 내가 늙었다고 그러는 거니?"

그녀의 말을 묵살하고 정충신이 물었다.

"고니시 만났나?"

"만났지. 딸년 데리고 황해도 봉산에 갔다 왔다네."

"봉산은 왜?"

"조명 연합군이 평양성으로 들어온다는 첩보를 받고, 봉산에 주둔한 오토모 요시무네에게 구원을 요청하러 간 거래이."

"그래서?"

"오토모는 벌써 한양 방면으로 철수했어. 그는 빈손으로 돌아온 거야."

고니시 군은 도리없이 독자 방어에 나서기로 하고, 일본식으로 성을 축성해 평양성을 최대한 요새화하고, 모란봉에는 2천 명의 조총 부대를 배치했다. 평양성 외성과 칠성문, 보통문 요소요소에는 정예 병들을 매복시켰다. 그러는 한편으로 역원인 부산원으로 가서 중국

사절을 만날 계획을 세우고 있었다.

"심유경이란 자가 북경에서 돌아오면 협정서에 날인한다는 것이지. 그리고 전쟁을 종식시키겠다는구랴."

"그 말 누구한테 들었나."

"딸년이지."

"딸년이 군사 내막을 어떻게 알고 있나."

"고니시의 애인이라네."

"이런 개새끼."

정충신은 묘한 질투심을 느꼈다.

정충신이 평양성 외곽에 진을 치고 있는 조선군 본진으로 달려갔다. 류성룡과 이일, 그리고 김명원이 대책회의를 열고 있었다.

"선전관청 참상관 정충신 아뢰옵니다."

"수고했네. 귀관이 선전관청의 허참례를 일소했다니 잘했어. 구악을 일소한 것이다. 명군 제독 이여송을 상대로 이항복 병판과 함께 호궤 문제를 해결했다는 소식을 들었네. 일만 병사의 일을 귀관이 한 것이다. 능히 한 역할했은즉, 귀관의 지혜를 높이 치하하는 바이다. 여기 온 용건이 무엇인가."

류성룡이었다. 그는 전란 초기 판단을 잘못하였다 하여 책임을 져야 한다는 간관(諫官)들의 탄핵으로 이산해와 함께 파직되었다가 얼마 전 복직되어 지금은 도체찰사(都體察使)가 되었다. 도체찰사는 전시에 의정(議政)이 겸임하던 최고의 군직으로 오늘날로 치면 총사령관 격인데, 옥상옥의 무장 직책으로 지휘에 혼선이 빚어진 경우가 많았다.

정충신이 손을 모아 허리를 구부린 다음 우뚝 서서 말했다.

"지금 왜 군사들이 평양성을 일본성으로 개축해 최대한 요새화하고, 모란봉에는 2천의 조총부대를 배치하고, 평양 외성과 칠성문, 보통문 요소요소에는 정예병들을 매복시켰습니다. 다른 한편으로 고니시 유키나가 1번 대장이 역원인 부산원으로 가서 중국 사절 심유경을 만난다는 첩보를 확인하였나이다."

"사실이렸다?"

이번에는 김명원이었다. 팔도도원수 김명원이 임진강에서 패퇴하고, 평양마저 함락된 뒤 꾀죄죄한 모습으로 순안의 행재소로 왔을 때 정충신이 그를 만난 적이 있었다. 그는 징벌 대신 똑같은 직책으로 명군과 함께 평양성에 와 있었다.

"사실입니다. 첩보사항의 제보자를 말씀드리지 못한 점 이해하십시오. 또 다른 밀지를 제보받으려면 제보자를 보호해야 합니다."

평안도 병마절도사 이일이 고개를 끄덕이는데, 미심쩍었던지 김명원이 물었다.

"젊은 군관이 어떤 지략을 가지고 왔는가?"

"왜군들이 방어 계획을 흘리고 있는 이상, 그것을 우리 군사가 역으로 치면 될 것이옵니다. 저들은 아군이 치고 들어갈 것으로 알고 평양성과 외성, 칠성문, 보통문 요소요소에 정예 왜병을 매복시키고 있습니다. 정면 공격은 명군이 공격하도록 하고, 우리 군은 후방을 치는 것입니다.

이일 병마절도사가 물었다.

"왜 정면 공격을 회피하는가."

"평양 지리에 약한 명군이 정면에서 치되, 우리 군은 후방을 치는 것입니다. 지리(地利)를 이용하는 것입니다. 우리 군사력을 아끼는 전략입니다. 정면 공격은 아군의 희생이 클 수밖에 없습니다. 피를 덜 흘려야 피를 더 비축하게 되는 것입니다."

류성룡이 물었다.

"귀관의 위치 설정은 어떻게 하겠는가."

"소관(小官)은 정탐병과 척후병을 인솔해 고니시를 생포하려고 합니다. 심수경 칙사가 모레 부산원에 당도한다고 하는 바, 그때 고니시를 잡으려고 합니다."

"심유경은 믿을 만한 위인인가. 정식 관료 출신도 아니고, 장수도 아니잖은가. 정규군이 아니라는 뜻에서 유격장수라고 하지 않나."

"명의 병부상서 석성의 신임을 받는 자입니다."

심유경은 석성이 왜군의 동태를 정탐하라고 파견한 개인 특사인데, 그는 조선을 분할하겠다는 협상으로 종전 선언을 할 참이었다. 요양 부총병 조승훈 부대와 함께 조선에 온 데다 석성의 서찰을 지녔기에 사기꾼이라고 할 수도 없었다. 심유경은 중국의 남방병사들을 모아온 데다, 왜의 조공 창구였던 닝뽀에서 왜상(倭商)을 상대로 건달생활을 해온 관계로 왜말이 능통한 자였다. 그래서 손쉽게 고니시와 통접(通接)한 사이가 되었다.

심유경이 평양에 온다는 소식은 사실은 이여송 첩보부대가 짠 음모였다. 이여송은 심유경이 명 황제 만력제로부터 허락을 받아 회담을 하자고 한 것처럼 속여 평양성 근처에 있는 역원으로 오는 것으로 하고, 고니시를 유인하여 잡을 계략을 세우고 있었다.

고니시는 군량과 군마 부족 상황에서 어떻게든 전쟁을 끝낼 계획을 추진중이었다. 그래서 이런 제안이 들어오자 덥석 문 것이었다. 이 사실을 무당은 곧이곧대로 흘려듣고 정충신에게 알려준 것이었다.

고니시 유키나가의 사위 소 요시토시(宗義智)가 고니시를 찾았다. 그는 조선을 잘 아는 자이지만 의심많은 왜인이었다.

"부산원으로 나가실 작정입니까?"

"나가야지. 심유경이 만력제의 서찰을 가지고 역원에 당도했다지 않은가. 드디어 휴전이 성립되는가 보군. 싸우지 않고도 조선반도의 5개 도를 먹게 되었으니 이것으로 족하다."

"4개 도가 아닙니까. 경기도, 전라도, 경상도, 충청도….."

"하긴 산악지대인 강원도는 줘도 그만 안줘도 그만이지. 이것을 두고 손 안대고 코 푼다고 한다네."

"그런데 장인어른, 이상합니다. 그가 왔다면 기찰포교가 우리 진중에 소식을 가지고 와야 하는데 이여송 군대를 통해서 흘러들었다 이겁니다. 이상하지 않습니까."

"그게 좀 이상하긴 하다. 그렇다면 자네가 먼저 선발대로 들어가 살피는 것이 낫겠다."

왜군의 의심병은 일종의 습관병이었다. 매일 전쟁을 치르다 보니 하룻밤 사이에 목이 달아나는 것은 흔한 일이다. 그러니 잠잘 때도 눈에 겨자 가루를 바르고 잔다고 하지 않던가.

장사꾼이 장수에 오른 것은 눈치로 이룬 일이니 요코하마 장사꾼 고니시의 눈치를 당할 자가 없었지만, 요시토시는 한 수 더 떴다. 요시토시는 대마도 당주(종가의 지배자)였다. 그는 대마도주(對馬島主)로서 조선과 일본 사이에서 주민을 먹여 살리는 사람이었다. 주민들은 일본 조정보다 조선 조정으로부터 매년 쌀과 콩, 보리와 조를 제공받았다. 섬이 자갈밭인 박토인데다 농토마저 적어서 외지인의 원조를 받아야 먹고 사는 형편인데, 조선이 큰 손이었다. 그는 조선의 종삼품 벼슬을 받아 조선인으로 행세하고 있었다.

임진왜란이 났을 때 요시토시가 긴장하고 전쟁을 반대하고 나선 것도 그 때문이었다. 일본에서 지원을 해주는 것이 아니라 군대징발과 군량미로 건어물 수만 죽을 내놓으라고 하니 못 견딜 일이었다. 그런데 장인이 조선 정벌 1번 대장으로 최선봉에 섰다.

"요시토시를 나의 막료장으로 임명한다. 내 뒤를 따르라."

고니시는 이렇게 하명했다. 그는 하루 아침에 무사로 나서게 되었다. 히데요시의 핵심 막료장인 고니시의 수하가 된 것이다. 결국 장인 때문에 조선 정벌에 나섰는데, 다만 그는 태생이 그런지라 화평론자였다.

난세에 조선과 일본 사이에 끼어 줄타기를 하는 것이 못 견딜 일이지만, 지금 당장 장인이 구렁창으로 빠져드는 것을 방치할 수 없었다. 장인이 분명 함정에 빠지고 있다고 그는 보았다.

"장군, 소인이 먼저 역원에 들어가 심유경이 당도했나를 살피겠습니다. 당도했으면 지붕에 십자기를 들어올릴 테니 그때 들어오시고, 올리지 않으면 틀린 일로 아시오."

고니시 유키나가는 십자가가 그려진 깃발을 들고 조선 정벌에 나설 만큼 독실한 가톨릭 신자였다. 그래서 십자기는 1번대의 상징 깃발이 되었다. 요시토시는 장인의 영향을 받아 다리오라는 세례명까지 받았다.

훗날 요시토시와 고니시의 딸 마리아와의 사이에서 태어난 고니시 만쇼는 신부가 되었고, 조선조 고종 말기에는 그의 후손이자 대마도 십몇 대 당주인 소 다케유키(宗武志)가 고종의 딸인 덕혜옹주와 결혼해서 조선 왕실과 혼맥을 가진 인연이 있었다.

"화선을 부산원으로 보냈으니 화선을 통해 염탐하거라."

"화선이라니요?"

"무당이다. 미리 역원에 박아놓았다. 주방에 있을 것이다."

그는 사위에게 어린 애첩의 어미라고 말하진 않았다. 그가 이 사실을 알고 모르고는 별개의 문제다. 그러나 자기 딸을 데리고 사는 사위에게 다른 여자를 가까이 한다는 모습을 비치는 것은 아무래도 도리에 맞지 않았다.

그것은 "너 역시 다른 여자를 손대라"는 면허장을 주는 것이나 다름없는 노릇이다. 그럴 때 자신의 딸이 겪을 고통을 무엇으로 보상할 것인가.

"어서 가 봐."

함정의 가능성은 현실이 되었다. 역원 지붕위로 십자 깃발은 끝내 오르지 않았다.

"어찌 된 일이여?"

역원 뒤 숲에 숨어있던 정충신은 고개를 갸우뚱했다. 고니시가 들어오면 시종으로 위장한 수색 병졸이 처마 위로 깃발을 올리기로 했다. 그러면 한달음에 들이닥쳐 고니시의 후장을 따버릴 작정이었다. 그런데 오르지 않는다. 설치한 덫을 알아버렸나?

만약에 심의경이 부산원에 들어왔다면 왜의 십자기가 오르고, 이때 고니시가 들어왔다면 조선의 기(軍旗) 수자기(帥字旗)가 동시에 오를 판이었다. 그런데 두 깃발 모두 오르지 않았다.

적병에게 기밀이 탄로가 난 것을 알고 정충신이 김명원 도원수에게 밀지를 보냈다.

— 이 작전은 기밀 누설로 실패했습니다. 내부 밀자가 있다고 보는 바, 철저한 수사로 이를 가려낼 것입니다. 현재 왜군부대는 군력 소모를 줄이기 위해 소규모 유격전으로 전환했습니다. 첩자와 간자

들의 활약상이 강화되어 아군상황에 대처하는즉, 아군 병력은 역으로 이용해야 합니다. 명의 낙상지 장군과 함께 모란봉, 보통강, 용악산 방향으로 진격한다고 정보를 흘려놓고, 본래의 평양성 진격로로 돌격하는 것입니다. 척후병력이 적의 후방을 교란할 것인즉, 이때 평양성을 총진격하기 바랍니다.

뒤이어 정충신은 수색대원들을 불러 명령했다.

"적병들이 주변 산에 산개해 있을 것이니 샅샅이 살펴라. 적 사령관이 역원에 오지 않은 것을 보면 적들도 우리의 위계(僞計)를 알아차린 것이다. 적들은 인근 산에 정탐병을 풀고, 지원병을 깔아놓았을 것이다."

산등성이에 적병들이 움직이는 모습이 보였다. 산은 나뭇잎이 떨어져서 어지간한 미물의 움직임도 포착되었다.

"보병전 때와는 완전히 다를 것이다."

정충신은 속으로 회심의 미소를 지었다. 매복 기습전이라면 자신이 있었다.

왜군은 보병전에 강한 전투력을 갖고 있었다. 보군(步軍)은 일본군의 주력이었다. 평야지대에서 개별 전투력과 조직 연대를 갖춰 군마를 타고 칼을 휘두르며 뿌연 바람을 일으켜 돌격해올 때는 위세가 하늘을 찌르는 듯했다. 반면에 조선군은 전쟁 경험이 없는 데다 보졸(步卒)들도 긴급 편성하여 이리저리 휩쓸려다닐 뿐, 다져진 군대라고 할 수 없었다. 이런 군사력 때문에 동래성 싸움에서부터 탄금대전투, 상주전투, 진주성 싸움(2차전), 수원전투, 용인전투, 임진강 전투, 평양성 1,2,3차전 모두 연패했다.

그러나 무패를 자랑하던 왜군 병력이라고 해도 유일하게 패배한 전투가 있었으니, 이치·웅치전이었다. 왜병은 산악 유격전이 서툴렀다. 이치·웅치전에서 정충신은 적정을 탐지해 매복했다가 기습적으로 타격하는 전법을 개발했다. 그것은 조선 산악지대에 맞는 전술이었다. 일사불란하게 움직이는 적병을 묶어두는 데는 이 이상 좋은 전술이 없었다. 대장 권율, 선봉장 황진, 후군장 황박, 기병장 권승경, 편비장 공시억과 위대기가 군사를 지휘하는 가운데 이 산 저산을 오가며 적진을 교란했다.

정충신의 유격 전술은 평양 서북쪽 부산원 인근 산에서 전개되었다.

"왜군 척후부대를 부숴라. 정보선(情報線)이 차단되면 적병 본진이 움직이지 못할 것이다. 진행하는 도중 적에게 눈에 노출되어서는 안 된다. 은폐물을 이용해 다람쥐보다 더 민첩하게 움직여라."

익숙한 지형에서 매복해 펼치는 기습전은 아군에게 백번 유리했다. 정충신이 매복 조장 차막돌을 불러 지시했다.

"적의 전투식량과 조총, 활, 화살을 노획하라. 각기 조를 이뤄 작전을 수행한다. 내 직할은 30명으로 편성한다. 필요한 경우 3개조 내지 4개조로 나눌 것이다."

병과별로 조를 편성해 산을 넘자 적병이 산줄기를 타고 이동하고 있었다. 그중 정탐 주력 30여 명이 물러가지 않고 버티고 있었다. 정충신은 선발대를 인솔해 그들 뒤를 추격했다. 능선의 한 지점에 도착하자 정충신이 낮은 목소리로 짧게 외쳤다.

"준비하라."

정충신 선발대는 숲에 몸을 숨기며 적병에게 접근해갔다. 간격이 투창이 도달할 만한 지점에 이르자 뒤따르는 부하들을 손짓으로 정렬시켰다. 그리고 수신호로 명령했다.

"궁수부대 나와라!" 라는 표시로 손가락 하나를 펼쳐보였다.

궁수부대가 나왔다.

"쏴!"

손을 제끼자 화살이 일제히 날아갔다. 적병 몇 놈이 나뒹굴었다. 왜병들이 일시에 응사하며 정충신 선발대 쪽으로 돌진해왔다.

"방패부대 나서라!"

손가락 두 개를 펼쳐보였다. 방패부대가 나서서 방벽을 쳤다. 이제부터 벼락같이 소리쳤다.

"투창부대 일어서!"

투창부대가 일어섰다.

"투창 날려!"

투창이 일제히 날아갔다. 왜병 몇 놈이 또 고꾸라졌다. 그러자 적병이 악이 받쳐 더 기세좋게 달려들었다.

"장검부대 나서라!"

장검부대원들이 앞으로 나섰다.

"장검 날려!"

하는데 적병들이 들이닥쳐 육박전이 벌어졌다. 단체전은 불리하지만 개인전은 조선군이 한층 유리했다. 키가 반자 정도는 크고, 다리도 길어서 달려드는 놈 버티고 서서 발길로 걷어차거나 장검으로 찌르면 그대로 나가 떨어졌다. 아군의 손실도 적지 않아 졸개 몇이 적병의 칼을 맞고 쓰러졌다.

"등을 맞대고 방어태세를 갖춰라!"

덩치 좋은 조선 병사들이 서로 등을 맞대고 창을 겨누었다.

"밀어버려!"

하나같이 구호에 맞춰 적병들을 향해 나아가 창을 휘둘렀다. 반대편에서 응원부대가 들이닥쳐 적병을 베었다. 어느 결에 진두지휘하던 적장 하나만 남았다.

"내 목을 쳐라!"

적장이 소리쳤다. 장렬하게 전사하고 싶다는 뜻이었다. 차막돌이 달려들어 단번에 그의 목을 쳤다. 지휘관 목이 톡 떨어져 바위 바닥에 나뒹굴었다. 그때 쓰러져있던 적병이 일어나 정충신에게 돌진했다. 차막돌이 칼을 그의 배에 쑤셔박았다. 작전은 간단없이 완료되었다.

"왜병 무기를 수습하고, 복장도 거두어라."

거두고 보니 조총 열 자루, 일본도 다섯 자루가 수습되었다. 아군 피해도 전사 넷에 부상 다섯 명이었다.

"모두 왜군 복장을 하라."

이십여 유격병이 왜군 복장을 하고 일렬 종대로 산을 넘어가는데 뒤에서 화살이 날아왔다.

"야, 아군한티 쏘지 마라!"

후방의 아군은 정충신 부대가 왜 복장으로 위장한 것을 모르고 있었다.

"차막돌, 빨리 후방으로 가서 전달하라. 아군 유격병이 왜 복장으로 위장했다고 알려라."

차막돌 조장이 후방으로 달려간 사이 정충신은 부대원들을 숲에 숨도록 지시했다. 얼마 후 후방의 아군 진영에서 연기가 피어올랐다. 알았다는 뜻이었다.

건너편 산능선에 오르니 골짜기 아래 왜의 진지가 보였다. 군막 사이로 적병들이 부산나게 움직이고 있었다. 노획한 전투식량으로 저녁을 때우고 삼경이 될 때까지 휴식을 취했다.

"말은 하지 말라! 지금부터 작전 개시다."

대원들이 소리없이 적의 진지로 숨어들었다. 손에 철퇴, 쌍검, 단검, 망치, 도끼, 쌍절곤, 뿔달린 철환으로 무장했다.

유격병이 일시에 기습하자 왜병은 내부 반란이 일어난 줄 알고 갈팡질팡했다. 외부의 적을 만나면 금방 단결해 대적하는 것이 왜군인데 내부의 반란이니 어떻게 대처할지 몰라 허둥대었다.

"바가야로! 니 새끼들 미쳤어? 아군끼리 붙자는 거야?"

군율과 군기 하나는 딱 부러진 왜군이었지만 내부 반란에 대응하는 지침서가 없으니 그들끼리 치고 받고 혼란이 일어났다. 왜군 복장으로 위장한 것은 그대로 효과를 발휘했다. 왜군 진지는 졸지에 무너졌다. 정충신이 적장의 배를 장검으로 쑤셔박고 명령했다.

"전령은 명군 본진으로 들어가 평양성을 공격하도록 전하라. 아군 본부는 내가 찾아가 보고하겠다. 모두 왜 복장을 벗어라."

후방 지역의 유격전은 조명 연합군의 평양성 일원 공격에 결정적 기여를 했다. 후방을 교란하니 왜군 전력은 무력화되고, 그만큼 조명 연합군의 공격은 수월했다.

"변복 전술이 일품이군, 하하하."

정충신의 보고를 받고 김명원 도원수가 호탕하게 웃었다.

"그러나 오인 사격을 받았습니다. 아군이 적병인 줄 알고 우리를 공격했습니다."

"그러니 수신호를 철저히 숙지해야 한다. 변복 전술일수록 사전에 교신이 잘 이루어져야 하느니라."

"조명군이 연합해서 왜병들을 왕성탄 방향으로 몰아내야 합니다."

"왕성탄?"

왕성탄은 김명원 도원수가 두 번 다시 생각하고 싶지 않은 곳이었다. 지난 6월 왜적들에게 쫓겨 군사들이 왕성탄을 건너 되돌아왔는데 왜적은 그곳의 수심이 얕은 것을 알고 배 없이 건너 일시에 평양성을 점령해버렸다.

"왜 하필이면 왕성탄인가."

"가을부터 비가 내려서 지금은 수심이 깊습니다. 왜적들이 수심이 얕은 줄 알고 그곳으로 빠져나가려 할 것인즉, 그곳으로 몰아서 수장시켜버리는 것이 피를 묻히지 않고도 이길 수 있습니다."

"왕성탄 패배 이후 세 가지 군사 교훈을 얻었다. 첫째는 지형의 중요성이다. 왕성탄은 우리만이 아는 중요한 지형지물이었는데 적에게 노출돼 역공 통로를 제공해버렸다. 둘째는 병사 훈련의 중요성이다. 야간 기습공격을 야간에 시작하고 야간에 완료해야 하는데, 동이 틀 때 비로소 공격했다. 세 번째는 시를 잘 택해야 한다. 그건 과학이다. 왜 그러는 줄 아는가?"

"군사들이 훈련이 제대로 안 돼 있으니 기습 준비와 이동시간이 지체돼 제 시간 공격이 이루어지지 못했기 때문입니다."

"그렇다. 우왕좌왕 군사 배치하고, 이동시간이 지체되다 보니 동이 틀 때 작전을 개시했다. 이러니 적에게 쉽게 노출되었다. 열심히 노력은 했으나 병사들이 밤새 잠을 이루지 못한 데다 피로가 누적되어 노력이 허사가 되었다. 잠도 못자고 지쳐서 아침에 싸우니 능력이 오를 수 없다. 우리 병력 취약성만 노출되고 말았다. 뼈아픈 대목이다. 정충신 군관이 지형지물의 중요성과 훈련의 중요성, 시의 중요성을 알고 있으니 기대하는 바 크다. 알다시피 조선의 지형은 험준한 산악지대가 많다. 이것을 이용하는 것이 최상의 전술이자 공격술이다."

"그대로 시행하고 있사옵니다."

1593년 1월 중순(음력) 조명 연합군은 평양성 서쪽 외성에서 공격을 시작하여 모란봉, 칠성문, 보통문을 공격하고 이일과 김응서 군은 남쪽 방향 함구문을 공격했다.

명나라의 부총병 오유충과 조선의 승병 부대가 구원병으로 나타나고, 정충신 척후 병력이 유인전술을 펴자 왜군은 대동강으로 밀려났다. 함구문에 포진한 조선군 8천이 맞아 싸우니 왜군의 전력이 크게 약화되었다.

이 무렵 낙상지의 마부대가 돌격해왔다. 군마부대가 몰아붙이자 왜 병력이 밀리더니 왕성탄으로 후퇴했다. 원하던 퇴로 방향이었다. 적병들은 남으로 패주하기 위해 차가운 대동강물로 뛰어들었는데 이번에는 수심이 깊은지라 물속에서 허우적거렸다. 강물에서 허우적거리는 놈들을 향해 활을 쏘고, 창을 던지고, 조총을 격발하니 대동강물이 핏물로 물들었다. 그래서 왕성탄은 한때 피강으로 불렸다.

와 와! 마침내 대동강의 양안에서 조선군과 명군이 무기를 높이 들고 함성을 질렀다.

정충신의 생각이 깊어졌다. 외국군대는 외국군대다. 저들이 언제 적이 될지 모른다. 외군이 순수한 마음으로 원군으로 나설 리는 만무하다. 대가를 바라지 않은 출병은 없다. 오늘의 우방은 내일의 적이 될 수 있다. 이것이 세계 질서가 가르치는 냉엄한 교훈이다.

대동강 왕성탄천에서 1천여 왜병은 전멸했다. 그러나 그것은 1만 8천 병력의 일부일 뿐이었다. 나머지 1만 7천은 각 요새에 긴급 분산 배치됐다. 왜군 정예 3천명이 명의 좌군과 중군, 우군 진지에 기습 공격한다는 첩보가 들어왔다.

명의 좌군 부총병 양호, 중군 부총병 이여백, 우군 부총병 장세작 명의의 밀지가 김명원 도원수의 진지로 답지한 것은 왜 병력 배치 직후였다. 긴급히 응원군을 보내달라는 것이고, 첩보 활동을 강화해 적의 동태를 알려달라는 것이었다. 정충신의 척후 병력이 전투에 투입되다 보니 정탐이 제대로 이루어지지 않아서 생긴 일이었다.

김명원이 정충신을 불렀다.

"명군 장수들에게 가서 말하라. 우리의 진지를 지키는 것이 급하니 지원나갈 수 없다고 전하고, 적정 탐색은 정 척후대장이 탐지해 보고한다고 전하라."

"장군, 이 전쟁은 조명연합군의 합동작전이 필요합니다. 힘을 모아서 진격해야 합니다. 보통문에 집결한 왜 병력은 왜군 중에서도 풍신수길의 직할부대로서 강군입니다. 명군의 화포로 집중 공격한 뒤, 조선군의 육병이 밀어붙여야 합니다. 정예부대를 밟으면 전쟁이 수월해질 겁니다. 군력을 분산시킬 것이 아니라 집중할 필요가 있습니다."

"일리 있다. 원병 6천을 보내겠다."

조선군 원병 6천이 명군에 합류했다. 보통문과 평양성, 함구문, 칠성문 쪽에 왜군이 집중 포진하고 있었다. 명군이 대장군포, 위원포, 자모포, 연주포, 불랑기포로 평양성을 둘러싸 위치했다. 배치가 끝나자 포병 중군장이 포병부대를 향해 명령했다.

"포부대 바로 정렬!"

포병부대원들이 포 앞에 정렬했다.

"포부대 바로 쏴!"

이와 함께 기패관(旗牌官)이 기를 높이 들어 아래로 내려꽂았다. 동시에 포신에서 불을 뿜었다. 성 위의 왜병들이 떨어지고, 갑옷에 불을 달고 성 아래로 떨어지는 놈도 부지기수였다. 성이 허물어지고, 왜의 군사들도 와르르 무너졌다. 이 틈을 노려 조선군의 육병이 밀어붙였다.

외성 서남쪽 함구문은 명의 조승훈과 조선의 이일, 김응서가 이끄는 8천 병사가 출진했다. 칠성문은 장세작이, 보통문은 양호가, 모란봉은 오유충과 사명대사의 승병 2천200명이 공격에 나섰다. 조명 연합기동작전에 왜군은 쩔쩔 매기 시작했다.

애마를 타고 군사들을 독려하던 이여송의 말이 적의 총에 맞아 고꾸라졌다. 이여송이 말에서 나와 다른 말로 갈아탔다.

"지체 말고 공격하라."

명의 장수 오유충은 적탄에 맞아 손목이 너덜거렸다. 그러나 아랑곳하지 않고 전선을 누볐다. 극도로 흥분 상태면 부상을 당했는지, 어떻게 싸우는지도 잊어버린다. 오직 적을 제압해야 한다는 일념만 남는다. 게으르고 느려 터진 명 군사들도 용기백배해지고 있었다.

조명 연합군이 외성과 읍성을 함락시키고 중성으로 돌입해 일본군을 만수대와 을밀대로 압박해 들어갔다. 왜군은 풍월정의 토굴 진지 쪽으로 밀렸다. 명군 참장 이녕이 군사 3천을 이끌고 풍월정을 추격해 단번에 적군 358명을 사살했다. 황해도 방어사 이시언이 60명, 황주 판관 정화가 120명을 죽였다.

이때 흰 기를 높이 들고 왜의 군마병이 조명군 진영으로 달려왔다. 고니시의 밀지를 휴대한 연락 기병이었다. 이여송 제독이 밀지를 받아보고 명령했다.

"휴전을 승낙한다."

뭐 이런 싱거운 전쟁이 있나. 밀어붙일 때 확 밀어버려야지. 정충신은 지켜보다 말고 어이가 없었다. 하지만 남의 전쟁인지라 이여송은 편하게 갈 작정이었다.

고니시 잔여 병력은 무기를 수습한 뒤 그 길로 철수했다.

평양성을 잃은 지 아홉 달 만에 조명 연합군은 평양성을 탈환했다. 4차전 만의 일이었다. 평양성이 탈환되자 선조는 정월 18일 의주를 떠나 남행길에 올랐다.

후퇴하던 왜군은 봉산—용천—배천을 거쳐 한양으로 들어가고 있었다. 선조보다 먼저 한양으로 들어가는 것이었다. 그렇게 되면 한양을 점령중인 우키타 히데이에(宇喜多秀家) 왜 사령관과 합류할 것이 분명했다. 우키타 히데이에는 히데요시의 양자이자 사위이고, 그의 어머니는 히데요시미의 첩이었다. 우키다는 또 히데요시의 딸과 혼인한 사이였다. 가계도로 보면 불상놈의 집안이었다. 어미가 남편과 사별하자 히데요시와 붙고, 그 딸은 우키다의 아내다. 그런 집안이라고 해도 우키다는 일본군 제8번대장 겸 조선진격군 총사령관으로서 조선에 들어와 한양을 장악한 막후 실력자였으니 누구나 그의 곁에 있기를 원했다.

고니시 유키나가는 평양전투에서 동생인 고니시 요시치로와 사촌인 고니시 안토니오, 법문인 히비야 아고스트를 잃었다. 고니시는 군말없이 철수했다.

남은 명군은 평양 읍내를 분탕질하고 있었다. 지원군으로 나온 것들이 왜군보다 더한 약탈과 부녀자 겁탈이 자행되었다. 그런데도 조선군 지휘부는 모른 척하고 있었다.

정충신이 각처를 돌아다니며 민정과 군무(軍務)를 살피는 명나라 주유한(周維韓)과 이과급사중(吏科給事中) 양정란(楊廷蘭)을 만났다. 이들과는 첩보 활동을 통해 정보를 주고받는 사이였다.

"이거 명군이 너무한다 해!"

주유한이 불쾌한 표정을 지어 말했다. 정충신이 의아해서 물었다.

"왜 그러시우?"

"이러면 안 된다 해. 나쁜 것은 나쁜 것이다 해!"

주유한은 공자의 탄생지 곡부의 니구산 출신으로 자존심이 강한 사람이었다.

"공자는 머리의 가운데가 낮고 옆이 솟아 형상이 니구산과 같다고 해서 이름을 구(丘)라고 했지. 난 그곳 출신이다. 공자의 후예로서 이건 아니다. 내 양심상 말하는데, 명군이 평양 전투에서 벤 적 수급(首級) 중 절반이 조선 백성들이란 말이다. 불에 타죽거나 물에 빠진 백성도 수천 명이야. 이걸 내가 조사중이야."

"뭣이라고?"

"각처를 순안한 뒤에 작은 폐단은 고치게 하고, 큰 폐단은 상부에 아뢰어서 고치는 것이 내 임무 아닌가. 그런 내가 어찌 감히 사사로움을 용납할 수 있겠는가. 내가 상부에 보고할테니 정 척후장도 위에 보고하라. 이런 폐단은 단연코 고쳐야지. 이것은 대국의 풍모가 아니다. 오랑캐들이나 하는 야만이야."

정충신은 조선군 본영으로 달려갔다. 김명원 도원수에게 들은대로 보고했다.

"명군이 약탈과 부녀자 겁탈은 말할 것도 없고, 평양 백성들 목을 베어서 적의 수급으로 둔갑시켜 상을 받는다고 합니다. 세상에 이런 못된 놈들이 다 있습니까?"

"조용히 하렸다."

김명원이 버럭 소리질러서 정충신은 놀랐다.

"왜 그러십니까?"

분개할 줄 알았던 김명원이 의외의 태도를 보이자 정충신은 어리둥절해졌다.

"이미 알고 있는 일이다. 그들이 아니었으면 평양성 탈환이 가능했겠는가. 그런 정도는 묵인하고 넘어가야 하느니라."

받아들일 수 없었다. 이게 무슨 개뼉다귀 말인가. 정충신이 한 발 앞으로 다가서며 아뢰었다.

"장군. 이런 승리를 해서 뭣에 씁니까. 지저분한 승리보다 깨끗한 패배가 차라리 더 낫습니다. 당장 조사에 나서야 합니다."

"입 다물래도! 아랫것이 생각이 짧기는….."

그가 돌아앉자 정충신은 한동안 서 있다가 군영을 물러나왔다. 주유한을 찾자 그는 벌써 주본(奏本)을 써서 조정에 올리고 있었다.

그 내용은 《선조실록》 34권(선조26년, 1593년 1월11일)에 그대로 올라 있다. 글에는 '중국 조정에서는 이를 인하여 포정(布政) 한취선(韓就善)과 순안 주유한 등으로 하여금 직접 평양에 가서 진위를 조사하게 하고, 또 본국도 사실에 의거하여 아뢰게 하였는데, 본국에서는 변명을 하였다'고 기록되어 있다.

야사에는 전투 이후 명군이 1만 명 가까운 평양 백성들을 학살해 수급을 베고 남은 시신은 대동강에 버렸다고 했다.

"니놈의 대신들이 그 모양인데 별 수 있냐?"

주유한의 냉소어린 말이 내내 정충신의 귀에 쟁쟁했다. 정충신은 무거운 마음으로 막영지로 돌아왔다. 지도자들을 생각해본다. 스스로 중국의 속국이 되어 주권을 포기하고, 기개는 압록강물에 흘려보내버렸다. 이런 무기력함이 임진왜란을 불러온 가장 큰 원인이 아닐까.

외세라면 껍벅 죽는 사대성과 비열성. 그러나 내부적으로는 양반,

상놈, 적자, 서자, 노비, 백정, 공녀, 첩, 관비, 노비 따위 인간차별을 다 하면서 군림하며 산다. 이러니 나라의 구성원들이 모두 파편화해 분열되고, 결국 왕조는 망쪼가 든다.

— 이런 나라에 충성심이 우러날 것인가. 강요된 충성, 겁박의 충성이 나라의 기틀인가. 어른들이 산다고 하지만, 정작 어른은 없다.

선조는 한양으로 돌아가는 길에 백사 이항복 병판을 불렀다.

"이여송 제독이 거느린 3만 명의 명군이 왜적을 물리쳤구나. 눈물겹도록 고마운 일이다. 명나라 접반사가 되어 이여송 제독의 마음을 산 백사 대감의 공로가 크다."

"황공하옵니다. 일이 잘 되어서 상감마마께옵서 종묘 사직으로 복귀하시는 것이 광영이옵니다."

"내가 도성으로 복귀하는 것은 두 번 다시 생각해보아도 명군의 힘이라고 생각하는 바이다. 너무 고마운 일 아닌가."

"그렇사옵니다."

"내가 그토록 간절히 요구해서 얻은 결실이다. 평양성에 들어가서 이 제독을 어떻게 치하할지를 검토하라."

평양성 격전은 임진왜란의 전황을 바꾸는 결정적인 전환점이 되었다는 데 임금은 기뻐하고 있었다. 그러니 승전의 잔치는 뭔가 잘못된 것 같다. 왜군에 당하고, 명군에 당하고 얻은 승리. 그나마 나라가 양단되는 것을 막은 것을 다행으로 여겨야 할까.

"내 친히 이여송 제독을 치하할 생각이다. 평양성 전투에서 혼쭐검이 난 왜군은 연이어 퇴각하고 한양마저 버리고 후퇴했다고 하지 않더냐."

그러나 백사의 생각은 달랐다. 명군의 지원 아래 승리를 이끈 것은 사실이지만, 조선 관군과 의·승병, 산하의 포병 궁수부대, 장창부대, 척후병이 하나가 되어 무찌른 것이다. 순서로 보면 조선군을 위무해야 할 것이었다.

"상감마마, 이여송 제독에게 하는 인사는 늦지 않사옵니다. 전하의 옥체가 강건한 상태로 입궐하시는 것이 무엇보다 필요한 일이옵니다."

백사는 에둘러 이렇게 말했다. 조선군부터 공훈을 나누자고 나서면 왕의 비위를 거스를 수 있다.

"당연히 건강한 몸으로 귀환해야지. 그렇다고 머릿속으로 공훈자를 생각하는 것도 버리란 말이냐?"

선조는 공훈자에 계속 집착하고 있었다. 백사의 생각으로는 조선군에게 먼저 공훈을 나누어야 한다고 생각했다.

"세자 저하가 도처에서 왜군을 격파했나이다. 고을마다 세자 저하에 대한 칭송이 자자하옵니다. 물불 안가리고 장수들을 지휘하고, 도탄에 빠진 백성들을 긍휼히 여겨 양곡을 풀었나이다. 축수드리옵니다."

그러자 왕이 백사를 꼬나보았다.

"양곡을 어디서 나서 구휼했단 말이냐?"

"세곡을 풀었다고 하옵니다."

"지 멋대로?"

이항복은 왕이 광해를 미워한다는 것을 순간적으로 잊어버린 것을 후회했다. 그래서 재빨리 에둘러 수습했다.

"풀었더니 더 쌓이더라고 하옵니다. 그리고 제 문신은 물론 장수들 또한 역할을 했나이다."

"장수들?"

"그렇사옵니다. 죽기를 각오하고 바다에서, 육지에서, 강에서, 바위 틈에서 적들을 물리쳤나이다."

"명군에 비하면 차강표표(差强表表)라니까."

명군이 으뜸이고, 조선군의 장수들은 약간 나은 편이라는 뜻이다. 한마디로 조선군 장수들은 열외로 친다는 인식이다. 선조가 명토박듯이 다시 말했다.

"왜군 소굴에서 왜적을 초토화시킨 것은 명군의 힘이 절대적이었다. 조선의 장수들은 명군의 뒤를 따르거나 잔적(殘敵)의 몇몇 수급을 베었을 뿐이다. 명이 원군을 보낸 연유가 무엇이라고 생각하나."

"신은 아둔하여서 잘 모르겠사옵니다."

"바로 명 황제가 과인을 어여삐 여겨 군사를 보낸 것이다. 그렇다면 부모국에 먼저 은공을 살피는 것이 신하국의 예의이자 도리가 아니겠는가. 그것이 바로 황제 폐하께서 조선의 강토를 다시 회복시켜 주신 재조지은(再造之恩)을 갚는 길이다. 병판은 새겨들어야 하느니라."

왕은 난리가 나자 의주에 도달하여 연일 기도하듯이 명군의 구원을 요청한 것이 받아들여져 왜군을 몰아냈다는 것을 확신하고 있었다. 그러니 자기 공치사였다. 선조의 세계관은 뼛속까지 명나라 중심주의였다. 명나라가 없으면 그도 없는 것이다.

20장 선전관 겸 어전통사

왕은 도망갈 때도 소리없이 도성을 빠져나가더니 돌아올 때도 조용히 숨죽이듯 돌아왔다. 도성은 어수선했고, 궁궐도 질서가 잡히지 않았다.

정충신이 새로 설립된 훈련도감을 찾는데 선전관 몇 사람이 찾아왔다.

"어이, 정 참상관, 우리 좀 봐 줘. 우리도 한 역할했잖아."

행수 선전관과 차수 선전관, 그리고 중군장 계급장을 단 군인이었다.

"무슨 일입니까."

"입궐하면 공신들에 대한 녹훈을 준다는데 정충신이 그래도 실세 아닌가. 정 참상관은 명군 빽을 갖고 있지 않나."

그러면서 차수 선전관이 품에서 한 덩이의 금붙이를 내놓았다.

"이게 뭐요?"

정충신이 놀라서 물었다. 안면이 있는 김 아무개 선전관이었다. 김 선전관이 은행나무 뒤로 정충신을 이끌었다.

"한 밑천 될 거요. 금 세 냥이오. 한 냥은 병판 대감 마나님에게 올려도 될 것이오. 다리 좀 놓아주시오. 저 자 출세길 좀 열어주시오. 내 고향 충청도 홍주 친구요."

선전관이 앞의 군관을 눈으로 가리켰다. 군관은 본래 그러는 것인지 싱겁게 웃는 얼뜨기 상이었다. 반면에 선전관은 한양 물을 많이 먹었는지 말씨가 세련돼 보였다.

"내 일찍이 정충신 참상관을 눈여겨보았소. 그래서 이제나 저제나 만날까 했는데 오늘 비로소 만나게 되었소. 조정의 문무백관들과 친한 정 참상관의 처세술이 부러웠소. 대신 내가 정 참상관에게 보험 들면 나의 앞길도 트이겠구나, 하고 만날 것을 벼르고 있었소."

"내가 금붙이에 대해 묻고 있잖소?"

정충신이 정색을 하고 따져물었다. 그는 직답을 피하고 다시 소리를 낮춰 말했다.

"내가 참하관이긴 하지만 아직도 종9품이오. 사고 한번 친 뒤 영 승진이 안 되오이다. 참하관이라도 종7품에 비하면 끗발이 안 서서 쪽팔린단 말이오."

이에 군관이 용기를 얻었다는 듯이 나섰다.

"나는 김판돌인디, 본래는 은퇴한 김 판서 대감의 사복이었슈. 김 판서 집안이 난리를 만나 뒤엎어질 때 야사야사해서 나는 면천(免賤)했는디, 어느 결에 별군 졸개가 되었소. 하지만 다들 돈 멕이고 요소요소 영직(榮職)으로 가는 것을 보고 눈이 뒤집어졌슈. 낸두 그런 걸 보면 욕심이 안 나겠슈? 그래서 야사야사해서 별군관—군관—별무사—초관—파총까지 올랐슈. 하지만 종사품 가지고는 양이 차덜 안혀유."

선전관이 맞장구쳤다.

"그렇지. 내 친구라면 최소한 천총, 별장까지 올라야지. 목표는 중군장인데, 밑천이 거기까지 닿을지 모르겠다는 것이오."

"국별장이나 천총만 가도 원이 없겠슈. 천총으로서 기패관을 대동하고 금의환향할 적시면, 김 판서 대감이 내 앞에서 바싹 얼어버릴 것이어유. 그걸 보고 잡단 말이여유. 인간지사 새옹지마닝게 그러지 말란 법도 없는 것이쥬. 그자 앞에서 나가 이렇게 출세했다구 뻑시게 보여주구 싶어유. 전쟁은 이런 기회도 주누만유."

"금붙이는 어디서 났소."

정충신이 재차 물었다. 일반 여염집에서 나올 물건이 아니었다. 대갓집 마나님 장롱에서나 나올 법한 패물이었다.

"고건 묻들 말어유."

군관이 손을 내저었다.

"패물의 출처를 알아야 내가 받건 안 받건 할 거 아니오? 장물이라면 나도 먹다가 골로 가니까."

"그렇다면 내 청을 들어주겠다는 거유?"

"물론이오."

"그럼 말하갔슈. 나가 대갓집에서 쌔비한 거유."

"김 선전관한티는 얼마를 주었소?"

군관이 다시 머쓱한 표정을 지었다. 정충신이 거듭 추궁하듯 말했다.

"먹을랴면 다같이 먹어야 배탈이 나지 않지요. 서로 먹은 것을 함께 하기로 합시다. 그것이 서로를 보호하는 보호장치가 되는 거요."

"상호 공범이 되어야 한다는 것이쥬? 은 스무냥 주었슈."

매관매직을 바로잡기 위해 순안(巡按)이나 선전관을 각 고을에 파견하는데 선전관부터가 부패해 있었다. 김 선전관이 세상 초월한 목소리로 말했다.

"어차피 돌고 도는 세상, 먹고 보자고! 나가 아니면 누군가가 고걸 먹을 것이고, 그 자리도 누군가가 차지한단 말이오. 그럴 적시면 기왕이면 아는 사람끼리 해먹는 것이 좋들 않겠슈? 그래야 서로다가 비밀이 지켜질 테구, 이익도 나눌 수 있으니 말이유."

"이 일을 내가 하라고요?"

"나한티 원하는 자리를 맹글어 주면 먹고 사는 일은 평생 부담스럽지 않을 것이로고만. 승진이나 영전은 눈 한번 딱 감아주면 되는 일 아니겠슈?"

정충신이 고함을 뻑 질렀다.

"너그들은 다 디졌어."

"왜 그류?"

"왜 그류라긴? 이런 부패 탐악도들을 내 어찌 가만둔단 말인가."

차수 선전관이 싹싹 빌며 나섰다.

"봐주슈?"

"안 돼!"

"해볼티면 해보자고?"

그가 쫄았으나 먹혀들지 않을 것 같자 걸고 넘어지겠다는 기색이 역력했다.

"나라가 왜 개판인가 했더니, 다 이유가 있었군!"

"젊어서 참상관이 됐다고 눈에 뵈는 게 없어? 행수 참상관은 왕의 외척이야. 그리고 너도 받아먹겠다고 하지 않았냐? 그런 함정 수사가 어딨냐?"

"암행어사나 선전관도 그런 함정 수사를 한다. 미끼를 넣어서 대어를 잡듯이 말이다. 더 이상 당하지 않으려면 나를 따라오렷다."

직접 의금부로 끌고 갈 작정이었다. 사헌부는 죄질을 따지는 데

시간이 걸리니 당장 족치는 의금부가 나을 성싶었다.

"정 참상관, 왜 그류. 좋자고 하는 일인디 일이 요상하게 돌아가부네. 우리는 친하다는 생각으루다 호의 베푼다는 마음으로 정 참상관을 만났던 것인데, 이런 벼락맞을 줄 누가 알았겠슈."

김판돌 군관은 울상이었다. 그나마 쌓아온 벼슬도 날아갈 판이니 후회막심했다. 행수 참상관이 비실비실 뒷걸음질쳤다.

"나는 모르는 일이야. 정 참상관, 정말 나는 모르는 일이야."

명색이 왕의 외척이란 자가 자기 살겠다고 도망가는 것이 비겁해 보였다. 정충신은 생각을 바꿔 먹고 이항복 대감 댁으로 두 사람을 데리고 갔다. 행랑채 앞에 그들을 세워두고 그가 사랑으로 들어갔다. 자초지종을 들은 이항복 대감이 혀를 끌끌 차며 그를 나무랐다.

"에잇, 못난 놈."

중벌 죄인을 끌고 온 것이 잘못이란 말인가. 곧바로 의금부로 끌고 가 곤욕을 치르게 하지 않은 것을 탓하는 것인가.

"제가 뭘 잘못했습니까? 부패 탐악도를 현장범으로 붙잡아왔는데도 잘못했습니까요?"

"그렇다 이놈아. 중죄로 다스릴 놈이 있고, 교화해서 사람 만들 놈이 따로 있느니라. 벌 내리겠다고 유세하는 놈 치고 제대로 된 놈 없어."

"죄는 죄지, 구분이 있나요?"

"행수란 놈을 잡아와야지."

"그 자는 상감마마의 외가쪽 세도가의 집안 자제인디요?"

"그러니까 잡아와야지. 모두가 그놈 농간이야. 저 자들은 불쌍한 하수인일 뿐이야. 그놈을 잡아 족치면, 저것들을 족칠 이유도 없는 것이렸다. 그런 배포도 없단 말인가? 저 충청도 홍주에서 왔다는 자는 불쌍한 군인 아닌가. 얼마나 설움 받았길래 돈 먹여서 출세해보려고 안달이겠느냐. 종오품도 아니고 육품도 아닌 칠품 벼슬 얻겠다고 하는데….”

그러면서 이 대감이 어린 시절의 얘기를 들려주었다.

“내가 대여섯 살 때 일이니라. 한여름 서당 공부는 하기 싫고 매미 잡는 일이 더 좋았더니라. 그래서 숲으로 들어가 매미를 잡고 노는데, 훈도부장이란 사람이 나를 잡더니 서당으로 끌고가려고 하더구나. 훈장님한테 혼내주겠다고 말이다. 나는 잘못했노라고 무릎꿇고 두 손 모아 싹싹 빌었지. 지금 생각하면 별것도 아닌데 말이다. 하지만 그땐 큰일인 줄 알았지. 그런데 그렇게 빌어도 쓸데없는 일이었어. 기어이 훈장한테 끌고가 벌을 세웠다. 목침 위에 발을 딛고 서서 두 손 들고 한나절을 벌로 서 있었다. 그래서 어쩐 줄 아느냐?”

“어떻게 됐습니까요?”

“평생 그 자가 보기도 싫더구나. 내가 지위가 높아져서 승진시켜 달라고 부탁하는 걸 발로 차버렸다. 지방으로 쫓아버렸지. 인본이 없는 놈은 애초에 내처야 했지.”

“남이 보면 보복이라고 할 텐디요?”

“그런 보복은 백번 해도 싸다. 더군다나 그 자는 그것을 동네방네 다 소문냈으니 말이다. 어린 것에게도 체면이 있는데 말이다. 그 나이 어린 것이 매미잡는 일은 어린이다운 일이다. 마찬가지로 저 시골에서 올라온 순박한 사람들은 남이 하니 따라서 하는 불쌍한 사람들이다. 교화시킬 만한 자들이다. 그렇게 해서 너의 사람으로 만들어야지, 양파껍질 벗기듯이 벗겨내면 남는 것이 있겠느냐. 인간이란 모름지기 사람 장사니라. 그렇다면 무엇으로 교화시키겠느냐.”

정충신이 어전통사로 자리를 옮겼다.

어전통사는 텃세 심하기로 선전관청에 비할 바가 아니었다. 어전통사관은 사역원의 당상역관 중에서 한자어에 능통한 자들을 뽑았다. 중국에서 사신이 왔을 때 왕 사이에 통역을 담당하거나, 중국에 파견된 사신이 가져온 황제의 칙서와 조서를 어전에서 통해(通解)하는 업무를 맡는 직책이었다. 그러므로 학문에 능했으며, 왕과 직대면한 위치인 데다 중국과 선을 대고 있다는 배경까지 가지고 있었으니 세도 강한 집단이었다.

중국 황제의 칙서·조서를 통해하는 임무는 단순히 회화가 능통한 것만으로는 불충분했다. 대국의 칙서라는 것이 황실의 권위를 내세운답시고 난해하고 현학적 문장이 많았다. 그것으로 조선국의 실력을 떠보는 기준으로 삼았기 때문에 보통 학문 가지고는 접근하기 어려웠다.

태조대부터 어전통사는 기라성 같은 인물을 배출했다. 세종대에는 원민생, 김시우, 김을현, 이변, 김하가 있었고, 세조대엔 김자정, 지달하, 성종대엔 장유성, 황중, 이창신, 최해가 있었다.

선조대에 들어와서는 명군의 구원병 요청 등의 문제로 어전통사 조직이 강화되었다. 이준, 윤담무, 심우승, 신식, 박동량, 강홍립, 김수, 황신, 이민성, 이시발, 박정길, 권진, 이덕형, 이정구가 참여했다. 그중 강홍립, 이덕형 같은 재상 출신도 이 과정을 거쳤다.

이렇게 권위있고, 자부심 강한 어전통사에 갓 스무 살의 정충신이 발령을 받았으니 어전통사관청이 발칵 뒤집히는 것은 당연했다.

"보도 듣도 못한 촌놈의 새끼가 어전통사관이라고? 환장하겠네."

"살맛 안 나누만. 새파란 놈이 어전통사라고 드나드는 꼴 어떻게 볼 거야?"

"수가 하나 있지."

"뭔데?"

"바로 이거야. 명나라의 표문·전문 외교문서 작성을 디립다 맡기는 거야. 우리가 몇날 며칠이 가도 못 풀잖아. 고걸 맡기는 거야. 어린 놈이 명의 칙서 보면 좆뺑이치고 도망가 버릴걸? 제일 어려운 것으루다 골라 봐."

조선은 난해한 한자 해독을 위해 왕족 자제들을 중국의 국자감이나 요동의 향학에 유학 보냈다. 그러나 못 견디고 되돌아오는 경우가 많았다. 중국은 우선 문장으로 까다롭게 하고 있었다. 거기서부터 기강과 권위를 잡고 있었다.

대안으로 조정은 질정관(質正官)을 중국에 파견했는데, 여전히 배타적인지라 유학의 의례를 받아오는 정도에 그쳐서 질정관의 파견만으로는 실효를 거두지 못했다. (한국학중앙연구원 한국학정보화실 자료 인용)

그들도 어려운데 새카만 군관에게 어려운 문제를 내서 기를 팍 죽여버리려 하고 있었다. 박문실 통사관이 정충신을 맞았다.

"어이, 축하해."

"잘 부탁합니다."

"젊은 통사관한테 우리가 부탁할 게 있네. 우리 관청은 전통적으로 통과의례라는 것이 있는데, 그것을 해결해야 되네. 그렇지 못하시면 적응하기 힘들지. 쫓겨날 수가 있어."

"무엇입니까."

박문실이 명 황제의 칙서를 내놓았다. 보아하니 무슨 부적 같기도 하고, 암호문자 같기도 한 기묘한 서찰이었다. 획이 복잡해서 도무지 헷갈렸다.

"뜻풀이를 해올 것이며, 그 답까지도 적어 와야 하네."

"언제까지입니까."

"내일까지야. 과락(科落)이 되면 쫓겨나지."

"신임 통사관을 시험하는 겁니까?"

정충신이 박문실을 정면으로 바라보며 물었다. 상당히 도발적인 태도였다. 성질이 뻗쳤는지 대번에 박문실이 소리쳤다.

"야, 씨발놈아, 해오라면 해와야지 무슨 헛소리가 많아. 겁대가리 없이 눈을 치뜨긴? 밑으로 깔아!"

눈을 깔자 또 소리쳤다.

"각지게 서!"

고상한 지체있는 신분이라 해도 너무한다 싶다. 그러나 자기 이익 빼앗긴다 싶으면 이렇게 시정잡배처럼 사람을 잡고 있었다.

어전통사관 전통이라고 하니 정충신은 명 황제의 칙서 사본을 받아들고 퇴청했다. 그는 교리 윤인옥을 찾아갔다.

"성님, 어전통사관에서 과제를 받아왔습니다."

"과제?

"복잡한 칙서 통해 건입니다."

"술부터 한잔 하자."

윤인옥은 다짜고짜 주막으로 그를 데리고 갔다. 구석진 방에 술상이 차려지자 야리야리한 기생이 들어왔는데 윤 교리의 애첩 소선이었다. 소선은 압록강변의 주막에서 술을 팔다가 궁궐이 환도하자 윤인옥을 따라 평양으로 들어와 아예 개업했다. 밑천을 윤 교리가 대니 그는 기둥서방이었다.

"소청 소식 궁금하지 않으세요?"

소선이 정충신을 알아보고 물었다. 소선은 소청과 의자매를 맺은 사이이고, 소청은 정충신과 사연이 있는 것으로 믿고 있었다.

"소청도 객주집을 차렸어요. 밤이면 요란해요. 찾아가지 않을래요?"

"일이 워낙 바빠서요."

"이 사람아, 연사와 사무는 무슨 상관이야? 밤에도 사무 보나?"

"그럴 일이 아닙니다."

"그래, 뭘 가지고 왔다고?"

정충신이 칙서 사본을 꺼냈다. 그것을 들여다보던 윤인옥이 껄껄 웃었다.

"배포가 없기는… 이것은 명나라 놈들도 몰라. 지들도 무슨 글씨를 써놓은지 모른단 말일세. 우리가 쩔쩔 매는 꼴을 보려고 하는 수작이야. 정작 알고 보면 사이좋게 지내자는 것, 신하국으로서 어여쁜 여자 보내줄 것이고, 올해는 수산물이 부족하니 전복 말린 것, 문어 말린 것을 보내주고, 혹여 거둬들인 것 중에서 최상품으로 개경 인삼 이백근, 탐라국 흑돈 오십짝 보내달라는 그런 것이야. 말하자면 조공 꼬박꼬박 바치라는 것 아니겠어? 그자들, 쉬운 것을 이렇게 어렵게 만들어서 우리를 골탕먹이려고 하는 수작이야. 두려워 마. 그것도 모르고 어전통사 새끼들은 고상한 척하면서 상감마마께 엄숙하게 보고한단 말이야. 문약들이라 무턱대고 납작 엎드리는 데 이 골이 난 놈들이지."

"황제의 칙서인데 그렇게 말하면 진지하들 못 하지요."

"진지는 조반이나 석반이여. 술이나 처 먹고, 오늘 소청 대신 소선과 놀아 봐."

"옜기, 무슨 헛소리요. 나는 성님이 좋아서 목숨 살려준 것인디 하는 말이 고작 그것이요?"

"모가지 내기 장기를 말하누만? 그래서 내가 동생 좋아하지 않나. 여자도 나누는 것이야."

"어찌 내가 형님의 애첩을 가지고 놀겠소. 그런 잡소리 하딜 말고, 문장이나 해석해주쇼."

"내가 교리 시험에 합격은 했지만서두 사서삼경은 자네가 우위야. 이 칙서는 사서오경, 논어, 맹자, 주역 다 꿰어도 해독 못 하게 되어 있어. 함정에 빠지지 마. 이건 가짜일 수도 있고. 그 자들 때려잡을 일이나 생각해."

"때려잡을 일이라뇨?"

윤 교리는 어전통사관의 비리를 꿰뚫고 있었다. 중국을 내왕하면서 밀수품을 들여와 폭리를 취하고, 몇몇 부호집 자제들을 매관매직으로 기용해 쓰고 있었다.

"어전통사관원 열댓 명 중에서 두세 놈 실력없어도 되지. 오히려 못난 놈들 데려다 놓으면 몇몇 윗놈들만 상감마마 독대할 기회가 생기니 더 좋은 거고. 부패했어. 쓸어버릴 기회가 왔다. 그자들이 자네를 시험하고 반대하는 것은 자네 직분이 선전관을 겸하고 있으니 경계하는 거야. 자기들 부정 들통나면 개피 보잖나. 하나부터 열까지 자네가 두렵거든. 그래서 상감께서 자네를 거기다 박아놓았을지도 몰라. 밀리지 말고 몰아붙여버려."

듣고 보니 그럴싸했다.

"나는 어전통사관 직에 충실할려고 하는디요?"

"그것이 충실한 거야. 문란한 기강을 바로잡고, 부패한 조직을 바로잡는 것이 직분에 충실하다니까. 너 정의파라고 했어, 안 했어?"

"했지요. 하지만 그때는 이때와 다르지요."

"병신, 선별적 정의가 따로 있고, 선별적 범죄가 따로 있냐. 부정을 보고도 외면하면 선전관인 자네는 직무유기야. 어제의 범죄를 용서하면 내일의 범죄에 용기를 준다고 했어, 안 했어? 이런 때일수록 미루면 안 돼."

"성님이 갑자기 고상한 말을 해붕게 내 머리가 어질어질하요."

"무인은 관념보다 행동이라고 했어. 자네를 기용한 뜻도 거기 있을 거야. 정보를 줄 테니 조져버려. 썩어도 너무 썩었단 말이야. 안다는 것이란 모름지기 세상을 바로 보고, 바로 본 만큼 고친다는 것인데, 그런 열정이 없으면 종치는 거야. 머리에 든 것이 있다고 군림하면서 해처먹는 꼴을 방치할 거야? 사헌부 새끼들도 마찬가지고, 판관 새끼들도 마찬가지야"

칙서를 살핀 즉, 명나라 사신 정응태의 무고 사건을 담고 있었다. 정응태는 명나라 구원병 책임자로 조선에 와 있던 양호 장군과 갈등하면서 '조선이 일본과 짜고 명나라를 침공할 것이다'라고 황제에게 보고한 사람이다. 물론 허위보고였다. 조선이 왜에 당하고 있는데, 왜와 합작해 명을 친다? 말도 안 되는 모략이었다.

이런 복잡한 외교문제를 해결하기 위해 선조는 백사 이항복을 정사(正使)로 삼아 중국에 사절로 파견했다. 백사는 일본에서 온 협박 문서를 챙겨서 황제 앞에서 사실이 아님을 고변했다. 증빙 문서를 확인한 황제는 정응태의 무고임을 확인하고 그를 불러 목을 쳤다.

그런데 정응태의 후손들이 억울하다며 백사를 벌해달라고 황제를 구워삶아 다시 칙서를 보내오고, 배상까지 요구하는 것이었다. 황제는 손해볼 것이 없었다. 대국은 멋대로 횡포를 부려도 이기게 되어 있고, 약소국은 어떤 정당한 일을 해도 밟히게 되어있다.

"이것이 칙서냐? 사기 문서지."

윤인옥이 내용을 살핀 뒤 말했다. 정충신은 다음날 박문실 어전통사관을 찾았다.

"왜 늦었어?"

박문실이 꾸짖었다. 제대로 해석했는지 다른 역관들이 호기심을 갖고 그의 주변으로 몰려들었다.

"통해하였나?"

"위문서라고 봅니다."

"칙서를 위작이라니, 이런 개자식이 있나?"

군기를 잡으려고 그러는 것으로 알지만 이건 심하다.

"왜 욕을 하고 그러시오?"

"욕? 더 잘해."

정충신이 정색을 하고 말했다.

"나는 여러분들을 현행범으로 체포하는 바이오. 당신들은 묵비권을 행사할 권리가 있으며, 당신들이 하는 말은 당신들에게 불리한 증거가 될 수 있으며, 따라서 변호해줄 사람을 선임할 권리가 있소. 본관에게 거짓을 말하면 골로 갈 것이요, 진실을 말하면 회개와 반성의 정도를 보아서 죄업을 참박할 것이오."

"이놈이 갑자기 돌았나.?

한 통사관이 주먹을 내밀었다. 탱자 만한 주먹이었다.

"너 그러다 쥐도 새도 모르게 가는 수가 있어. 범생인지, 철없는 놈인지 모르겠지만, 상황파악 잘해라."

"누구누구를 부정으로 기용한 것, 칙서와 조서를 위조해서 국고를 탕진한 것, 엉뚱한 신료 모해하고 자리를 탐한 것을 내가 적발했소. 당신들 이래도 모르겠나?"

"협박이냐. 증거를 대지 못할 때에는 니 배때지에 칼이 들어갈 것이다."

박문실이 이를 갈며 화를 냈다. 선전관 둘이 포도대원을 이끌고 행진할 때 정충신이 그들을 불러들였다. 그의 상황을 듣고 이들이 어전통사 지휘부를 체포했다.

정충신이 이항복 병판대감을 찾았다.

"대감 마님, 소인은 궁궐을 떠나고자 합니다."

"거, 무슨 소리냐. 일을 매끄럽게 처리하지 못했느냐."

"이곳에서는 날마다 눈을 씻고 귀를 씻어도 눈이 침침해집니다. 이곳을 벗어나야 살 수 있을 것 같습니다. 질식할 것 같습니다."

"날마다 목욕재계하면 깨끗해지는 법이다."

"무관은 전선이 근무지입니다. 적병이 있는 곳으로 보내주십시오."

"다들 전쟁터를 기피하는데 사지를 원하느냐? 전쟁터에 안 나가겠다고 뒷거래로 돈뿌리고, 뒷배 동원하고, 군에 가서도 험지보다 편한 곳으로 보내달라고 별 야료를 다 부리지 않느냐."

"한양이 제 적성에 안 맞는 것 같습니다. 혼란스럽습니다."

이항복이 곰곰 생각하더니 고개를 끄덕였다.

"지금은 또 공신 녹훈 문제로 궐내가 시끄러워지고 있다."

호성공신, 청난공신, 선무공신 선정 따위로 도성이 도박판이 되어가는 것을 보고 이항복은 절망하고 있었다.

"압록강으로 보내주십시오. 변경을 지키면서 저를 돌아보고 싶습니다."

"너의 문제는 상감마마의 윤허가 있어야 할 것이야."

"어쨌든 떠나겠습니다."

정충신은 한양에 머물러 있다가는 그 자신도 무너질 것 같았다.

도처에서 민란이 일어나고 있었다. 평안도가 더했다. 피해가 극심하니 민심도 흉흉했다.

평안도는 중국과의 접경지대로 예로부터 문물 유입이 빠르고, 활발한 상업 활동으로 역동적인 지역이었다. 그러나 배반의 고장이라 하여 정치권력으로부터 소외되었다.

평안도는 왜 군사로부터의 피해가 적은 반면에 전통적으로 중국군에 의한 피해가 컸다. 그러나 왜군이 평양, 영변까지 들이닥쳤으니 예전에 볼 수 없는 난리를 겪었다. 이번 난리에서도 유독 재난이 심했다. 왜국과 중국의 휩쓸어버린 후과였다. 백성들은 이런 것을 해결하지 못한 조정을 향해 원망했다. 그들은 조정에 대한 배신감이 컸다.

지식층도 반발했다. 정통 유학파(儒學派)보다 풍수지리, 주역에 능한 이상사회를 꿈꾸는 비주류들이었다. 능력이 없으면 물러나야 하고, 권력교체를 해야 하는데 그대로 고여 있다.

구레나룻이 선명한 한 장정이 선동하자 젊은이들이 모여들었다. 그는 군졸을 모으고 있었다. 탐관오리에 뜯기기만 한 상인들이 몰래 자금을 조달해 지원하고 있었다. 세도정치에 몰락한 양반 자제들과 백정·역노(驛奴)·보상·부상·갖바치들이 모이니 세가 확장되었다. 그들은 각처의 정보를 수집할 수 있었고, 이런 정보에 따라 고을의 동태를 살펴 탐악 세력을 파악했다. 그들은 대동세상을 꿈꾸고 있었다.

용력(勇力)을 갖춘 장사가 그들을 주도했다. 그는 각처를 돌아다니며 사회 실정을 파악하고 뜻있는 자를 규합했는데 숫자가 이백이 된다고 했다. 길삼봉이란 장사였다. 정여립 사건에 연루되어 주유천하를 하다가 묘향산 칠보사와 보현사에서 승병과 함께 봉기했는데,

어느 날 뜻을 품고 야인으로 돌아갔다. 철산의 운산거사, 선천의 요문탁, 청천강 이북의 토호들을 포섭하여 박천·안주·가산·태천 산골에 비밀 기지를 세웠다.

재산을 빼앗긴 중간층이나 하층민이 참여하고 겁탈당한 아녀자들이 이를 물고 산골로 들어오니 어느새 산골짜기는 우렁찬 함성소리로 산이 들썩거릴 정도였다. 이들의 원한은 복수심으로 불탔다. 타도 대상은 외적이 아니라 내부 권력이었다.

길삼봉은 민심을 알았다. 길삼봉이 내세운 봉기의 이념은 정진인(鄭眞人)을 받들어 세상을 구원한다는 것이다. 정여립 사상을 전파하고 구현한다는 뜻이었다. 정여립은 그의 스승이었다. 차별과 사회 모순을 바로잡아야 하고, 그 중심은 백성이다. 백성이 진인(眞人)이며, 정진인 역시 백성의 한 사람이다. 높고 낮음이 없으니 위아래 구분이 없다. 빈민을 구제하고, 공평하게 사는 대동세상을 꿈꾸었다.

그러나 백성들이 그것을 받아들일 만한 역량이 부족했다. 오해한 주민이 밀고하니 쫓기는 신세가 되었다. 이상은 허공에 맴돌았다. 결국 도척의 신세를 면치 못했다. 그들 역시 약탈자가 되고 만 것이었다.

이런 난이 관서·해서지방을 중심으로 번성했고, 경기도 양주골의 의적떼, 충청도 차령산맥 줄기에서는 이몽학이 난을 일으켰다.

크고 작은 난이 끊이지 않은데, 압록강 변경에서는 또 여진족이 밤낮없이 출몰했다. 노략질로 백성들을 괴롭히고, 여자 납치가 극성이었다. 아녀자와 시집갈 처녀는 물론, 열한두 살 먹은 어린 계집아이들까지 납치해갔다.

"잡놈의 새끼들."

정충신은 절망에 빠졌으나 주먹을 불끈 쥐었다. 왜구의 재침도 우려되고, 여진족의 침략은 갈수록 거세고, 내부에선 반란이 들끓고 있다.

이런 가운데 병조판서 이항복이 입궐하여 임금을 알현했다. 어좌 앞에는 유성룡이 와 있었다.

"상감마마, 평안도 선사포는 국경 지역으로서 중국과 여진국을 마주 대하고 있는 전략지이옵니다. 지금 첨사 자리가 비었나이다."

"그러면 빨리 채우면 될 게 아닌가."

"마땅한 적임자가 없습니다. 용심과 사명감이 투철한 자를 골라야 고을을 안정시킬 수 있습니다. 더 이상 도망가지 않은 자를 선발해야 하옵니다."

"또 선사포 첨사가 도주했단 말이냐?"

"민망하오나 또 그랬다고 하옵니다. 두려운 나머지 숨어버렸다고 하옵니다. 그래서 다부진 자를 보내려고 하는데, 모두들 회피하는 눈치이옵니다."

"무신들이 편하게만 지내려고 하니 참 고약한 일이군."

"그런데 희망자가 나타났습니다."

"누구냐?"

"정충신 선전관 겸 어전통사이옵니다."

"정충신이라고?"

임금이 어전이 쩌렁 울리게 고성을 질렀다. 이항복 곁에 좌정한 유성룡이 놀란 나머지 거들었다.

"전하, 그 자리는 젊은 용심이 용솟음치는 무신을 보내야 국사를 그르치지 않을 것이옵니다."

유성룡은 임란 발발 때 영의정이었으나 패전에 대한 책임으로 파직되었다가 다시 벼슬에 올라 지금은 호서·호남·영남을 관장하는 삼도도체찰사 직책을 맡고 있었다.

"안 돼."

임금이 단박에 거절했다. 유성룡은 아직 말발이 서지 않은 때라서 잠자코 있었다.

"충신은 내 곁에 있어야 한다."

유성룡은 그 이유를 몰랐다. 복권된 지 얼마 안 되었기 때문에 궁중의 맥락을 잘 짚지 못했으나 임금이 새파란 젊은 장교를 싸고 도는 것이 조금은 마땅치 않았다. 총명하고 강단있는 총각이라고 소문은 나 있지만, 일로 말하면 그보다 능한 자들도 적지 않다. 편애와 편견은 왕이 금해야 할 금도다.

선조는 여러 모로 생각이 있었다. 모함과 배신이 차일처럼 궁중을 뒤덮고 있는 오늘날, 젊은 군관의 사심없는 애국심은 절로 힘이 솟게 했다. 이런 군관을 만나면 그 스스로 위안을 받는 기분이었다. 그러니 곁에 두고 싶은 것이다.

선조 스스로 자초한 측면도 없지 않았지만, 지금에 와서는 그 숱한 당쟁과 분파싸움에 이골이 났고, 어지간히도 그는 지쳐 있었다.

"어전통사의 일로 과인을 잘 보좌할 것이다. 중국 사람과 교섭하는 데 유용한 인물이니 보낼 수 없다."

왕의 총애를 받는 자에겐 어떤 인격자도 당해내지 못한다. 그것이 궁중 권력의 속성이다. 그에게는 물갈이가 필요했다. 자신이 재기용됐으니 새 술은 새 항아리에 담아야 한다.

"지금은 궁중이 환도하시어 군무(軍務)가 그리 힘들지 않습니다. 궐내의 일을 할 사람은 찾을 수 있으나 변경의 오랑캐는 어지간한 용맹성이 아니면 지켜내기가 힘들 것입니다. 뛰어난 장재(將材), 즉 장차 도원수 감의 장재가 미리 훈련받을 양으로 젊은 장교를 보내는 것도 한 방법입니다."

유성룡의 논리를 대거리할 논리는 없었다. 그의 논지는 명쾌한 것이다. 그는 고집과 권위의식은 있어도 균형감이 있는 사람이었다. 이항복이 말했다.

"유 도체찰사의 말이 옳습니다. 지금까지 정충신에게 진(鎭)을 맡긴 바가 없으니 한번 맡겨보고, 시험하는 것도 괜찮을 것 같습니다. 서애의 말씀도 틀린 말이 아닌 듯하옵니다. 선사포 진을 정충신에게 주어서 장래 대장이 되는 연습을 시키는 것도 방법일 듯합니다."

"정 그렇다면 당장 정충신을 불러라."

정충신이 입궐했다. 왕이 물었다.

"충신아, 압록강 변경으로 근무지를 옮겨달라고 네가 원했더냐?"

"네. 그렇사옵니다."

"다들 편한 자리로 가고자 줄을 대고, 웃돈 대고 승진시켜 달라고 한다는데 네 스스로 험지를 자청하다니, 무슨 변고가 생겼느냐?"

정충신은 사실대로 고변할 수는 없었다. 왕 앞에서 배신 때리고, 음모와 흉계가 꾸정물처럼 넘실거리는 육조 거리의 풍경에 환멸을 느끼고 대륙의 북풍이 몰아치는 변경에 가서 눈을 씻겠다고 말할 수는 없는 것이다.

"상감마마, 저는 의주 행재소에 있을 때 여진족의 약탈과 오랑캐 장수들의 탐악질을 보았나이다. 그곳 백성들이 재산 털리고, 부녀자가 납치되고, 어린 소녀가 인질로 잡혀간 꼴을 보고 분개했나이다. 더 이상 그런 꼴을 보고 싶지 않았나이다. 백성들에게 힘이 되어야 하는데 영토를 지키는 장수들이 도망가버리면 그들을 누가 지키겠습니까. 직접 목격한 이상 소신은 한시도 여기에 머물러 있어선 안 된다고 생각해왔습니다. 소신을 보내 주십시오."

"네가 그렇게 원했던 것이냐?"

"그렇사옵니다. 마마, 그리고 청이 하나 있습니다."

"무엇이냐."

"홍주골 출신 군관 김판돌을 저의 부관으로 데려가도록 해주십시오. 면천한 자이옵고, 한때 못된 짓을 한 자이온 바, 쓸모짝이 없는 줄 알았는데, 지금은 올바로 세상을 보고 살려고 하는 군인이옵니다. 윤허하여 주시옵소서. 그리고 현지 부임 길에 백천 태천 안주를 가려고 하오니 군사 이백을 주십시오."

그는 관서지방에 출몰하는 반란세력들을 제거할 작정이었다. 정여립을 따른다는 역도의 목을 따버려야 하는 것이었다.

백사 이항복이 집으로 돌아와 정충신을 행랑채로 불러들였다.

"네가 선사포 진을 맡는 것은 장수로 가는 길목이요, 큰일을 할 수 있는 기회다. 하지만 먹고 입는 것이 문제로구나."

"대감 마님, 병졸과 함께 먹고 자고 입고 해야지요. 장졸간에 차이가 없는 군인생활을 하는 것이 저의 소신입니다."

"지휘관은 그렇게 할 수 없다. 부부유별 군신유의가 있듯이 장졸간에도 법도와 규율이 따로 있는 법, 나이어린 지휘관일수록 군율에 엄격해야 한다. 나이 많은 지휘관이 병졸과 함께 뒹구는 것이 도량과 배려로 보이지만, 나이가 비슷한 또래끼리 먹고 마시고 뒹굴면 품격이 사라지고 권위를 잃는 법이다. 너에게 진을 맡기는 것은 기회지만, 또한 너를 시험하는 자리라는 것을 알아야 하느니라."

"명심하겠습니다."

"야전 장교는 강(强)과 용(勇)만 있으면 되지만, 부대를 이끄는 지휘관은 강과 유(柔)를 겸하여야 하느니라. 변방 군인들은 죄인으로 귀양간 자가 많으니 특히 유의해야 한다."

"알겠습니다."

"먹고 입는 것도 절도있고 분명해야 하거늘 혼인을 맺어서 관복·군복·예복은 물론 먹는 입성도 가려야 한다. 장수가 되는 길은 품격을 완성하는 자리다. 병사들에게 모범을 보여야 하니 먹는 것 입는 것 모두 허수로이 여겨선 안 된다. 그러니 혼사를 해야겠다."

"네?"

정충신이 놀란 눈으로 백사를 바라보았다.

"너를 뒷바라지해 줄 여자 말이다."

정충신은 생각지 못한 일이었다.

"내일 임금께 사은숙배(謝恩肅拜)한 다음 각 중신과 장신(將臣)들께 인사를 한 뒤에 저녁 무렵 공 참판 댁을 들르거라."

공 참판이라면 지체있는 집안이었다. 정충신은 백사 대감이 이른 대로 다음날 궁궐에 들어가 두루 인사를 하고, 해질녘이 되어서 공 참판 댁에 들렀다. 공 참판이 정충신을 정중히 안방으로 맞아들였다. 방 가운데엔 상다리가 부러질 정도로 요리상이 차려져 있었다. 정충신이 자리에 앉으면서도 영문을 몰라 어리둥절해 있자 공 참판 이 말했다.

"오늘은 나와 함께 석반(夕飯)을 하면서 정담을 나누세나."

"백사 대감께서 찾아뵈오라고 해서 찾았는데 이렇게 성찬을 마련 해주시니, 무슨 영문이신지…."

"첨사 취임을 축하하네. 이제 보니 벌써 대장부가 되었군. 하기야 나이 스물이니 그럴 만도 하지."

"사실은 에먼 나이를 하나 더 먹었습니다."

"에먼 나이라니?"

"본래는 제가 을해생(1575년)입니다. 그런데 섣달 그믐날 태어났으니 하룻밤만 자면 병자생이 되는 것이지요."

그래서 정충신 생년월일은 음력으로는 1575년 12월 29일이고, 양력으로는 1576년 2월 11일이다. 역사 기록에는 양력 기준 1576년 생으로 올라있다.

"어쨌거나 스물이든 스물하나든 성년이 된 것 아닌가. 나는 열일곱에 첫아들을 보았네. 나이가 찼으니 혼인을 하여 가정을 이루어야 하지 않겠는가."

"소인은 공명(功名)을 이루지 못할까 걱정일 뿐, 혼인문제는 걱정되지 않습니다. 노력하여 공을 세운 뒤에 혼인할까 하옵니다."

"공을 세우기 위해서도 가정이 필요하지. 총각으로서 돈 벌어 한 세상 잡겠다고 하지만 그렇게 되는 것이 아니네. 가정을 이루면 더 많은 돈을 비축하게 되고, 출세도 빠를 수 있지. 현처(賢妻)가 자산인 법이야."

"부모님도 천리 타향에 계시고, 제 혼인을 위해 불원천리하고 한양에 쉽게 오실 수 있는 처지가 못 됩니다. 성공한 뒤 모양있는 혼인을 하고 싶습니다."

"장도에 오른 만큼 다른 것은 몰라도 든든한 내자를 하나 마련해서 떠나는 것이 좋을 것이야. 백사 대감도 그 점 유의하셨네. 그래서 약조한 바가 있었지. 정 안 되면 부실(副室)로 데려가게."

"부실이요?"

"첩실(妾室)이네."

밑도끝도 없이 말하자 정충신은 더욱 당황했다.

"첩실, 부실이라뇨?"

"몰랐던 것인가?"

그리고 공 참판이 길게 설명했다.

"사나이 대장부란 자고로 소실 또는 첩실이 있어야 하네. 자네 같은 장래가 촉망되는 청년은 더욱 소실이 필요하지. 당장 혼인을 할 수 없는 처지라면 그렇게 해야 돼."

"소인에게 소실은 당치 않습니다."

"소실을 얻는다는 것이 그리 어려운 일이 아닐세. 상민의 부모들이 여식을 시집보낼 때 가난뱅이 상놈보다 밥술깨나 먹는 부잣집 소실로 보내는 것을 더 바라지 않나. 하지만 자네는 가난한 집 딸을 소실로 맞는 것이 아니니 안심하시게."

고관대작이 한사코 여자를 묶어주겠다는 것이 의아스러웠다.

"대감 마님, 저보다 훌륭한 총각들이 많습니다요."

"내 사정을 말하지. 나한테 처조카가 있는데 우리집에서 죽 자랐네. 하양 허씨일세. 하양 허씨는 대대로 효자 효부가 많이 나는 집안이네. 세종 임금 때 허조라는 분은 좌의정을 지낸 바 있고, 문경공 시호를 받은 분일세. 그 후손이라서인지 예의법도가 각별하네."

"저희 부모님은 여자는 아무리 총명하여도 이목구비를 갖추어야 한다고 말씀하셨습니다."

여자는 예쁘고 자태가 아름다워야 하는 것이다.

"그 점 여부는 있네. 생기기는 그렇지만 용렬하지 않다니까. 그 아이가 한사코 당대 영웅이 아니면 시집을 가지 않겠다고 하니, 그런 총각을 물색중에 정 첨사를 보게 되었네. 그래서 백사 대감께 간청했는 바, 백사 대감의 허락을 받았네."

"스승의 말씀을 저버릴 수는 없지요. 하지만 저도 의견이 있나이다. 나이는 어떻게 됩니까."

"스물일세. 대체로 이팔 청춘에 시집가서 떡두꺼비 같은 아이를 생산하는데 그 아이는 네 해가 지나도록 혼처를 구하지 못했어. 그래서 내자도 걱정을 많이 하고 있었네."

한양에서는 문벌을 중시하는 풍조인데 공 참판이 문벌도 안 보고 자기를 처조카 사위로 삼겠다고 하니 한편으로는 고마웠다.

"대감께서 그렇게 말씀하시니 고맙습니다. 하지만 지금 군령을 받고 내일 임지로 떠나는데 어떻게 성례를 하고 가겠습니까. 정혼을 해두었다가 벼슬이 옮겨질 때 성례하고 동거하겠습니다."

그러자 공 참판이 머리를 흔들었다.

"객지에서 먹고 입을 것이 마땅치 않으면 사람이 몹시 추레하네. 병이라도 얻으면 사나이 대장부가 병든 닭꼴이 되네. 장래가 촉망되는 사람을 어찌 다치게 해서야 되겠는가."

그는 백사 어른과 똑같은 말을 하고 있었다.

"평화로운 때라 할지라도 사람의 일은 앞을 기약할 수 없는 법, 난리 중인 지금은 다 말할 나위가 없지. 자네가 선사포 진에서 일 년이 될지, 삼 년이 될지 근속 일자가 기약할 수 없는 일 아닌가. 그러니 서두르는 바이네. 정 그렇다면 작수(酌水) 성례(成禮)라도 하고 가는 것이 옳겠네."

공 참판이 자리에서 일어나더니 안방으로 들어갔다가 잠시 후 돌아왔다.

"내자에게 작수성례라도 하자고 했더니 아내의 말이 난리 중에는 성례를 하는 것이 번거로우니 정충신이 임지로 가는 길에 함께 달려 보낼 행장차림이 더 급하다고 하는군. 내 생각도 그러하니 자네가 떠나는 날 홍제원으로 처조카를 보내줄 터이니 데리고 가게. 소실로 데려가라고 하는 것도 법도 때문이야. 나라 법도에는 변방으로 나가는 무신이 처자는 못 데리고 가게 되어있네. 그러나 소실은 어긋나지 않지."

소실은 함부로 굴려먹어도 된다라는 뜻일 것이었다. 그런데 소실로라도 묶어서 보내겠다는 것이 정충신은 미심쩍었다. 정충신이 일어나 공손히 절을 하고 말했다.

"소인이 정처를 맞이하는 것도 분수에 넘치는데 소실로 데려가라 하시는 것은 봉행할 수 없습니다. 정실로 맞이하겠습니다. 정혼이 저에게는 온당한 처사이옵고, 임지에서 돌아오면 성례를 하겠습니다."

공 참판이 당황하는 빛이 역력했다.

"아니, 내 말을 아직도 못 알아 듣겠는가. 내일 홍제원으로 여자아이를 보낼 것이야."

오방색 가마를 지켜보던 환송 군관들이 정충신을 향해 소리쳤다. 홍제원 뜰이었다. 객관이 그 건너편에 있었다.

"정 첨사, 장가도 안 든 줄 알았는데 소실까지 두었나? 호걸은 색을 밝힌다더니 정 첨사는 일찍이 영웅호걸에 적을 올린 셈이군, 하하하."

"이십이 된 사내대장부야. 지금까지 장가를 아니갈 수 있나. 나를 총각으로 안 귀관들이 우습군 그래."

정충신도 넉살좋게 받아쳤다. 가마꾼이 가마 문을 열자 예쁜 비단옷을 차려입은 여자가 조심스럽게 가마 밖으로 나왔다. 모두들 숨을 죽이고 이 광경을 지켜보는데, 신부의 키는 남자 이상으로 크고, 말 눈보다 큰 눈망울로 주위를 두리번거리다 주안상 쪽에 시선을 주었다. 군관 하나하나를 눈여겨 보는데 신부답지 않은 태도에 모두들 기가 질렸다.

"우리 일어나세."

군관들이 상황을 알아차리고 하나둘 자리에서 일어났다.

"더 노십시오. 소녀는 신방으로 가겠습니다."

일어서는 군관들을 향해 신부가 말렸다. 다소곳해야 할 신부가 얼굴을 들고 말하다니, 정충신도 질리기는 마찬가지였다. 정충신은 자신을 맞을 여자가 사실은 아담한 키에 가는 허리, 눈은 크지만 작은 입에 뽀얀 볼을 가진 여자일 것이라고 믿었다. 하지만 정반대의 모습이다. 이러니 소실로 준다고 하고, 한사코 데려가라고 했을까. 이제 와서 물리거나 그만둔다고 할 수도 없으니 심정이 복잡했다. 그러나 중도 포기는 백사 대감을 실망시키고, 공 참판의 체면을 구기는 일이다.

밤이 되자 정충신은 객관에 들었다. 평소보다 취한 정충신이 객관에 차려진 신방으로 들어서는데 취중에 보아도 그녀는 눈에 들지 않았다. 정충신이 다소곳이 고개를 수그리고 맞이하는그녀를 살피다가 말했다.

"변변치 못한 사람을 따라가겠다고 하니 고생 많겠소. 계속 고생을 할 터인데, 괜찮겠소?"

"미안해할 것 없사옵니다. 소녀는 낭군에게 매인 사람이니 낭군이 하는 일에 복종하고, 대사를 수행하는 데 불편함이 없도록 성심을 다해 도와야 할 것입니다."

그렇게 말했으나 목소리가 투박해서 남자 같았다. 여자라는 맛은 어디에도 찾아볼 수 없었다.

"나는 전방 작전을 짜야 합니다. 작전에 들어가 관서지방의 산적들을 무찌르고 선사포로 올라갈 테니 먼저 올라가 있도록 하시오. 심야 회의를 소집하러 시방 나가야겠소."

그렇게 말하고 신방을 나오려는데 소실이 그의 앞을 막았다.

"취중에 가면 안 되지요. 부관들 앞에서 실수를 하게 되면 체통이 안 섭니다. 그리고 지금 산적 토벌에 나선다는데 낭군님에게 군사가 있나요?"

수행 군사는 모두 여덟이었다. 군사랄 것이 없었다. 그저 호위병일 뿐이었다. 이들을 데리고 수백 명의 산적들을 물리친다는 것은 말이 안 되는 것이었다. 다만 이 여자를 피하고 보자는 것이 그런 생각을 갖게 했을 뿐이다. 신부는 냉정하였다.

"평안감사에게 치진(馳進)하고 병부도 맞춰보기 위해서 평양으로 먼저 가셔야 합니다. 내행(內行)은 날이 밝은대로 선사포로 출발하겠나이다."

그녀의 판단은 정확했다. 맨몸으로 산적을 처치하고 떠난다는 것은 말도 안 되는 전략이고, 그래서 소실은 냉철하게 현실인식을 하라고 평안감사에게 가서 치진해 병부를 맞춘 뒤 군사 진용을 짜라고 일러준 것이다. 그녀는 분별력 있는 확실한 그의 군사참모였다.

정충신이 생각을 고쳐먹고 말했다.

"자, 우리 자리에 앉읍시다."

"평안감사가 대가 센 분이오이다. 그렇더라도 낭군께서는 기죽지 말고 의연하시오. 멋진 모습 보여야 합니다. 초장에 싼 티를 내면 밟히거든요. 들이대려고는 말되, 할말은 해야 합니다. 그 점 유의하시고 선화당에 나가십시오. 신첩은 내일 날이 밝는대로 선사포로 떠나겠나이다."

"아니오. 동행해야지요."

정충신은 금세 마음을 달리 먹었다. 그녀의 총기와 지혜는 그의 길을 안내하는 등불이 될 것임에 틀림없어 보였다.

"낭군님이 나를 싫어하는 기색이 역력하니 먼저 떠나도 되고, 또

잠도 따로 자도 무방하옵니다."

"그럴 리가 있겠소."

그가 그것이 아니라는 것을 증명해 보이기라도 하듯 그녀에게 다가가 옷고름을 풀었다.

며칠 후 평양에 이르렀다. 정충신이 내행을 숙소에 남겨두고 평양 감영(監營)으로 나갔다. 감영은 지역 최고 통치자인 관찰사가 직무를 수행하는 곳이다. 평양감영은 팔도 감영 중 가장 규모가 크고 유서가 깊은 곳이었다.

감영의 주 건물인 선화당은 삼문으로 구성되어 권위를 상징하며, 감영에 소속된 노비만도 450명이나 되었다. 선화당을 살펴보면 궁궐과 별로 차이가 없이 웅장하고, 그래서 그 앞 삼문에 이르면 백성들은 저절로 오금이 저린다. 소실은 그것을 지적했던 모양이다.

정충신이 감영 삼문에 나가 집사를 불렀다.

"신임 선사포 첨사 정충신 현신(現身)이오."

현신이란 지체가 낮은 사람이 지체 높은 사람에게 처음으로 뵙는다고 아뢰는 신고 예법 용어다. 집사가 그를 맞더니 곧바로 선화당으로 들어가 감사에게 아뢰었다.

"신임 선사포 첨사가 삼문에 대령하였사옵니다."

평안감사가 즉각 군례(軍禮)를 취한 뒤 들어오라는 명령이 떨어졌다. 지방관찰사일수록 궁중보다 권위를 앞세우는 풍조가 만연했다. 그렇게 위압적이었다. 그것이 백성들을 쩌누르는 통치방식이었다.

정충신이 선화당 뜰안 깊숙이 들어서자 파총과 집사들이 도열하고, 감사가 선화당 마루 가운데 군 예복을 갖춰 입고 나타나 호피의자에 앉았다. 호피는 똥그랗게 눈알이 박힌 채 입을 쩍 벌린 호랑이

가죽이었다.

중간 계단에는 평안감사를 보좌하는 중군(中軍·부관)이 좌우로 서 있고, 감사가 앉은 좌우편에는 좌우 병방(兵房)과 비장(裨將)이 날이 시퍼런 패도(佩刀)를 차고 부동자세를 취하고 서 있었다. 엄격한 규율이 겨울 칼바람 같았다.

좌병방이 큰 소리로 외쳤다.

"신임 선사포 첨사는 앞으로 나오시오!"

정충신이 찼던 긴 칼과 활과 화살통을 떼어 옆에 보좌하고 서 있는 부관에게 맡기고 관찰사 대상(臺上)을 향하여 몇 보 걸어가 섰다. 정충신은 조금 떨렸다. 이것을 미리 알고 내실 허씨가 쫄지 말라고 당부했을 것이다.

"어리버리 쫄면 싼 티가 나거든요."

그의 귀에 그녀가 다시 속삭이고 있었다. 연상인 그녀는 정충신을 어린애 다루듯 했다. 정충신이 대상(臺上)에 정좌한 감사를 향해 외쳤다.

"신임 선사포 첨사 정충신 순사도(巡使道)께 현신입니다!"

그러자 좌병방 비장이 명령했다.

"선사포 첨사는 병부를 소상히 아뢰시오!"

"신임 첨사 정충신은 의주에서 식년(式年)에 무과에 2등으로 급제하여 현재 조정의 선전관 겸 어전통사 겸 군기시정(軍器寺正)으로서 선사포 첨사로 특명을 받고 관서지방 변방 수호사로 근무하고자 여기 현신이오!"

그러자 잠시 선화당 뜰이 술렁거렸다. 나이도 새파란 청년이 궁궐의 주요직을 거쳤다는 것이 믿어지지 않는 모양이었다. 관찰사 또한 눌리는 기색이 역력했다.

"병부 서찰을 올리렷다!"

좌병방이 말하자 정충신이 병부 서찰을 꺼내어 두 손으로 공손히 행수 집사에게 건넸다. 행수집사가 이를 우병방에게 올리고, 좌우 병방이 병부를 맞춰본 뒤에 다시 내어주며 소리쳤다.

"병부가 그대로 맞습니다. 군령을 내리면 되겠사옵니다."

평안감사가 물었다.

"군령을 내리기 전에 묻겠다. 무슨 잘못을 저질렀는가?"

"네? 무슨 잘못이라뇨?"

의외의 질문에 정충신은 당황했다.

"너의 잘못을 네가 알렸다? 신임 첨사의 경력를 보건대 결코 선사 포 첨사로 올 신분이 아니다. 잘못을 저질렀기에 쫓겨온 것이 아닌 가. 못된 짓을 저지르고 좌천되었거나…."

"분명히 아룁니다. 본관은 근무지에서 아무런 실책을 거둔 바 없 고, 오히려 무공을 세웠습니다."

"그런데?"

그런데도 왜 선사포냐는 것이다. 앞길이 창창한 청년 장교가 오랑 캐와 해적들이 득시글거리는 어촌에서 썩겠다는 것은 감사 재직 동 안 처음 보는 일이었다.

"자원했습니다."

"자원?"

일시에 선화당 뜰이 술렁거렸다. 믿기지 않는다는 표정들이다. 지 방의 농사꾼들, 장사꾼, 하다못해 어민들 물고기를 갖다 바치라 해 서 돈을 만들어 위에 상납하고, 군요충지로 배치해달라고 손을 쓰는 것이 요즘 관가의 풍조인데, 스스로 자원해서 험지를 찾았다? 뭐 이 런 경우가 있어?

21장 선사포 첨사

평양감사가 호피 의자에서 일어나더니 단 아래로 뚜벅뚜벅 걸어
내려왔다. 그리고 정충신 앞에 서서 말했다.

"그대야말로 나라를 지키는 진정한 군인이다. 변방은 군사적으로
매우 중요한 곳이나 다들 기피하는 지역이다. 그대가 왔으니 경비에
소홀함이 없을 것이라는 확신이 섰다. 만약 군령을 어기는 자가 있
다면 그대는 군법에 의하여 가차없이 처단하라. 그렇게 군기부터 잡
기 바란다. 특명이다."

"알겠습니다. 명령을 충실히 따르겠습니다."

평안감사가 제자리로 돌아가자 우병방이 호령했다.

"정충신 첨사는 임지로 부임하라!"

정충신이 병부를 접어 챙기고 칼을 차고 활과 화살통을 메고 뜰을
나와 호위 군사를 수습해 말을 타고 길을 떠나려는데 좌병방이 급히
나오더니 소리쳤다.

"사또께서 의례절차 없이 잠시 들어왔다가 가시라고 하십니다."

깍듯한 존대어였다. 좌병방이라면 평양감영에서 꽤 행세하는 신

분이다. 나이도 사십쯤 돼보이는 관록이 붙은 얼굴이다. 그런데도 정충신에게 깍듯이 예를 취하는 것이다.

정충신이 다시 선화당으로 들어서자 평안감사가 말했다.

"아까 군례로 행한 것은 국가 의례행사에 따른 것일 뿐만 아니라 그대가 처음으로 변방의 군사책임자로 부임하는 것이니 이곳 군법을 따르도록 행하는 일인즉, 다행히도 어떤 누구보다 충실히 잘 따랐도다. 지금 내 휘하에는 각 군읍면에 수령과 변장(邊將)이 많으나 믿을 사람이 없더니 그대 같은 믿음직한 젊은 첨사가 오니 백만 군사를 얻은 것만큼이나 마음 든든하다. 그대가 내 부하가 된 것이 친자식을 얻은 것만큼 기쁘도다. 앞으로 무슨 일이 있거든 지체말고 전령을 보내주시게."

바로 방금 전까지 추상같던 사람이 이렇게 태도가 일변할 수 있나. 감사는 그지없이 다정하게 대했다.

"감사 어르신의 말뜻을 잘 받잡고 떠나겠나이다."

"그것만이 아닐세. 이렇게 훌륭한 군 지휘관을 그냥 보낼 수가 있는가."

언제 준비했는지 잘 차린 술상이 나오고 기생 댓 명이 오색 비단옷을 입고 들어와 두 손을 올려 큰 절을 했다. 감사가 기생들을 향해 일렀다.

"나에게 예를 차리는 것은 늘 하는 것이니 그럴 것 없다. 이 자리는 선사포 첨사로 부임하는 정충신 젊은 지휘관을 축하하는 자리이니라. 나한테 보다는 정 첨사에게 각자 절하고 술 한 잔씩 올려라."

"아닙니다. 어떤 자리든 선후가 있고, 상하가 있습니다. 감사 나리께서 먼저 받으시고 소인이 받겠습니다."

정충신이 정중히 사양했다. 그러나 기생들이 정충신에게 붙어 술을 권하는데, 어쩔 수 없이 술을 받아먹었다. 이래서 평양에 오는 벼슬아치들이 녹아버린 모양이었다.

"정충신 첨사, 오늘 저녁 소첩하고 정분 나누어요."

열일곱여덟아홉쯤 되는 기생이 귓불이 빨개진 정충신의 귀에 대고 속삭였다.

"그러면 문제가 복잡해지는데?"

"그럼 소첩을 데리고 살아야지요."

정충신이 몸을 사리자 기생이 재미있다는 듯이 까르르 웃으며 다른 자리로 옮겨갔다. 그러자 다른 기생이 다가와 술잔을 올리더니 속삭였다.

"술을 하시는 정 첨사가 꼭 동자처럼 귀엽다니까. 품에 안고 자기 좋은 남잔데 나랑 정분 나눌까요?"

정신이 얼얼한 가운데 정충신은 바짝 정신을 차렸다. 어쩌면 사또가 자신을 시험하는지도 모른다. 이렇게 해서 함께 노닥거리면 그놈이 그놈이라고 여기거나, 다같이 타락한 처지이니 앞으로 끽 소리 못하게 입을 닫게 하려는 것일까. 유혹에 빠지면 안 된다. 정충신은 바짝 정신을 차렸다. 백사 어른이나 공 참판이 소실을 임지로 데려가라고 한 것은 주색에 빠지지 말라는 뜻이라는 것을 이제야 알았다.

젊은 남자가 욕망을 채우지 못해 유곽을 찾거나 객주집, 주막을 찾으면 주색에 탐닉할 가능성이 높다. 빠지고 싶어서가 아니라 남자는 본디 유혹에 쉽게 빠져들 기질을 갖고 있다. 그렇게 되면 인격이 훌륭한 사람도 본의아니게 무너지게 된다.

정충신은 어떤 유혹도 멀리 하리라 마음 먹고 자리를 털고 일어설 준비를 했다. 평안감사가 벌써 술에 취한 목소리로 크게 말했다.

"정 첨사, 왜 그리 멈칫거리나. 설사 고자는 아니겠지? 평양기생을 돌같이 알면 남자가 아니야. ? 하하하"

감사가 호방하게 웃으며 내놓고 다시 말했다.

"오늘 여기서 하루 유숙하고 가게나. 평양기생 소문 못들어 봤나. 한양에서 출장 온 벼슬아치들은 평양기생 맛을 보지 않으면 평양 출장왔다고 하질 못하지. 평양기생은 미모뿐 아니라 가무가 일품이야. 모두들 강계 출신으로서 재색을 겸비하고 있네. 한번 빠지면 아편보다 독하게 빠져든다네."

그러자 곁에서 수발을 들고 있던 비장이 눈을 가늘게 뜨며 부추겼다.

"평양기생들 속궁합이 기가 막히지요. 모두들 문어 빨판처럼 흡인력이 대단해서 남자들 혼이 반쯤 나가지요. 정 첨사는 첩실까지 대동하고 왔으니 여자 속은 빠삭하겠구만?"

그는 벌써 정충신의 가정사까지 꿰고 있었다.

"소인으로서는 한시를 지체할 수 없습니다. 감사 나리께서 불러주시니 감읍하옵니다만, 지금 행장을 꾸려 떠나는 것이 온당해 보입니다."

정충신이 정중히 말했다.

"명색이 젊은 사내대장부라면 하루 저녁에 여자 댓명은 꿰야지, 하하하. 안 그런가? 순사또 어르신이 권하면 받아들여야지 일개 첨사가 무슨 공맹이라고 뻗대시나? 공자님도 일찍이 주유천하 하시면서 여자를 가까이 했고, 그랬어도 천하를 다스리는 현철로 남아계시지 않나. 남자가 여자 내밀한 것 탐한다고 해서 할 일 못 하면 병신이지. 대개 고매한 척하는 자들이 위선자야. 뒤에서 호박씨 깐다니까. 안그런가? 하하하."

비장은 야유인지 진담인지를 늘어놓고 웃었다. 주변 사람들도 덩달아 따라 웃었다. 그러나 정충신은 자신의 고집을 꺾을 생각이 없었다.

"그럴 수 없습니다. 앞으로 저희 군사들 잘 먹여주는 것으로 감읍하겠나이다. 현지 군사들에게 넉넉한 군량이 지급되는 것이 필요합니다."

"누가 안 한대? 꽉 막힌 친구구먼. 저 기생들이 영계를 한번 맛보겠다고 줄을 서는데 자넨 뭐 금테 둘렀나? 금방망이냐고?"

정충신이 비장의 희롱에 못 참겠다는 듯 자리에서 벌떡 일어났다.

"감사 마님, 저는 충분히 대접을 받았나이다. 지금 떠나겠습니다."

정충신과 비장이 주고 받는 대화를 듣고 입을 헤벌리고 이윽히 앉아있던 감사가 혼자 말없이 고개를 끄덕이더니 밑도 끝도 없이 말했다.

"내가 그대를 보건대 큰 사람이 되거나 대역적이 되거나 둘 중에 하나가 될 것 같으이. 어서 떠나시게."

좌우 병방 중 하나가 못된 놈이 흥을 깬다고 투덜대었다. 모처럼 연회에 기대어 술 한잔 질펀하게 하고, 또 여자도 한번 건드릴 기회가 왔다고 여겼는데, 팅겨버리자 기분 잡쳤다는 듯 입을 쩝쩝 다셨다.

정충신은 선사포 진에 당도해 군사들을 정비한 뒤 산적과 해적들을 소탕할 계획을 세웠다. 이는 당연히 내실 하양 허씨가 말해준 지혜인 것이다.

선사포는 평안도 철산군 백량면 가봉동에 있는 포구다. 해변에 갈대가 무성하고 물만 출렁일 뿐, 삭막한 어촌이었다.

동쪽은 선천군, 서쪽은 용천군, 북쪽은 의주군, 남쪽은 황해에 면하고 있다. 강남산맥의 말단부가 뻗어내려 대부분의 지역은 구릉성 산지를 이룬다. 해안지대에서는 더욱 낮아져서 침강하여 반도와 많은 도서를 형성한다. 동쪽은 입봉(512m)·운암산, 서쪽은 어랑산·연대산, 남쪽은 고가산·배산, 북쪽은 천두산(667m)·망일산(614m)이 우뚝 서 있다.

포구 앞 바다에 전개된 섬들은 큰 섬인 가도를 비롯하여 탄도(炭島)·대화도(大和島) 등 30여 개가 산재한다. 가도와 탄도 사이는 수심이 깊고 바람을 막아주어 포구로서는 적지였다. 이곳에 해적들이 들끓었다. 명나라로 가는 조공선의 출발지이니 해적들이 조공품을 노리고 섬과 육지부 산지에 숨어있다가 출몰했다. 주민들 피해 또한 막심했다.

이들을 막기 위해 일찍이 진이 설치되었다. 다른 지역에 비해 겨울이 빨라 첫 얼음은 10월에 얼고, 마지막 얼음은 4월 초순경까지 이어진다. 이런 날씨를 이용해 해적들이 더욱 날뛰었다. 해적과 산적의 도발을 막기 위해 수군첨절제사(水軍僉節制使) 겸 감목관(監牧官)이 1인 배치되었으나, 선조 대에는 첨사가 군사를 관장했다. 군사는 865인이었다. 해적들을 막기 위해 대맹선(大猛船) 1척, 중맹선 15척, 소맹선 1척의 병선이 있었으며, 무군소맹선(無軍小猛船) 7척도 배치되어 있었다. 이렇게 병선을 갖추었지만 노략질을 막지 못했다.

국방의 요충지였으나 날씨는 사납고 해적이 들끓으니 주둔 중인 군사들이 툭하면 도주했다. 해적들은 명나라에서 도망나온 군졸이거나 요동반도 건달들이었다. 여진족, 몽골족도 더러 있었다. 이들의 고약한 탐악질은 치가 떨릴 지경이었고, 여자 납치를 밥먹듯이 해서 집집마다 불안해서 못 견딜 지경이었다. 정충신은 부임 첫날부터 가슴이 탁 막혔다.

병선을 헤아려보니 숫자는 대저 맞지만 선미와 선수가 깨져서 오도가도 못하는 것, 선복(船腹)이 구멍 뚫려서 물이 들어차 꼼짝 못하는 것, 노가 없거나 닻과 노좆, 노좆에 끼워넣는 노씹이 사라진 것, 걸레처럼 찢어져 헤진 돛폭 등 쓸 만한 것이라고는 거의 없었다. 병선들은 하나같이 폐선이었고, 그 자체로써 선사포진의 기강의 정도를 헤아릴 수 있었다.

이런 상황이니 해적들더러 어서 와서 재산을 약탈해가라고 권하는 것이나 다름이 없었다. 이래저래 피해를 입거나 곤욕을 당하는 사람들은 애꿎은 백성들이었다.

"개새끼들, 이래 놓고도 군관이라고 할 수 있어? 그러면서 애꿎은 백성들 박박 긁어대며 소 끌어가고 돼지 잡아먹었겠지. 이런 자들이 나라를 지킨다고 했으니 누군들 나라에 애정을 갖겠나."

구월산, 묘향산에 산적이 우글거리는 이유도 알 수 있을 것 같았다. 결국은 타락하고 부패하고 무능한 관아와 군사가 이런 산적을 배양한다는 것을 뼈저리게 느꼈다.

정충신은 부임 다음날부터 군사들을 배불리 먹인 다음 폐선 수리에 나섰다. 해안에서 배를 만지던 수병들이 모처럼 게트림을 하면서 허튼 소리를 했다.

"야, 모처럼 시원하게 방귀도 뀐다야. 역시 먹어놓으니 속에서도 뭔가 답신이 있구만 그랴."

"젊은 첨사라 다르긴 다르군. 병사를 먹이고 일을 시키겠다는 것, 헌데 전의 지휘관들은 떠날 생각만 하고 자기들 뱃속만 챙기지, 군사들 똥막대기로나 알았나? 한마디로 개좆으로 보았지."

"하지만 그도 별 수 없을 거야. 한두 해 지나면 언제 그랬더냐 싶게 초심 내버리고 부뚜막에 먼저 올라간다니까. 그 놈이 그 놈이야."

"그럴까? 정 첨사는 저기 남녘 촌구석에서 왔다는데, 그런 처지에도 조정의 신진사대부에 끼었다던데? 얕잡아보면 큰코다칠 기레이."

"맞아. 다들 사고치고 쫓겨온 곳이 선사포인데, 정 첨사는 자원해서 왔다는 거 아닌가. 뭔가 생각이 다른 지휘관이야. 차원이 다를 거라니까. 여차하면 골로 가니까 우리 조심들 하자구."

이렇게 씨부렁거리는 가운데 중맹선 두 척이 완성되었다. 정충신이 병력을 집합시켰다. 860명의 병력을 1진, 2진, 3진… 10진으로 편성해 대오를 갖추어 바닷가 모래사장에 집합시켰다..

"1진과 10진은 모두 수리한 중맹선을 타라."

정충신은 두 중맹선을 이끌고 선사포와 탄도 중간 지점에 이르렀다. 탄도까지 오 리, 육지부까지도 오 리쯤 떨어진 물길이었다.

"1진 10진 모두 물로 뛰어들어 선사포까지 헤엄쳐가라. 물에 빠진 자는 구출하지 않는다."

모두들 헤엄을 치는데 물가에서 놀았던지 제법 헤엄을 쳤다. 다음에는 2진과 9진이 헤엄치도록 했다. 이들 역시 마찬가지였다. 이렇게 자질을 갖고 있는데 활용할 줄 몰랐다.

"다음에는 물속 십 리를 가는 훈련이다. 물속을 가는 데는 호흡이 중요한 법이니, 호흡 기량부터 다져라."

어떤 병사는 맥박이 이백 번을 뛸 때까지 물속에 잠겨있는 자가 있었다. 적선 밑을 다섯 번 왕복할 잠수 실력이었다.

정충신은 속으로 옳다구나, 하였다.

며칠 후 가까운 운암산 등정에 나섰다. 약 3백 고지의 운암산은 동서남 쪽으로 입봉·어랑산·연대산·고가산·배산 연봉으로 이어졌다. 명군 잔병들과 오랑캐 무리들이 진을 치고 노략질을 하는 곳이었다. 그는 산세를 파악하고, 산악지형을 탐색할 생각이었다. 그에 대비하기 위해 군사들에게 산악 조련을 시키는 것은 필수였다.

정충신은 부하들을 먼저 올려보내 놓고 뒤따라 다른 길을 택해 산 정상에 올랐다.

"아니, 정 첨사 나리, 선사포에 계시지 않았습니까?"

병사들이 한결같이 놀랐다.

"분명 나도 산을 타고 왔다. 하지만 이건 산이 아니지. 고작 3백 고지의 산을 산이라고 하면 백두산 칠보산 등 2천5백 고지가 넘는 개마고원은 어떻게 간다는 것이야?"

"우리는 축지법을 쓴 줄 알았습니다."

"무등산을 아는가?"

"압지요. 전라도 명산 아닙니까요?"

"무등산 호랑이는?"

"무등산에 호랑이가 살고 있습니까?"

"내가 무등산 호랑이야. 그 실력으로 전라도 이치·웅치전투에서 승전보를 울린 것이야. 이 승전보로 호남을 지키고, 우리의 식량기지가 확보되고, 그 힘으로 왜적을 물리친 동력을 얻은 것이야."

일시에 군사들이 "와—", 하고 함성을 질렀다.

"며칠 뒤 산적들을 소탕할 것이다. 산악지형을 잘 살피기 바란다."

"첨사 나리, 가도 쪽이 더 급합니다. 그곳 해적들이 조공선을 약탈했습니다."

중군장이 고했다.

정충신은 해전에는 익숙지 못했다. 가도의 해적들을 섬멸하려면 해상훈련과 수병 조련이 급선무였다. 병사들의 전력을 파악하지 못했으므로 그는 충분히 조련시킨 다음 적을 소탕할 계획을 세우고 있었다. 그는 중군장을 불러서 일렀다.

"나는 보다시피 육상전, 유격전, 정탐전에 강하다. 바다에서 싸우는 것은 경험이 부족하니 시간을 두고 훈련을 거친 뒤 소탕전을 벌이는 것이 효율적이지 않겠는가."

"정 첨사 나리, 이순신 장군처럼 해상전을 벌이는 것이 아닙니다. 가도의 골짜기에 명나라 패잔병들이 우글거리고 있소이다. 바로 육상전입니다. 예로부터 요동반도 돌출부에서 명나라 군사나 민간인들이 가도로 흘러들어와 살면서 섬 주민을 괴롭히고, 평안도 육지부로 침투해 노략질을 하는 자들인데, 그들 역시 배를 타고 육상에 오르긴 하지만 해상전을 치른 적이 없습니다. 우리가 바다에서 맞서 싸우지 않았으니 그자들도 해상전 경험이 없지요. 놈들은 싸움다운 싸움을 해본 적이 없습니다. 싸우지 않고도 주인 노릇 하고 있으니까요."

"알았다."

며칠 후, 정충신은 수리한 병선에 병력을 각기 승선시켰다. 그는 9대조인 고려조 제독을 지낸 정지 장군을 생각했다. 해신인 정지 할아버지가 나의 길을 열어주시겠지…. 그는 선상에서 기도한 뒤 각 부장(副將)을 불러 모았다.

"1진과 2진은 놈들의 본진인 동강진을 치라. 3진은 정박해있는 해적선을 노리라. 4진과 5진은 나를 따르라. 이 모든 것은 산 정상에서 봉홧불로 신호를 줄 것이다. 철저히 따르되 적 진지를 일격에 제압한다."

"번갯불에 콩 구워 먹듯이요?"

"그렇다. 그래서 작전명은 '번갯불'이다."

깊은 밤, 때는 이른 봄이다. 아직 쌀쌀한 날씨지만 수리한 중맹선과 소맹선은 날렵하게 선사포 앞바다를 미끄러져 나갔다. 정충신은 부장들에게 신호체계를 분명히 해야 한다는 점을 재삼 강조하고 소리없이 가도에 상륙해 병력을 정해진 위치에 각기 배치했다.

삼경이 되었을 때, 가도의 산 정상에서 봉화불이 올랐다. 그와 동시에 바닷가에 정박한 해적선이 불타오르기 시작했다. 정충신은 공격조에게 명령했다.

"진격하라!"

그러자 각 부장들이 부대원들에게 명령했다.

"일격에 부숴라!"

본진의 습격을 받은 해적들이 우왕좌왕하는 가운데 동강진으로 몰려가 배를 타려고 나갔으나 이미 배는 화염에 싸였다. 1진과 2진이 이들을 덮쳐 목을 베거나 죽창으로 가슴을 찔렀다. 깜깜한 밤중이라 화승총은 피아 구분이 어려워 사용할 수 없었다. 백병전으로 부숴버렸다.

날이 밝자 가도의 바닷가에는 불에 탄 적선의 판자조각들이 어지럽게 널려 있었고, 죽은 시체들이 둥둥 바닷물에 떠다니고 있었다. 그 숫자가 백이 넘었다.

숨죽이고 있던 섬 주민들이 하나같이 바닷가로 나와 정충신 군대의 대오 앞에 모였다.

"이렇게 시원할 수가 있습니까. 내 배 창자가 후련하오이다!"

"정충신 첨사 나리, 고맙습니다. 고맙습니다. 젊은 첨사 어른이시라 다르군요."

"이제는 발뻗고 살게 되었나이다. 고맙고, 또 고맙습니다."

정충신이 짚덤불을 묶어놓은 단 위에 올라 일장 연설을 했다.

"가도 섬주민 여러분, 그동안 여러분을 보살피지 못해서 미안합니다. 이제 안심하십시오. 해적들, 명나라 패잔병 놈들에게 더 이상 당하지 않을 것입니다. 마음 놓고 생업에 종사하기 바랍니다. 가도에 우리 병력 1백을 주둔시킬 것입니다. 바다를 지킬 것입니다. 가도와 탄도, 육지부에 봉홧불로 위기상황을 알리도록 할 것이니, 여러분이 위기에 처하면 한두 시각 안에 응원부대가 가도에 상륙할 것입니다. 해상로가 열리니 여러분이 생산한 해물은 육지부로 수송이 되어서 먹고 살 형편이 나아질 것입니다."

"와—", 하고 함성이 일었다. 한 부장과 병사 둘이 콧수염이 여덟 팔자인 사십대 장정을 끌고 나타났다.

"이 자가 해적 두목입니다. 숨어있는 것을 발견해 생포해 왔습니다."

그러자 섬주민들이 울부짖었다. 저놈 죽여라! 저놈 죽여라! 저놈이 우리 딸을 데려갔다, 저놈이 식량과 소금과 소를 끌고 갔다, 내 할아비를 죽인 놈이다!하고 이곳저곳에서 외쳤다.

"꼭 죽여야 하겠습니까?"

그러자 일시에 주민들이 "죽여라, 죽여라!" 하고 외쳤다.

"죽이는 것만이 능사가 아니오."

"아니오, 당장에 쳐죽여야 해요!"

얼마나 원한이 사무쳤을까. 주민들이 연거푸 "죽여라!"를 외치고 있었다.

"이름이 무엇이냐?

정충신이 포승줄로 꽁꽁 묶여서 나온 해적 두목을 향해 물었다.

"내 이름은 본시 없고, 산뚱성 니구산이라고 한다. 니구산이라고 불러라."

정충신 곁에 서있던 부장의 주먹이 당장에 날아갔다. 부장이 떡실신이 되도록 패면서 욕했다.

"에라이 못된 놈, 여기가 어디라고 막말을 하냐. 존댓말 쓰라!"

"니구산? 어디서 많이 들어본 이름인데?"

정충신이 부장을 제지하고 물었다. 문자를 아는 우군장이 해석했다.

"산뚱성 곡부의 공자가 태어난 곳, 니구산을 말하는 것 같습니다. 도적이 좋은 것은 다 골라 쓰고 있습니다."

"공자의 후예답게 품격있게 살아야지 해적 따위가 뭐냐."

"당장 쳐죽여도 시원찮을 놈이요. 목을 따십시오."

섬 주민들이 외쳤다. 두목을 분풀이로 처단한다고 해서 근본이 해결되는 것은 아닐 것이다. 정충신은 주민들의 복수심을 풀어주는 것으로 소탕전을 마무리하고 싶지 않았다.

"보다시피 가도 해안선 길이는 백 리나 되는 큰 섬이다. 해안선이 길게 뻗어 있으니 누구나 들어오고, 또 큰 배들이 정박하기 좋은 지형이다. 그래서 큰 배를 노리고 해적과 산적의 근거지가 되었다. 한 놈을 처단한다고 해서 해적·산적들이 끊기는 것이 아니니 일단 이놈을 생포해 선사포로 끌고 갈 것이다."

정충신은 니구산을 써먹을 묘안을 찾기로 하고, 일단 선사포 옥에 가둬둘 생각이었다. 문초하면 신분이 드러날 것이고, 그에 따라 협상용이든 거래용이든 써먹을 수 있을 것이다.

"귀로 중 잃지는 말아주십시오. 워낙에 쥐새끼 같은 자이옵니다."

섬마을 족장이 당부했다. 가도는 신미도·대화도·신도 등과 함께 서한다도해(西韓多島海)를 이루는 중심 섬인지라 이곳을 평정하는 것이 서한다도해를 안정시키는 기준이 되었다. 그런데도 군사 주둔군의 활동이 미약했으니 조선, 명나라 할 것 없이 해적들이 안방 드나들 듯하며 주민을 괴롭혔다.

정충신은 수병 100명을 잔류시키고, 나머지 군사를 이끌고 선사포로 귀항했다. 진에 당도하자 니구산을 옥에 가뒀는데, 평안 감영의 비관 전령이 헐레벌떡 말을 타고 달려왔다.

"정 첨사 나리, 평안감사 서신을 가져왔나이다."

전령이 품에서 서찰을 끄집어내 정충신에게 올렸다. 서찰은 '시급한 군무가 생겼으나 해결할 길이 난망하니 정충신 첨사가 일각을 지체 말고 서찰을 받은 즉시 평안감영으로 대령할 사(事)'라고 적혀 있었다. 밑도 끝도 없이 평양성으로 달려오라는 것이 이상했다. 시급한 일이라고 한지라 그는 곧 군마를 대령하라고 명령했다. 그러자 소녀 관비(官婢)가 급히 달려오더니 말했다.

"첨사 나리, 내아(內衙)에서 진지를 드시고 가시랍니다."

"바쁜 일이 있다고 하지 않더냐. 보통 때에도 안에서 잘 먹지 않는데 하필 지금 들어오라니, 무슨 심뽀인가."

그는 소실을 조금은 미워하는 편이었다. 남자같이 크고, 성격도 괄괄하고 무뚝뚝해서 정이 가지 않았다. 그래서 내아로 들어가 식사할 일도 일부러 식사를 내오도록 해서 집무실에서 해결했다.

"아무리 바쁘셔도 마님께서 꼭 할말이 있다고 하옵니다."

"무슨 말?"

"저는 모릅지요. 꼭 들어와서 진지 드시고 가시랍니다."

정충신이 내아로 들어가자 문 밖에서 기다리던 소실 하양 허씨가 그를 맞았다. 방으로 들어서자 곧바로 식사가 나왔다. 소실이 곁에 앉으며 말했다.

"영감이 난시(亂時)를 당하여 한시도 걱정하지 않은 때가 없었습니다. 가도대첩은 영감의 용맹으로 거둔 성과지만 평양 가는 길은 용맹만으로 되는 것이 아닐 것입니다."

"그럼 무어가 있단 말이오?"

"평안감사가 부른다고 무슨 일인지 궁리도 안 하고 가시려고 합니까?"

"급하다고 하니 달려갈밖에요."

정충신은 소실이 뭔가 짚고 나온 것이 기이했다.

"아무리 군무(軍務)라고 하지만 봉화가 없으니 필시 다른 사단이 났을 것이옵니다."

비장이 쪼르르 달려나왔다. 비장은 감사나 절도사를 따라 다니는 핵심 막료다. 대개는 눈치로 때려서 먹고 사는 관료인데 이들의 행패가 심해 백성의 원성이 높았다. 평안감사가 민정에 대한 염탐을 위임하기도 했는데 본인이 감사인 양 행세하며 여차하면 백성을 옥지고, 뇌물을 바치면 풀어주었다.

정충신을 맞이하는 비장도 무슨 떡고물이 없나 하고 그의 위아래를 훑는데, 정충신은 아예 그를 무시하고 선화당으로 들어섰다.

"저 못된 자식, 겁대가리없이 날 무시하고 가다니…."

팽 비장이란 자가 씨부리며 칵 가래침을 땅바닥에 뱉었다. 그러나 범접할 수 없는 어떤 권위 때문에 그는 몇 걸음 따라 나서다 제 자리로 돌아갔다. 첨사라도 옷차림부터가 남다르고, 의젓한 폼이 예사 첨사가 아닌 것이다. 그러자 일순간, 저 놈에게 붙자는 마음이 생겼다.

정충신이 선화당으로 들어서니 집무 중이던 평안감사가 그를 반겠다.

"어서 오시게. 급한 일이 있으면 부른다고 하고 불렀는데 빨리 왔군. 역시 젊은 군관이라 다르이."

평안감사가 일보던 관비(官婢)들을 물리치고 단 둘이 앉았다.

"정 첨사, 큰일났네. 중국 사신이 한양을 다녀오는 길에 평양감영에 들렀는데 은 만냥을 내놓으라 으름장놓지 않는가."

"은 만냥이라고요?"

"그러게 말일세. 은 만냥이면 평양성민 고혈을 짜내도 못 만들 거금일세. 하지만 어쩌겠나. 들어주지 않으면 내 모가지가 댕강 나갈 판인데. 어찌하면 좋겠는가."

정충신이 화를 냈다.

"화를 내가지고 해결될 문제가 아닐세. 그자들 미인계를 써도 기생들 실컷 농락하고는 다음날 입 싹 씻고 손을 내미네. 미치고 환장할 일일세."

"그자가 타고 온 말이 어디 있습니까."

"마방에 있지 어디에 있겠나."

"말을 태워서 쫓아버리십시오."

"쫓다니? 어떻게 내가 그런 짓을 할 수 있나. 어떤 화가 돌아오라고!"

"그런 자들은 국경 밖으로 쫓아부러야지요."

"그러면 내 모가지가 나간다니까."

"그러면 내가 쫓아버리겠습니다."

정충신이 중국 사신이 묵고 있는 객관으로 달려갔다.

"야 이놈아! 평양감영이 니 호구냐? 당장 안 꺼지면 이 보검으로 니 배때지를 콱 쑤셔박아버릴 것이다. 당장 꺼져!"

사신이 기생을 끼고 비몽사몽간에 졸고 있는데 웬 군관이 문 밖에서 소리치자 그가 소스라쳐 놀랐다. 밖을 내다보니 새파랗게 젊은 군관이 자르르 빠진 토홍색 면포의 운문대 단첩리를 입고 햇빛에 번쩍번쩍 빛나는 금박 보검을 땅바닥에 꼬라박고 서 있었다. 놀라 자빠질 일이었다. 중국 사신은 한양에서 왕자가 쫓아온 것으로 알았다. 그러지 않고는 저런 배짱을 내보일 수가 없는 것이다. 그가 주섬주섬 옷을 챙겨입고 밖으로 나오더니 마방으로 달려갔다.

"여기가 어디라고 주접떨고 지랄이여? 전라도 곤조 한번 보여주까? 확 뽀사부린다!"

그가 보검을 땅바닥에 내려치고 으름장을 놓았다. 이런 자에게는 무지막지하게 대해야 한다.

중국 사신이 겁에 질려 말을 타고 달리는데 평양성 사람들이 지켜보며 이구동성으로 외쳤다.

"좆나게 찌라시 놓구만? 꼴 좋다. 하지만 평안감사가 어쩌려고 저러지? 나종 어떻게 감당하려고?"

중국 사신을 태우고 달리던 호마가 한 곳에 이르러 갑자기 멈춰섰다. 호마가 멈추니 사신이 사색이 되었다.

"가자, 이놈아! 어서 달려! 너는 천리마 아니냐!"

그러나 호마가 허공에 머리를 쳐들고 흰 이를 드러내며 히히힝 울었다. 호마의 앞에는 암내가 난 말이 있었다. 나무에 묶인 암말도 늠름한 호마를 발견하고 발로 흙을 긁으며 궁둥이를 들이댔다.

"어서 가자, 이놈아!"

사신이 외쳤으나 히히힝 소리내던 호마가 사신을 톡 땅바닥에 떨어뜨리고는 암말을 향해 돌진했다. 벌써 그는 암말을 올라타고 있었다. 사신은 다리가 분질러졌는지 일어나지도 못하고 끙끙 앓으며 호마를 향해 뭐라고 씨부렁거렸으나 호마는 자기 할 일에만 몰두했다.

정충신은 군마병(軍馬兵)을 불러 명령했다.

"저 사신의 호마를 다른 암말에게로 끌고 가서 접을 붙여라."

"그런데 또 붙이라고요?"

"그래. 기회가 왔을 때 우리도 좋은 씨를 받아야 할 것이 아니냐."

말은 그렇게 했지만 그의 생각은 다른 데 있었다. 암말에게 계속 접을 붙이면 아무리 천리를 달리는 명마라 할지라도 곤죽이 되어버릴 것이다. 그러면 폐마가 되거나 쓸모없는 말이 될 것이니, 사신의 발이 저절로 묶이게 된다. 그러면 판은 이쪽의 계획대로 굴러갈 수 있다. 이 또한 소실 하양 허씨가 고안해낸 지혜였다. 정충신은 그녀가 귓속말로 속삭여준 대로 따랐을 뿐이었다. 정충신은 길가에 쓰러져서 일어나지 못하는 사신을 부축해 자신의 말에 태웠다.

"큰일날 뻔했습니다. 지체를 몰라보고 결례를 했소이다. 소관은 제 내자를 농락한 건달로 알았지요. 그 여자는 내 애첩이었소이다. 젊으면 질투심이 하늘로 솟구칩니다. 잘못 본 것을 너그러이 접어주시오."

사신은 말도 못하고 계속 신음을 토하고 있었다. 커다란 말에서 졸지에 떨어졌으니 다리 병신이 되지 않은 것이 그나마 다행이었다.

정충신은 그를 태우고 영빈관으로 들어갔다. 호사스런 방에 그를 누이고 몸을 살피니 다행히 뼈는 부러지지 않았다. 약탕관에 보약을 끓이고 의녀(醫女)들을 불러 뜨거운 물에 수건을 적셔 부은 발목을 적셔주었다. 의녀들은 조선조 초기에는 노비 계급의 동녀(童女)를 모아 내의녀, 산파, 간호의녀, 소아의 환자를 진료하도록 교육했으나 임진왜란이 나고 부상당한 수많은 군병들을 치료하는 과정에서 그질이 떨어져 기생과 구별하기 어려울 정도로 타락해 있었다. 그래서 기녀 취급도 받았다.

"아이구 시원하다. 의녀들의 솜씨가 대단하오이다. 자, 우리 통성 명이나 합시다. 함자가 어떻게 되시는지…."

사신이 치료를 받고 있는 그의 곁에 앉아있는 정충신에게 예를 취하며 정중히 물었다.

"선사포 첨사올시다. 근무지에 있는데 전령이 급히 달려와서 어떤 불한당이 나의 애첩을 가지고 놀고 있다고 전해주었소이다. 그 말을 듣고 젊은 혈기로 가만 있을 수 없었지요. 그래서 한달음에 달려와 다구리를 했는데, 바로 사신님이었군요. 정보를 잘못 알려준 자를 치도곤하겠소이다. 소관 역시 품격없이 불같이 화를 내고 쌍욕을 한 것, 미안하오이다."

"난 요동 총병 양소훈 장수의 문관이오. 총병 사신으로 조선에 급파된 것이오. 아시다시피 총병 휘하의 사대수 장수의 5천 병사들이 의주 대안의 방비를 위해 파견되었고, 다른 한편으로 신기영 좌참장 낙상지 장군의 휘하 남병 3천 명이 압록강변으로 진출하였소. 그런데 낙상지 장수의 군량은 충분히 제공되고, 사대수 병사에 대한 지원은 없었소. 낙상지가 조선에 훈련도감을 만들어주었다고 해서 그에게는 융숭히 대접하고, 사대수에게는 푸대접이니, 섭섭한 일 아니겠소. 그래서 사대수 병사 먹일 것을 받으러 한양에 갔던즉, 왕실과 호조에서는 평양에 가서 대가를 받으라고 했소. 평양성의 승리를 도모했으니 현지 출납의 원칙상 평양에서 양곡을 거두어가라는 것이고. 그래서 이곳에 와서 곡물을 운반하기 어려우니 은 팔천냥을 내놓으라고 했던 것이오."

"일만 냥 아니었소?"

"사대수, 낙상지 병사 모두 팔천이니 일인당 일냥씩 팔천 냥이오. 평안감사 모리배들이 이천 냥을 덧붙여 착복할 요량으로 그런 짓을 한 모양이오. 지방관들이나 중앙 사대부나 왜 그리 썩었소?"

정충신은 부끄러웠지만 내색하지 않았다.

"이 문제는 한음 이덕형 예판대감이 해결한 것으로 알고 있는데 그것이 아닙니까? 예판대감이 명나라 사신으로 급파되어 파병을 요청하면서 군량미 문제를 해결한 것으로 알고 있습니다."

명나라는 누르하치가 이끄는 여진족의 위협을 받아 명군의 조선 파병이 어려운 상황이었다. 이때 누르하치가 조선을 끌어들이기 위해 조선에 원군을 보내주겠다며 조정에 친서를 보냈다. 명나라를 부모국으로 여긴 조선으로서는 난처했다. 이때 이덕형은 묘안을 짜냈다.

이덕형은 요동과 만주를 지키고 있는 양소훈 총병을 만나 누르하치가 보낸 친서를 보여주었다. 누르하치의 친서를 받아본 양소훈 지휘부가 발칵 뒤집혔다.

"아니, 이 자가 '도요토미 히데요시와 함께 화친해 조선의 병화를 덜어주겠다'고?(相成平秀吉 消除朝鮮兵禍). 이럴 수가 있나. 이 문건 가져오기를 잘했소."

명으로서는 위협적인 여진족이 왜의 도요토미와 화친하면 더욱 위협이 될 것이니, 명의 땅에서 전화를 입을 것 없이 조선 땅에서 왜를 막는 것이 상책이라고 생각했다.

"우리가 원하는 바가 아닌데, 누르하치가 조선을 돕겠다고 선수를 치는군요."

그러나 누르하치의 친서는 이덕형이 변조한 문장이었다. 본래의 친서는 '도요토미를 함께 쳐서 조선의 병화를 덜어주겠다'(相伐平秀

吉 消除朝鮮兵禍)는 것이었다. 벌(伐)자를 획을 하나 살짝 비틀어서 성 (成)으로 바꾼 것이다. 한문의 초서란 흘러쓰기에 따라 伐자를 成자 로도 읽을 수 있다. 그래서 혹 들통나더라도 그렇게 읽었다면 어쩔 수 없는 것이다.

'도요토미와 함께 화친해 조선의 병화를 덜어주겠다'와 '도요토미 를 함께 쳐서 조선의 병화를 덜어주겠다'는 것은 천양지차의 문장이 다. 이 점을 이덕형이 노리고 글자 하나를 살짝 바꿔치기해서 명을 놀라게 했고, 결국 명은 조선에 구원병을 파병했다.

이덕형은 조건없이 돕겠다는 누르하치를 지렛대 삼아 명의 원병 은 군량과 피복을 자국의 병참선으로 해결하도록 타결했다. 그런데 평양성을 탈환한 뒤 명은 태도를 바꿔 파병의 대가로 은 만냥(사실은 팔천냥)을 내놓으라고 하는 것이다.

사신이 자리에서 일어나 앉아 설명하기 시작했다.

"조선 왕실에서는 융숭히 대접을 받았소. 상감마마께옵서 버선발 로 달려와서 나를 맞이하시면서 명이 아니었으면 나라를 구하지 못 했을 것이라면서 눈물까지 흘리셨소. 상감마마께옵서는 대명의 황 제를 위해 천세만세를 외치셨소. 그리고 무엇이든 원하는대로 요구 를 들어주라고 엄명을 내리셨소. 그런데 평양에 와서 대접은커녕 내 다리 몽둥이가 분질러질 뻔했소."

"기왕 그렇게 된 일, 소관이 성의껏 돕겠습니다. 육로를 가시려면 다친 다리가 온전해야 합니다. 몇 삭 요양해야 나을 것 같습니다. 의 녀들이 간호하면서 몸으로도 위로해드릴 것이오."

"아니오. 배를 타고 빨리 건너가려고 하오. 선사포에서 병선을 타 고 갈 생각이오. 선사포 앞바다 가도에는 내 조카가 진을 치고 있 소."

"가도에 조카가 있습니까?"

"거기서 두령으로 있소이다. 산뚱성 니구산이라고, 본명은 등삼초요. 나의 셋째 동생이고, 나는 그의 맏형 등일초 올시다."

순간 정충신의 뇌리에 번개같이 스치는 것이 있었다. 이것들 완전 날강도 새끼들이고만? 좋다. 이것으로 쇼부를 치자. 니들은 딱 걸렸다….

"니구산, 아니 등삼초는 국법 위반으로 체포되었소. 내가 체포한 것이오."

등일초가 어리둥절한 얼굴로 물었다.

"체포되었다니, 그거 무슨 말이오? 그곳을 지배한 자인데…."

"그 자는 신미도·대화도·신도 등 서한다도해를 무대로 해적질로 주민을 괴롭히고 살인을 저지른 자요. 내가 선사포 첨사로 부임한 첫 작업으로 서한다도해 해적을 섬멸하였소."

"해적질?"

"그렇소이다. 지금까지 양민 열다섯을 죽이고, 조선 수군의 수급을 열둘이나 베었소. 그래서 현상금 은 팔천 냥을 걸고 수배중이었소이다. 날마다 서한다도해를 분탕질하는 이 자를 체포하지 않으면 민심이 흉흉해서 섬 관리가 안 되는 상황이었소이다. 그래서 잡아 즉결처분하려다 명과의 선린도 있고 하여 명나라로 보내서 죄상을 고변할 생각이었소이다."

"그것은 안 되오. 그 자가 명으로 송환되면 우리 가족이 멸문지화를 당하게 됩니다."

등일초가 얼굴이 사색이 되었다.

"무슨 뜻인지는 알겠소만, 워낙 죄질이 험악해서리…."

등일초가 쿵 무너지듯 벽에 등을 기대더니 하소연했다.

"반란을 모의하다가 쫓기고, 내가 그나마 충직한 문관으로서 상소문을 올려서 그놈이 추방되었소. 해적질로 송환되면 그놈의 죄상이 다 드러나게 되고, 나의 거짓도 판명되는 것인즉 우리 가문은 살았다 할 것이 없소."

"나는 국법을 준수하고 국가를 보위하며 영토를 지키는 조선의 충성스런 군관이올시다. 원칙대로 국법에 따라 임무를 수행하는 것이 군관의 의무이자 책임입니다."

"아이쿠 정 첨사, 제발 고정하시오. 그 자의 송환만은 막아주시오."

"조선의 국법에 따라 처단하겠소."

"제 앞에서 그런 말씀하시면 형인 제가 뭐가 되겠소이까…. 대신 팔천 냥을 포기하겠소. 양 총병에게 조선 전란의 참상을 고변하고, 조선이 전후 복구될 때까지 원병 보상금은 미루자고 하겠소."

미루자고 하겠다는 말은 사실상 포기한다는 뜻이었다. 자기 동생과 팔천 냥을 맞바꾸자는 계산인 것이다.

"정 첨사는 앞길이 구만리 같은 지체 아니오. 이런 때 덕을 베풀면 훗날 무슨 복이 돌아올지 모르오. 일찍이 중국 속담에 큰 덕을 베푼 자에게는 마누라까지 넣어주라는 말이 있소이다. 은혜를 베풀어주시면 그 은혜를 뼈를 갈아서라도 갚겠소이다. 등삼초 요놈은 눈알을 뽑아서 두 번 다시 못된 짓 못 하도록 하되, 수는 누리도록 할 작정이오. 그것이 형의 도리요."

등일초가 연신 머리를 주억거리며 예를 취했다.

이렇게 하여 두가지 난제를 해결하니 평안감사가 감격했다. 그는 정충신을 불러 잔치를 베풀었다.

"정충신의 지혜는 귀신도 넘어갈 일이로다. 명민한 머리로써 두가지 난제를 한번에 풀어버리니 내 뱃속이 시원하다. 일전쌍조(一箭雙鵰)가 정충신의 전략이로다!"

화살 하나로 날아가는 꿩 두 마리를 꿴다는 말이다. 정충신의 지혜는 소실 하양 허씨의 머리에서 나온 것이었다. 그는 빨리 선사포로 귀환해야겠다고 마음먹었다.

정충신이 군사를 수습해 선사포 임지로 귀환 중인데 김명원 도원수로부터 밀지가 날아들었다. 전령이 가져온 밀지에는 다음과 같이 적혀 있었다.

— 조명연합군 선봉대 2만이 왜군 4만 중 선봉대 2만과 벽제관에서 대치하고 있다. 왜군 원병이 계속 벽제관에 집결하고 있은즉 밀지를 받은 즉시 군사를 이끌고 벽제관 전투에 참전하라.

한수(漢水) 이남으로 왜군을 격퇴시킨 줄 알았는데 명군이 아직 밀어내지 못하고 있는 모양이었다. 평양을 탈환한 명군은 1593년 1월 하순, 남하 행군을 강행했는데, 벽제관 해음령 · 여석령(일명 숫돌고개)에서 왜군의 저항에 부닥쳤다. 눈보라 휘몰아치는 날씨를 핑계대고 명군은 느긋하게 주저앉고 말았다. 그들은 본디 게으른 데다 남의 전쟁에 열의를 보이고 있지 않았다.

정충신이 군사를 챙겨 개성에 당도하자 조선군도 마찬가지로 늘어져 있었다. 기강이 해이되고 막사마다 불을 피워놓고 병사들이 아무렇게나 퍼자고 있었다.

"화급하게 오라고 해놓고 왜 이렇습니까."

정충신이 어이가 없어 중군장, 부장들을 모아놓고 회의중인 김명원 도원수에게 물었다. 김명원은 본래 문신으로 유학에 조예가 깊을 뿐, 무인으로는 맞지 않는 사람이었다. 그가 난감한 표정을 지으며 말했다.

"이여송 제독이 조선군의 합류를 막아 조선군은 벽제관 근처에도 가보지 못하고 있다. 명군이 여러 날째 휴식을 취하고 있으니 우리도 대기하고 있는 것이다."

"명군이 왜군을 뒤쫓지 않는 이유가 무엇입니까."

"지공전으로 나간다는 전략이다. 왜군이 지치기를 기다린다는 것이다."

"그들이 지치는 것이 아니라 그들에게 원기를 회복하는 시간을 벌어주는 것입니다. 시간을 벌면 저들이 필시 군력을 재정비할 것입니다. 평양성 승리 여세를 몰아 지금 밀어붙여야 합니다."

"이여송 제독이 우리더러 관여하지 말라고 했다."

내 나라 내 땅의 일인데 관여하지 말라? 무슨 개 풀 뜯어먹는 소리인가. 하지만 무언가 곡절이 있는 것 같았다. 혹 명군은 전쟁을 도와준다는 명분으로 전비를 확보하려는 수작을 벌이는 것이 아닌가? 싸워주는데도 어떻게 하면 뜯어갈까를 궁리하는 것이다.

명군은 원래 현지에서 군수물자를 구입하고 자국 화폐인 은전으로 값을 지불한다고 했다. 조선은 전통적으로 화폐경제가 자리잡지 못해 외국 돈을 받는 데 주저했다. 농촌일수록 무용지물이어서 곡식을 수탈당하는 것으로 알았다. 현지에서 군수물자를 구입할 길이 막힌 명군은 약탈로 눈을 돌렸다. 왜군이 군량확보를 위해 마을을 공략하고, 명군 역시 임란 내내 보급 문제로 골머리를 앓으면서 양민을 괴롭히니 백성들의 원성이 자자했다.

"황제 만력제께서 조선 백성을 구원한다고 군량을 풀어 은혜를 베풀었는데 그것을 잊고 이제 와서 우리에게 양곡 지원을 거부해? 병참선이 길어져서 군량이 들어오지 못해 화폐와 쌀을 바꾸자는 것 아닌가? 공덕을 잊는 자에게는 싸워줄 의향이 없다."

사실 초장부터 조명연합군 협력이 잘 이루어지지 않았다. 그런데 갈수록 더 꼬여가고 있었다.

"경위야 어떻든 지금 출진해 적을 쫓아야 합니다. 평양성 승리의 여세로 몰아붙여야 합니다. 왜노가 한양 도성에서 힘을 비축하면 한양 수복은 더욱 어려워질 것입니다."

"이여송 제독이 평양성 승리를 자신의 공으로 여길 뿐, 조선군의 공훈을 인정하지 않는다. 모든 전과를 자신의 것으로 돌리려 하고 있다. 상감마마께옵서 그렇게 믿고 있다. 지금 이여송이 상감마마와 모종의 거래를 하기 위해 지체하고 있는 것 같다."

김명원 도원수가 한숨을 길게 내뿜었다.

"그렇다면 세자 저하를 움직여야지요. 전국을 돌며 분발하고 계시는 세자 저하를 만나십시오. 지금 해서지방에서 모병하고 계십니다."

"그 말이 옳다. 전령을 보내겠다."

김명원이 서둘러 왕세자 광해에게 파발을 띄웠다. 배천에서 모병 중인 광해는 곧바로 답신을 보내왔다.

— 이여송 제독 대신 명의 병부우시랑 송응창 총사령관을 움직이고 있다. 그는 경략비왜군무로 임명되어 원군 총사령관으로 왔으니 그를 움직이는 편이 낫다.

그 판단은 옳았다. 광해가 서찰을 보낸 며칠 후 송응창이 격문을 띄우고 기병할 것을 고했다. 송응창은 격문에서 다음과 같이 기병 취지를 알렸다.

— 무도한 왜노(倭奴)가 한양을 빼앗고 평양을 탈취하고 왕의 두 아들을 포로로 잡고 왕의 조상 무덤을 파헤치고, 충신을 죽이고 열

부를 죽였으니, 참혹 악독하여 귀신과 사람이 함께 분해하도다. 명군이 풍우(風雨)처럼 모여 활을 당기고 창을 휘두르고, 말을 달리고 수레를 모니 깃발이 하늘의 해를 가리고, 우레와 같은 북소리는 바다에 파도를 일으키도다. 악한 자를 죽이고 약한 자를 붙들어주며 곤궁에서 구해주고 충성을 온전케 하여 천하에 대의를 펴고 만세에 이름을 날리고자 하도다. 만약 왜노가 우매하여 뉘우치지를 않고 지난날처럼 험한 것을 믿으면, 즉시 화차를 몰고 신책(神策)을 휘둘러 우뢰처럼 달려가 압록강을 건너 대마도에 이르러 왜노의 족속을 멸절시킨 다음 피를 바닷물에 뿌리고 골수를 산의 눈밭에 발라 귀역(鬼疫)을 소멸시킬 것이로다. 왕께서는 힘써 대대로 위력을 떨치도록 하시오.

격문대로라면 명군은 왜노를 당장 대마도 바다에 쓸어넣고 일본 열도를 바닷물에 수장시키겠다는 배포다. 그들의 과장은 알아줄 만했지만 간이 콩알만해진 조선은 감지덕지, 그저 고마울 따름이었다. 송응창은 이여송의 직속 상관인 원군 총사령관이었으니 이 제독이 송 총사령관의 명을 거역할 수 없었다.

이여송이 마침내 움직였다. 그는 움직이면 물불을 안 가렸다. 사대수의 선발부대를 보내 왜군의 척후부대를 추격했다. 이를 지켜본 부총병 낙상지는 심히 우려하였다.

"이여송 제독 각하, 적의 척후부대가 쉽게 노출되는 것은 함정일 수 있소이다. 척후병력을 뒤쫓지 마시오. 우리의 화포부대는 장비가 많이 망가져서 출전준비가 덜 돼 있소. 아군의 전투 전열을 정비한 뒤 출격하는 것이 좋습니다."

"뭐라고 하는 거야? 송경락이 우리 군의 게으름을 질타하고 있지 않는가. 평양성 승전의 여세로 밀어붙이라고 하셨다. 즉각 전투준비!"

낙상지는 고개를 갸우뚱하면서도 제독의 말이니 거역할 수 없었다.

왜의 1군 선봉장 고니시 유키나가는 평양성 싸움의 대패를 만회하기 위해 벽제관에 진을 치고 황해도에 진출한 3군 선봉장 구로다 나가마사에게 지원을 요청하고, 한양을 지키고 있는 우키타 히데이에 선봉장에게 병력 출진을 당부했다. 개성의 외곽에 머물고 있는 6군 선봉장 고바야카와 다카카게 군대에게도 출병을 요구했다.

조명연합군이 추격을 지체한 사이 왜군은 착실히 전력을 증강한 것이다. 고니시는 척후 병력을 시켜 명군을 벽제관 뒤편 해음령과 망객현(望客峴)으로 유인했다.

승전으로 기세가 등등했던 이여송 부대의 부총병 사대수 부대가 왜의 가토 미츠야스, 마에노 나가야스 수색부대를 일격에 무찔렀다. 한 곳에서 60명의 목을 베니 기세가 하늘을 찔렀다. 이여송은 왜군을 얕잡아 보았고, 파주·고양까지 단숨에 진격했다. 명군은 여세를 몰아 3천의 기병을 한양으로 보내 한양 수복을 노렸다.

명의 기병 주력이 한양으로 들어간 것을 보고 왜군은 해음령에서 일합(一合)을 준비했다.

조총 사격과 보병전은 왜군에게 유리했다. 기병전이 빠진 명군은 협소한 진흙탕에서 하나같이 나가 자빠졌다. 이여송은 한양으로 진출한 기병을 돌려빼고 포병을 불렀으나 전세를 뒤집기는 늦었다. 명군은 대패하고 말았다. 평양성에서 완패한 고니시 부대는 벽제전투에서 승리해 한양 입성을 눈앞에 두고 있었다.

정충신이 군사를 점검한 뒤 다시 김명원 도원수 막사를 찾았다.

"명이 패배했으니 이번에는 우리가 추격해야 합니다. 숨돌릴 틈을 주어선 안 됩니다. 소관이 정탐병들을 이끌고 나가 적정을 살필 테니 군사를 모아주십시오."

벽제역관 지리는 정충신으로서는 명경을 보듯 빠삭했다. 그곳에서 여러 날을 묵은 적이 있다. 장계를 품고 의주로 올라가는 길에 벽제역관에 머물면서 말을 구했고, 지혜도 짰다.

"그렇게 하라."

정충신이 퇴각하는 명의 패잔병 사이를 뚫고 삼송역 부근 숫돌고개에 매복해 있으니 명군 상당수가 왜군에게 포위되어 있었다. 명군은 갈팔질팡 쩔쩔 매고 있었다.

정충신은 조선군을 벽제역, 삼송역, 뒷박고개, 보광사에 일자 대오로 배치토록 사발통문을 보내고, 자시(子時)에 일제히 횃불을 들도록 했다. 밤이 깊자 과연 자시에 이 산 저 산, 이 벌판 저 벌판에서 횃불이 타올랐다. 꽁꽁 얼어붙은 산야에 횃불은 더욱 선명하게 타올라 찬란하면서 위협적이었다.

왜군이 그 수에 놀라 겁을 먹고 일시에 퇴각했다. 조명연합군의 합동전에서 거둔 벽제관 전투 전과는 볼품이 없었지만 조선단독군의 지략 전술로써 왜군을 물리치니 병사들의 사기가 올랐다. 산과 들에서 횃불을 들고 지르는 함성은 천지를 진동시키는 듯했다. 그런데 이여송이 왜군을 추격하지 말라고 명령을 내렸다.

"이게 뭐야? 다 이긴 싸움에!"

조선군 병사들이 하나같이 분을 토했다.

이여송은 왜병의 조총 집중사격을 받고 목숨이 달아날 판에 지휘사 이유승의 도움으로 간신히 목숨을 건진 몸이었다. 그는 언제 또 당할지 몰라 겁을 먹고 있었다. 한번 죽을 맛을 보면 조그만 도깨비불에도 혼비백산하는 법이다.

고니시는 평양성 전투에서처럼 명군이 굴하지 않고 끊임없이 추격해오는 것으로 알고 전격 휴전을 제안했다. 이여송이 이것을 덥석 받아물었다. 다 이긴 전쟁에 휴전을 받아들이니 조선군은 닭쫓던 개꼴이 되었다. 벽제관 전투의 패배를 딛고 조선단독군의 섬멸작전이 주효한 상황에서 휴전을 받아들이니 왜군을 패퇴시킬 절호의 기회를 놓쳐버린 것이다.

역시 외국군대는 외국군대일 뿐이다. 아무리 우방의 전화(戰禍)를 돕는다고 해도 우방의 요구대로 되는 것은 아니다. 그렇다고 그들을 탓할 수만은 없다. 그들을 끝까지 믿고 나라를 구원해줄 것이라고 믿는 사람이 어리석을 뿐이다.

22장 행주대첩과 전라도 병사들

이여송이 금파·파주·문산 진지에 눌러있는 사이 조선군 주력도 개성에 머물러 있었던 것이 결과적으로 잘된 일이었다. 명군 후미에 떨어져 행동했으므로 조선군의 손실을 최소화랄 수 있었고, 명군과 왜군이 붙어 쌍방 전력이 쇠잔해질 때 조선군이 들이닥쳐 왜군을 친 전술 또한 주효했다.

김명원 도원수가 먼지를 뒤집어쓴 채 지휘부로 달려온 정충신을 싸안으며 격려했다.

"정충신 첨사 장하다. 정 첨사로 인하여 우리가 숨통이 트였다! 너의 작전이 주효했다."

"하지만 도원수 각하, 기뻐할 때가 아닙니다. 고니시 1번대는 한양 방향으로 진로를 잡았지만 함경도에 있는 가토 기요마사의 2번대가 양덕·맹산을 넘어 평양을 친다고 합니다."

"그렇다면 잘 되었다. 평양으로 후퇴하는 명군이 있지 않는가. 그들과 다시 붙으면 우리가 한결 가볍지."

"가토 군대가 평양으로 진격하지 않고 진로를 틀어 남쪽으로 내려오면 조선군은 가토 군과 고니시 군 사이에 갇히게 될 것입니다. 그것 또한 문제입니다."

"그럴 일은 없을 것이야. 고니시와 가토는 서로 견원지간이거든. 가토가 고니시를 돕느니 차라리 조선군을 도울 것이야. 그자들은 한번 틀어지면 적보다 더 고약한 경쟁자가 된다. 아니, 적이 된다. 그놈들 곤조 모르나?"

그 진단은 맞았다. 물러설 수 없는 쌍벽이자 경쟁자인 그들이 서로를 도울 리는 없었다.

"가토 군 동향을 잔병을 이끌고 퇴각하는 이여송 부대에 알려야 할 것 같습니다. 명군은 물러가면서 평양을 거칠 것입니다. 거기서 명·왜가 부딪치면 평양성에 익숙한 명군이 백번 유리하지요."

정충신의 말을 듣고 김명원은 명군사령부로 밀지를 보냈다. 그에 따라 부총병 왕필적의 명군은 파주로 후퇴했다가 임진 나루를 건너 개성을 거쳐 평양으로 향했다. 그러나 가토 군대의 평양 진격은 소문이었을 뿐, 함경도에 그대로 머물러 있었다. 명군과의 벽제관 전투에서 승리한 고니시의 왜군은 조선군의 공격에 한때 주춤했으나 이여송의 휴전 수락으로 시간을 벌어 전열을 재정비하더니 조선군을 다시 밀어붙이기 시작했다. 조선군 병력은 행주산성으로 밀려났다.

"정 첨사, 행주산성에 전라도순찰사 권율 장군이 들어와 있다고 합니다."

적정을 정탐하고 온 부관 김판돌이 정충신에게 보고했다.

"뭣이라고? 권율 장군이 행주산성에 들어와 진을 치고 계시다고?"

"그렇다 하오. 왜군이 행주산성을 포위해 진격준비를 서두르고 있소. 조선군의 추가 병력 투입을 차단하고, 병참선도 끊어서 행주산성을 고립시킨 다음 친다는 전략이오."

정충신은 광주 목사관에서의 일들이 주마등처럼 머리에 스쳤다. 권율은 친자식처럼 그를 아꼈다. 그의 총명을 높이 사서 사위인 병조판서 이항복에게 맡긴 장수다. 이치·웅치전 때 권율은 위엄이 있었지만 깊은 배려와 후덕으로 부하들의 존경을 받았고 그것으로 승리로 이끌었다. 그런 지휘법이 정충신의 군사지휘 철학이 되었다.

"권율 장군에게 응원군이 절실하다고 하니 진로를 뚫어 우리가 합류해야 하오이다."

김판돌 부관은 한때의 건달이었으나 이제는 의젓한 군관이 되어 있었다.

"알았다. 당장 척후병을 소집하라. 길을 뚫어야지."

"한강 서쪽 방향은 조선군이 장악하고 있으니 그 길을 택해 합류할 수 있을 것 같소이다. 우리 병력은 지금 오십 다섯이오. 인력 손실은 셋입니다."

벽제관 전투에 참가해 병력 손실이 셋이라면 큰 희생은 아니다. 선사포 바닷가 백사장에서 창검술과 무술을 익히고, 물길도 단번에 십리를 뗄 정도로 헤엄을 익힌 장졸들이니 수륙 겸용 정예부대원들이었다.

야음을 틈타 길을 잡는데 왜군 초병과 깃발병, 보병들이 벌판에 진을 치고 있었다. 행주산성으로 들어가는 길목과 산지를 물샐틈없이 지키고 있었다. 그들을 뚫고 권율 부대와 합류할 방도가 난감하였다. 한 곳에 머물러 대책을 숙의하던 중 정충신이 부하들에게 말했다.

"방법은 하나다. 한강물을 헤엄쳐 내려가는 수밖에 없다."

"얼음이 풀렸다고는 하나 아직 강물이 차갑습니다."

"가도 바닷물에 비하면 한강물은 온천물이다. 나를 따르라."

정충신이 부대원을 이끌고 갈대가 무성한 한강변에 이르렀다. 솔선해서 강물 속으로 뛰어들었다. 차가운 기가 온몸으로 파고들었으나 헤엄을 치니 견딜 만했다. 군사들이 앞서 나가는 지휘관을 따르지 않을 수 없었다. 깜깜한 밤중 대오가 꾸물거리며 흐르는 한강물을 따라 헤엄쳐가는 모습은 흡사 얼음 덩어리들이 떠내려가는 것 같았다. 적선의 진군처럼 소리없이 헤엄쳐 행주산성 서쪽 기슭에 도달하자, 강가 군데군데 피워놓은 모닥불이 보였다. 조선군 초병들이 불을 피우고 적의 공격에 대비하고 있었다. 정충신이 강기슭에 올라 모닥불 쪽으로 다가갔다. 대원들이 묵묵히 그의 뒤를 따랐다.

"누구냐?"

조선군 초병이 창을 겨누며 외쳤다. 1593년 3월 초순(음력 2월 중순)의 일이다.

"우리는 조선군 응원부대다. 적진을 뚫기 위해 강물을 타고 내려왔다."

정충신이 창을 세워 겨누고 있는 장졸들 앞으로 가 신분을 말했다. 그러자 지휘자인 듯한 장골의 사내가 나타났다. 그의 주위에 소리없이 장졸 네댓 명이 활과 칼을 들고 호위하고 섰고, 정충신 뒤에는 그의 부하들이 버티고 섰다.

"당신들이 응원군이라고?"

지휘관인 듯한 사내가 정충신 얼굴 앞에 횟불을 들이미는데 정충신이 놀랐다.

"아니, 길삼봉 성님 아니오?"

관군은 아니고 모두들 헤진 농민군 복장인데 덩치큰 몸집에 머리를 산발한 채 눈을 번뜩이며 이쪽을 살피는 그는 분명 길삼봉이었다. 그도 금방 정충신을 알아보고 소리질렀다.

"자네가 여기까지 뭔 일이여?"

그들은 헤어진 뒤 1년 만에 다시 만난 것이었다.

"군인이 전쟁터에 있는 것은 당연한 일이요."

"좌우지간 반갑네. 추웅게 막영으로 가세."

두 사람은 바람 펄럭이는 천막으로 이동했다. 부하들이 그들 뒤를 따랐다.

"갈아입을 옷이 있승게 모두들 갈아입어."

젖은 옷을 벗어 물을 짜내고 횃대에 넌 다음 낡은 것일망정 피복을 받아 입으니 살 것 같았다. 막사 안에도 장작불이 타고 있어서 언 몸을 녹이는 데 도움이 되었다.

"시장할 틴디 식사해야제?"

마침 사냥해온 멧돼지와 노루 뒷다리가 남아있었다. 그것을 토막내 탕을 만들어 밥을 해먹으니 배가 든든하였다. 선사포 군졸들이 식곤증과 피로가 한꺼번에 밀려온 듯 짚덤불이 깔린 바닥에 쓰러지더니 그대로 곯아 떨어졌다.

"어떻게 되었간디 여기까지 왔는가."

주변이 조용해지자 길삼봉이 짚단에 비스듬히 몸을 기대앉으며 물었다.

"그건 내가 묻고 싶은 말이요."

"나는 솔찬히 복잡하다 마시. 내가 묘향산 보현사에 성환댁 데리고 가 있지 않았던가. 하지만 내 꼴이 한심하더란 말이시. 명색 인백(仁伯)의 제자가 이 꼴이라니… 해서 절을 나와 전국을 돌며 대동계원들을 모았제."

인백은 정여립의 자였다. 정여립은 진안 죽도에 서실을 짓고 대동계를 조직해 매달 활쏘기와 무기 제조 등 힘을 키웠다. 훈련대장이 길삼봉이었다. 그 조직의 군사적 능력은 컸다.

1587년(선조20년) 왜선들이 전라도 손죽도에 침입하자 전주부윤 남언경의 요청으로 출동해 물리친 실력이었다. 그러나 역모를 꾸민 다는 모함과 음해로 궤멸되었다. 황해도 안악의 변숭복·박연령, 해주의 지함두 역사(力士)들이 황해도관찰사 한준, 안악군수 이축, 재령군수 박충간, 신천군수 한응인의 고변으로 일망타진되고, 정여립과 그 수하 수천 명이 체포되어 죽었다.

길삼봉은 주유천하를 하면서 장계를 가지고 의주로 달려갈 때 배후에서 도왔다. 여동생이 권율 광주목사의 소첩으로 들어앉은 것이 그가 목숨을 부지한 끈이 되었다.

정충신이 의주에 당도할 때까지 신변을 보호하라고 이른 것이었다. 그를 평양성까지 도우는 둥 마는 둥 하며 동행했으나 자유로운 영혼인지라 개별 활동을 했다. 그리고 구월산으로 흘러들어갔다.

길삼봉은 구월산 골짜기에서 연명하는 대동계원을 모아 다시 조직망을 확장했다. 훈련을 재개하니 어느새 작은 군벌(軍閥) 정도는 되었다. 그들을 이끌고 국문(鞠問)으로 동지를 죽인 송강 정철과 황해관찰사 한준을 잡아 복수하기 위해 해주 방면으로 나와서 임진강 하류를 건너 김포 통진땅을 거쳐 고촌 천둥산에 이르렀다.

"그란디 행주산성에서 왜군이 조선군을 포위했다는 거여. 권율 장군이 데리고 온 전라도 병사들이라는 것이여. 고향 까마귀만 봐도 반가울 판에 가만 있을 수 있는가? 그 중에는 대동계원도 있을 테고. 그래서 부하들 이끌고 허벌나게 달려왔제. 행신 나루를 건너는 이 길목을 지키고 있는 것이여."

정충신은 무슨 인연인가 하고 곰곰 생각하는데 그가 말을 이었다.

"이 물은 김포 개성 강화도 연백까지 해로가 잡힌 곳이어서 요충지여. 여기마저 뚫리면 행주산성은 골로 가제."

"그 만큼 요충지입니까?"

"이곳이 뚫리면 한 마디로 쑥대밭 되아버리제. 지금 왜적들이 고양 양주 쪽은 수천 병사를 이끌고 침입하여 민가를 태우고 곡물을 약탈하고 관군을 목잘라 죽이는 참획(斬獲)을 저지르고 있다고 하더라고. 그놈들이 벽제관 전투에서 명군을 싸그리 박살내버렸다등만? 그 기세로 조선군을 악살(惡殺) 내버린다고 행주산성으로 들어왔다는겨. 그러니 권율 장수가 위태롭지 않는가. 그를 따른 전라도 군사들도 고약하게 되고 말이여. 나가 길목 하나를 열어놨응게 이 길 타면 보급로가 확보되네. 이 길로 증원군, 무기, 양곡을 지원하면 되네. 빨리 후속대책을 세워야 할 것이여. 시간이 없네."

끝없이 얘기하다 어느결에 곯아떨어졌다. 깨어나니 아침이었다. 조반을 마치자 정충신이 행장을 갖췄다.

"권율 사또를 만나러 가야겠소. 간밤에 상의한 대로 합시다. 필요할 때 성님 부를 거요."

"그래야제. 전통(傳通)만 놓아. 언제든지 출동할 것잉게."

정충신이 작별을 고하고 행주산성으로 올라가는데, 산은 높지 않았지만 한강을 앞에 두고 드넓은 평야 가운데 우뚝 서 있어서 적에게 맨얼굴을 드러낸 꼴이었다.

행주산성의 본래 이름은 덕양산이다. 해발 125m로 낮은 산이나 벌판에 우뚝 솟아있어 높아 보이며 황해도 해주, 강화도, 제물포, 김포만 등 서쪽에서 한양으로 들어오는 목에 위치해 있어 삼국시대부터 군사·교통요충지로서 이 지역을 서로 차지하려고 뺏고 빼앗기는 처절한 역사의 현장이다.

　지형은 동남쪽으로 한강을 끼고 가파른 절벽을 이루고, 서북 방향으로 낮게 지형이 뻗어내려 능곡평야에 맞닿아 있다. 산 아래 한강은 서해안으로 흘러 이곳을 잃으면 마포로 들어오는 한양 뱃길이 묶이게 되어 세곡선, 소금배, 어선의 발길이 차단된다.

　한양을 수복하고자 들어오는 조선군을 왜 병단이 행주산성으로 밀어붙여 고립시킨 뒤 섬멸작전을 준비중이었다. 산성 아래 평야에는 적병들이 새카맣게 진을 치고 있었다. 우키타 히데이에 왜군 한양점령군사령관을 비롯해 고니시 유키나가 1번대장, 이시다 미츠나리 2번대장, 구로다 나가마사 3번대장, 모리 히데모토 4번군대장, 깃카와 히로이에 5번대장, 고바아캬와 다카카게 6번대장과 호소카와 다다오키, 가토 미츠야스, 나카야 센시로, 아카시 요에몬, 도자키 히코에몬노조 등 조선에 진출한 왜군 장수들이 휘하 3만 병졸을 이끌고 들어와 있었다. 가토 기요마사 군대만 빼고 왜군 주력이 행주산성에 총집결한 양상이었다.

　조선군은 전라도순찰사 권율, 전라도 병사(兵使) 선거이, 나주의병장 김천일, 전라도 조방장 조경, 승병장 처영, 충청감사 허욱 등 장수들이 권율 장군을 따라 행주산성에 들어와 있었다. 군졸은 관·의병 모두 합해 4천이었다. 이중 9할이 전라도 병사들이었다.

　권율은 북상길에 오르면서 응원부대가 절대적으로 필요해 전라도 병사 선거이에게 지원을 요청했다.

　"벽제관 전투에서 명군을 패퇴시킨 왜군이 한양 수복을 위해 들어가는 조선군을 밀어붙이고 있다. 김명원 군대는 벽제관 전투에서 무력해졌으니 맞상대할 군대는 우리 군사뿐이다."

　선거이는 한산도 해전에서 전라좌수사 이순신을 도와 왜적을 무찌른 뒤, 권율의 명을 받고 그를 따라 독산성 전투에 참전하고 금천 (현 시흥)에서 김천일, 조경, 허욱, 처영 의·승군부대와 합류해 행주 산성으로 들어왔다. 선거이는 산성에 도달해 산의 지형을 살피다가 허점을 보고 장졸들을 호출했다.

"덕양산(행주산성)은 벌판에 홀로 외롭게 맨 얼굴을 드러낸 형세 다. 이리 되면 모든 것이 노출되어서 아군이 절대 불리하다. 모두 나 서서 산성을 수축하고 목책을 만들어 방비토록 하라."

이를 지켜본 권율이 수정 지시했다.

"목책을 이중으로 세우라. 제1목책과 제2목책 사이를 지형에 따라 십 보, 이십 보씩 간격을 두라."

선거이가 의아해서 물었다.

"아니, 이중목책을 이격을 주어 세울 필요가 있습니까."

"그럴 일이 있소."

그는 신무기를 기다리고 있었다. 장성의 변이중이 개발한 화차였 다. 그런데 한강 도강이 쉽지 않았다. 적병의 감시와 병선이 부족해 화차가 건너지 못하고 있었다. 이중목책 사이에 화차를 배치해 놓고 왜 진지를 향해 포를 퍼부으면 전쟁을 유리하게 이끌 수 있었다.

정충신이 권율 장군 앞에 당도했다.

"장군! 선사포 첨사 정충신, 인사 드리옵니다."

정충신이 장검을 한 손에 쥔 채 그의 앞에 고개를 숙이고 예를 취 했다.

"아니, 네가 어떻게 여기에?"

권율이 크게 놀라고는 곧바로 존대어로 소리쳤다.

"정충신 첨사, 잘 왔소!"

권율이 감격한 표정으로 정충신을 바라보았다. 그의 수염이 파리하게 떨리고 있었다. 반가움의 격정이 그의 얼굴에 가득 퍼졌다. 어엿한 군관의 모습을 보니 권율은 더욱 감개무량한 표정이었다.

"장군께서 어려움에 처했다는 첩보를 받고 불원천리하고 달려왔습니다."

권율이 무겁게 고개를 끄덕이더니 말했다. 그의 눈가에 눈물이 번졌다.

"참으로 고마운 일이네. 말을 놓는 것이 정충신 첨사를 아끼는 마음이니 말을 놓겠다. 진실로 잘 왔다. 군사 전통(傳通)을 통해 네가 선사포 첨사로서 진을 수습하고, 평양성에서 앙탈부리는 명의 사신을 탈없이 쫓아냈다는 소식을 듣고 얼마나 기뻤는지 모른다. 진실로 큰일 했다."

"장군께서 염려해주신 덕분으로 대과없이 직무를 수행하고 있나이다. 어려운 일이 있으면 하교해주십시오."

"저 멀리 도성 쪽을 보아라. 마포를 거쳐 인왕산 삼각산 넘어 도성이 한눈에 보이는데 왜군이 가로막고 있구나. 빨리 수복해 상감마마를 마음놓고 배알해야 하는데 불한당 놈들이 길을 막고 있구나. 저들을 격퇴하는 화차가 절실한데 아직 못 들어오고 있다. 지체하면 곤란하니 통탄할 일이다."

"화차가 못 들어오다니요?"

"소모어사(召募御使) 변이중이 발명한 화차 말이다. 그 비밀병기만 들어오면 왜 군단은 가루가 되어버릴 것인데, 지금 강 건너편 양천의 궁산성에 머물러 있다. 적병들의 감시 때문에 40량의 화차가 강을 건너지 못하고 있단 말이다."

권율이 다시 한숨을 내쉬었다.

변이중이 제조한 화차는 200량이었다. 앞으로 100량을 더 만들 요량이었다. 기술자와 가복 30명이 동원돼 제작했는데, 이중 수십 량을 벌써 주요 군사요충지에 배치했다. 최근에는 성능 좋은 신형으로 개발한 40량을 권율 장군이 북상할 때 함께 가지고 올라왔다.

권율이 고양 덕양산으로 들어온 것도 지형상 화차 이용이 용이했기 때문이었다. 이것들을 산성의 목책 뒤에 배치해 쏘아대면 왜군을 꼼짝 못하게 할 것이라 확신했다. 하지만 화차가 강을 건너지 못하고 양천 궁산성에 머물러 있는 것이다.

"소모어사란 병란이 발발했을 때 고을의 향병(鄕兵)을 모집하는 관리 아니옵니까? 그런 사람이 화차 발명자라고요?"

"그렇다. 군병과 전마(戰馬)를 모으고, 군기(軍器)를 개발·보급하는데, 이때 머리 좋은 그가 화력이 뛰어난 화차를 개발했다. 독운사 (督運使)로서 군량 조달과 운송의 중책까지 맡으면서 마차를 굴리고 살피면서 신형 화차를 개발한 것이다. 이런 사람들이 있으니 병기 기술이 날로 진보하고, 전력 또한 향상되고 있다. 그런데 그들 발이 묶여버렸다. 병기가 아무리 우수해도 실전에 배치되지 못하면 무용지물이다."

"화차가 못 건너올 적시면 대신 변 어사와 가복들을 모셔오면 되잖습니까. 행주산성에서 제작해 실전 배치하도록 해야지요. 그들 수송은 저희 부대가 맡겠습니다."

"새 화차 제작할 시간이 있겠는가. 왜군이 쳐들어오는 것은 경각에 달렸는데…."

"고민하는 동안 시간이 갑니다. 어떻게든 움직여야 합니다."

생각에 잠겨있던 권율 장군이 무겁게 단안을 내렸다.

"어서 가서 모셔와라."

정충신이 움직여 길삼봉의 군막으로 내려갔다.

"성님, 군선이든 나룻배든 고깃배든 두세 척 내주시오. 시방 급합니다."

그는 저간의 사정을 이야기할 겨를이 없었다. 마침 탐망선이 적정을 살피고 나루로 들어오고 있었다. 세작들을 태운 탐망선이 강기슭에 닿자 우두머리 군교가 배에서 훌쩍 뛰어내려 군막 쪽으로 다가오더니 길삼봉에게 보고했다.

"대장, 적선은 다섯 척이오. 연락선 정도로 쓰일 뿐, 군사들 모두 육상전에 투입되어 빈 배로 있습니다."

"고걸 모두 구멍을 내고 올 일이제. 다시 가얄랑개비여. 정충신 첨사의 휘하에는 물속 십리를 꿰는 수병들이 있응게 야들을 태우고 가서 적선 밑창에 구녕을 내불고 돌아와부러!"

탐망선이 먼저 떠나고, 나루에 정박한 군선과 나룻배 두 척에 수륙 양용 선사포 병사들이 승선했다.

"탐망선의 작업 진행을 살피면서 건너야 하니 김포나루나 이산포나루 쪽으로 내려갔다가 올라가는 것이 좋을 것 같습니다."

김판돌 부장이 말했다.

"왜선에 군사가 없다잖어. 직선으로 가자고. 한시가 급해."

선사포 출신들인지라 모두들 배를 잘 다루었다. 강을 건널 때까지 적선의 움직임은 보이지 않았다. 정충신은 한강의 샛강인 양천으로 들어갔다.

궁산성 진지에서는 변이중 소모어사가 막료들과 둘러앉아 도강을 의논하고 있었다.

"배를 어떻게 구할 것인가가 문제로다. 열 척은 있어야 화차를 모두 운반할 수 있을 텐디 말이다."

이때 정충신이 변이중의 군막으로 뛰어들었다.

"소모어사 어른, 나는 광주 출신 선사포 첨사 정충신입니다. 권율 순찰사의 명으로 저희가 배를 가지고 왔습니다. 저희 배에 화차를 실으십시오."

"아따, 말씀은 많이 들었네. 정 첨사가 배를 가져왔다고?"

"그렇습니다. 어서 움직여야 합니다."

"고마운 일이시."

변이중의 막료들이 와, 하고 함성을 질렀다. 그들은 변이중의 가솔들이었다. 부인 함풍이씨가 가복들을 이끌고 직접 밥을 해먹이며 남편을 따라왔다.

"배는 몇 척인가."

변이중이 물었다.

"세 척입니다."

"세 척이라면 우리 가솔들 태우는 데도 부족할 틴디? 화차를 싣고 가려면 군선 일고여덟 척은 있어야 한다마시. 우리가 고민을 공연시 했겠나?"

"여기서도 적과 맞서야 하니 화차를 여기에 그대로 배치하고, 설계도면과 기술자들이 먼저 건너가서 현지에서 제작하면 되지 않겠습니까."

"쓸데없는 소리. 그렇게 화포차가 한지 붙이듯이 만들어지는 것이 아닐세."

그가 가복들을 향해 명령했다.

"화차들을 모두 해체하라."

가복들이 늘어서 있는 화차 앞으로 가더니 화차를 해체하기 시작했다. 해체된 그것들을 배에 싣고 나자 깜깜한 밤중이었다.

"출발하세. 분리한 것들을 덕양산에서 조립하는 것이 시간상 빠르네."

변이중 화차는 문종 대에 나온 문종 화차의 취약점을 전면적으로 보완한 병기였다. 문종 화차는 곡사 화기인 신기전이나 사전 총통으로 화살을 발사하는 무기인 반면에, 변이중 화차는 승자총통(勝字銃筒)으로 철환(鐵丸)을 발사한다는 점이 크게 달랐다. 철환을 사용하는 직사 화기로서 명중률과 살상력이 대단히 높았다.

여기에다 일본군의 조총사격으로부터 병사들을 보호하기 위해 방호벽을 설치했다. 운용방법도 전면과 좌우측면에 승자총통을 장착해 어느 방향에서 적이 공격해오더라도 방어하여 즉각 쏠 수 있는 위력이 있었다.

화차에는 전면에 14개, 좌·우 측면에 각각 13개 등 40개의 승자총통을 장착할 수 있었다. 승자총통은 심지에 불을 붙여 탄환이 발사되는 형태로 승자총통 1개가 최대 15발의 탄환을 쏠 수 있었다. 따라서 한꺼번에 전방에 210발, 좌우 방향으로 195발씩 모두 600발을 짧은 시간에 반복 발사할 수 있는 기능을 갖추었다.

전면은 물론 좌우측면도 전면과 동일하게 총통을 설치했고, 화차의 총통수를 보호하기 위해 네 방향에 방호벽을 설치했으니 아군 피해는 거의 없었다. 다만 고도의 포병 훈련이 요구되는 것이 결점이었지만 한번 쏘면 적진을 일망타진할 수 있는 위력이 있었다(위키백과 자료 일부 인용).

이것들을 목책 뒤에 배치하면 되는데, 벌써 왜군의 대대적인 공격이 시작되었다. 조선군의 준비 부족을 알고, 3번대의 구로다 나가마사 군사가 먼저 총병과 궁병을 산성으로 올려보냈다. 왜의 군사는 총포를 쏘아대며 공격하는 전통적인 공성 전술을 펴고 있었다. 뒤이어 깃카와 히로이에의 5번대가 화공(火攻) 전술로 외책(外柵)에 불을 질렀다. 조선군은 불타는 목책으로 저지 했으나 중과부적으로 올라오는 적을 격퇴하기에는 역부족이었다.

다급해진 권율이 선거이·변이중·정충신을 불렀다.

"우리의 전력 배치가 늦는 이유가 무엇인가."

선거이가 답했다.

"조금만 기다려 주십시오. 지공전을 펼 수 있도록 석전과 활로 응수하고 있소이다. 화차와 철환과 총탄이 하나로 모아질 때 요이땅! 하고 한꺼번에 전력을 쏟아부을 것입니다."

"그러면 저지가 되렸다?"

"저지가 아니라 격퇴시키는 것이지요."

"화차 배치 상황은?"

변이중이 나섰다.

"화차 조립은 다 완성되었소이다. 다만 화차 배치가 지체되는 것이 걱정입니다. 운반책이 부족합니다."

"운반책은 걱정하지 마십시오. 곧바로 동원하겠습니다."

길삼봉이 인근 마을에서 장정·부녀자·소년 할 것 없이 사람들을 끌어모아 아래 진지에서 훈련을 시키고 있는 중이었다. 권율이 독촉했다.

"화급하다. 신속히 투입하라."

정충신이 각지게 고개를 숙여 응답하고 길삼봉 진지로 달려갔다. 얼마 후 그는 백여 명의 주민을 인솔해 왔다.

"반은 각 진지로 돌을 나르고, 나머지 반은 화차를 이동시키라."

돌 나르는 일과 화차 이동이 착착 진행되었다. 화차들은 각 목책 뒤에 숨듯이 배치되었다.

"장군, 소관은 별도의 작전을 수행하겠습니다."

정충신이 권율에게 말했다.

"다른 작전?"

"그렇습니다. 이치 웅치전에서처럼 유격전입니다. 적장 목을 따 버려야 적진이 교란됩니다."

그것 또한 길살봉과 미리 의논한 전략이었다. 유격전은 적 점령지역에 무장 요원들이 투입되어 불규칙하게 수행하는 군사활동이다.

길삼봉이 권율 앞에 나아가 인사했다.

"장군, 나라를 위해 일할 수 있는 길을 열어주어서 고맙구만이라우."

"알고 있다. 역할도 알고 있다. 맡은 직무를 대과없이 수행했다. 그러나 그대는 죄인의 몸. 그러니 나는 자네를 보지 않은 것이다. 여자와의 사사로운 인연 때문에 한때 보아주었을 뿐이다. 그러니 앞으로 내 앞에 얼씬거리지 말라."

"하선을 잘 보살펴 주시옵소서. 그것만이 소원입니다. 불쌍한 아이입니다."

하선은 길삼봉의 여동생이고, 권율 장군의 소첩이었다. 정여립의 난으로 가족들이 뿔뿔이 흩어졌는데 어머니는 천인으로 전락했고, 하선은 첩으로 끌려가 권율 광주목사에게 배당되었다. 정충신이 나섰다.

"사또 어른, 삼봉 형님이 소인의 북행을 도왔습니다. 큰일을 하셨습니다."

"알고 있다. 지금 더 역할을 해야 한다. 유격작전으로 원위치하라.

유격전이 가장 위험한즉 각별히 조심하라. 작전이 성공한다면 반은 이긴 것이다."

"유념하겠습니다."

정충신이 길삼봉의 군막으로 대원들을 인솔해 갔다. 그는 정예 대원을 골라 네 명씩 네 개 조로 나누었다. 정충신이 각 조원 앞에서 지시했다.

"이것은 적장 목을 따는 임무다. 쥐도새도 모르게 접근해서 적진을 기습한다. 그러나 고양이 목에 방울 달기처럼 쉬운 일이 아니다. 임무를 수행하되 정 안되면 병신이라도 만들어놓고 돌아와야 한다. 갑·을 조는 내가 지휘하고, 병·정 조는 길삼봉 성님과 김판돌 부장이 지휘할 것이다. 우리 임무가 성공해야 전쟁을 쉽게 이끈다는 것 명심하라."

각 조원들이 주먹을 가슴에 모아쥐고 "합!"하고 예를 취했다.

정충신은 적장을 베는 일이 결코 쉬울 일이라고 생각하지 않았다. 그러나 주저하고 체념하고 탄식만 해가지고는 얻을 것이 없다는 것을 잘 안다.

행주산성 아래 들판에 진을 친 왜 군단의 고적대(鼓笛隊)가 둥둥둥둥 전고(戰鼓)를 울리고, 뒤이어 천지를 진동하는 함성이 일었다.

"다이오 고케키!(대오 공격), 다이오 고케키!"

"데키오 센메츠시요!(적을 섬멸하자), 데키오 센메츠시요!"

"센메츠!(섬멸), 센메츠, 센메츠! 와~"

아침 나절까지만 해도 소부대가 간보기로 공격을 하더니 사시(巳時) 쯤에 이르자 전체가 공격대오를 갖춰 기세를 올리고 있었다. 이윽고 고케키! 고케키! 하며 왜병들이 산을 오르기 시작했다. 순식간에 왜병들이 새까맣게 산에 깔렸다.

조선군은 목책 뒤에 숨어서 일단 대응을 자제했다. 왜 군단이 중간쯤 올라왔을 때, 수차석포가 먼저 돌멩이를 뿜어내고, 도창(칼과 창)이 날아가고, 강궁(强弓)의 시위가 당겨졌다. 일시에 선두 적병들이 무더기로 쓰러졌다. 그래도 아무렇지 않다는 듯이 후미가 올라오고 있었다. 적의 군마들이 히히힝 소리를 내며 올라오고 있었다.

"적진으로 들어가 적의 허리를 잘라라!"

산성 중간에 매복해 있던 정충신이 명령했다. 왜군복으로 변복한 수하 유격병들이 일제히 왜군 대오로 뛰어들었다. 왜의 선두에는 조선의 투항군이 투입되었는데 허리를 자르자 졸지에 허둥거렸다. 선두는 미덥지 못했다. 고케키! 복창은 할지언정 기백이 없었다. 하긴 전쟁의 절박성과는 무관한 자들이고, 총알받이로 끌려온 것을 알고 인생 체념한 자들이었다. 투항병은 쓸모가 없다는 말이 딱 맞았다. 후미의 병사들은 오랜 전쟁에 지쳐 있었다. 이런 때 지휘관을 제거하면 적은 지리멸렬해질 것이다.

김판돌 조가 5번대 선봉장 깃카와 히로이에 부대 쪽으로 숨어들었다. 깃카와는 1차 공격에서 자신감을 얻었던 듯 선봉에 나서 앞질러 산을 오르고 있었다.

"분발하라!"

깃카와 선봉장이 외치며 가파른 곳에 이르렀을 때, 바위 틈에 매복한 김판돌이 기습하여 그의 옆구리를 칼로 쑤셔박고 발로 걸어찼다. 깃카와가 떼구르르 산 아래로 굴러떨어졌다.

"자객이다! 사령관을 찔렀다! 저놈 잡아라!"

적장 호위 창병이 김판돌에게 창을 날렸다. 김판돌이 가슴을 감싸쥐고 쓰러졌다. 창끝이 김판돌의 가슴을 뚫고 등 밖으로 나왔다. 다른 조원이 창병에게 달려들었으나 왜병이 먼저 일본도를 뽑아들어 조원의 목을 쳤다. 조원의 머리가 단박에 날아갔다. 적은 칼을 잘 썼다.

"숨어라!"

정충신이 외치고 자리를 옮겼다. 적병이 그를 뒤쫓으며 소리질렀다.

"바가야로! 저 놈 잡아라! 조선군의 수색병, 세작병들이 전선을 교란하고 있다!"

그러나 몸이 동강이가 난 지렁이처럼 적진이 갈라져 우왕좌왕하고 있었다. 이것이 정충신의 전략이었다. 적진을 교란시켜 혼란을 가중시키는 사이 산상의 우군이 공격하는 연계작전. 아니나 다를까, 변이중 포차의 포사격이 일제히 퍼부어졌다. 정충신이 조원들을 이끌고 구로다 기요마사 군대로 잠입해 들어갔다.

"칼을 쓸 때는 순간 힘을 실어서 찔러라."

"물론이지라우. 찌른 다음 칼끝을 확 돌려쳐부러야지요! 창자가 너덜거리게요."

칼 잘쓰는 자객이어서 선발된 자였다. 병조(丙組)의 조원이 긴 밧줄 고리를 던지자 적병을 지휘하는 마상의 우키타 히데이에 목에 걸렸다. 밧줄을 잡아채자 우키타가 여지없이 말에서 굴러 떨어졌다. 그는 다리가 부러져서 움직이지 못했다. 우키타의 막료장이 줄을 던진 조원을 향해 칼을 휘두르며 달려왔다. 단숨에 그의 목도 달아났다.

"일본 군복으로 변복한 세작놈들이다! 잡아랏!"

그러나 그도 곧 흔적도 없이 사라졌다. 산성에서 총탄과 화살, 돌 파편이 쏟아져내리는데, 그중 화차의 철환이 떨어질 때마다 왜군 무리가 일시에 사라져버린 것이다. 화차에서 발사된 철환들이 왜군 무리를 박살내고 있었다. 적병을 지휘하던 2군 선봉장 이시다 미츠나리가 부상을 당하고 산밑으로 굴러떨어졌다.

산성 좌편에서 처영의 승병부대가 칼을 휘두르며 적진으로 파고들었다. 김천일의 의병 부대가 궁시를 날리며 다른 쪽에서 바위를 굴리고, 조방장 조경 부대는 목책에 불을 질러 적진을 향해 굴렸다. 전복에 불이 붙은 왜병들이 비명을 지르며 깻단 구르듯 산 아래로 굴러 떨어졌다.

"다 조사뿌러! 박살내부러!"

김천일 부대의 깃발병이 깃발을 좌우로 힘껏 휘날리며 외쳤다. 정충신은 김천일 부대에 합류했다. 환갑을 바라보는 나이인데도 하얀 눈썹을 휘날리며 전선을 누비던 김천일이 정충신을 보자 소리쳤다.

"지금 경기 수사(수군절도사)가 배 2척에 화살 수만 발을 싣고 한강을 거슬러오고 있네. 전라도 조운선도 세곡을 싣고 오는디 왜 초병들이 저지하고 있다는 것일세. 화살이 다 떨어져가는디 화급히 배를 끌어올 수 있겠는가?"

김천일은 나주 사람이었다.

"배가 어디쯤 와 있습니까?"

"한강 하류쪽 마곡에 묶여 있다고 하네. 왜 초병들이 매복해 감시하고 있으니 묶여 있네. 무장 병력이 없어서 대응 못하고 있응게 응원군을 보내 적을 무찌르고 가져와야겠네."

"소관이 가져오겠습니다."

정충신은 수륙병(水陸兵) 중에서도 노를 잘 젓는 선사포 수군을 고르고, 배를 엄호할 사수와 궁수 열을 골라 즉시 한강 하류로 배를 띄웠다. 이산포를 지나 김포나루를 거쳐 마곡에 이르자 그 사이 왜병은 도망가고 없었다. 행주성 싸움에서 밀리고 있는 것을 멀리 바라보면서 전세의 불리를 알고 도망간 것이 분명했다. 신시(申時)쯤에 경기 수사의 배 두 척과 전라도 조운선이 길삼봉이 진을 친 포구로 들어왔다. 정충신이 인솔해온 배들을 맞으며 길삼봉이 외쳤다.

"인자 저것들 완전히 시체가 되어부렀네. 활촉에 솜을 달아 불을 붙여서 쏘란 마시. 적진을 깨끗하니 꼬실라버리게. 저놈들 통닭구이로 만들어버리장게."

산성의 각 부대에 화살이 배급되고, 세곡이 높이 쌓였다. 보기만 해도 배가 불렀다. 병사들이 환호성을 질렀다. 무기와 식량을 보급받으니 저절로 힘이 솟았다.

"장군, 화살에 솜을 달아 불을 붙여서 쏘도록 하십시오."

정충신이 길삼봉의 얘기를 그대로 옮겼다. 권율 장군이 각 부대원에게 지시했다.

"화살이 수만 발이다. 각 부대 궁수는 활촉에 솜을 달아 불을 붙여서 왜 진지로 쏘아라."

처영 부대가 불붙은 활을 쏘아올리자 들판이 확 불이 붙어 불길이 하늘로 치솟았다. 김천일 부대, 선거이와 조경 부대, 권율의 관군이 똑같이 불화살을 퍼붓자 왜 진영이 금방 불바다가 되었다. 왜병들은 추위를 막기 위해 들판의 짚덤불을 가져다 천막 바닥에 깔아놓았는데, 그것이 화력 좋은 불더미가 되었다. 불 맞은 병사들이 버둥거리다가 쓰러졌다. 변이중 화차의 화포가 확인사살하듯 철환을 날리자 왜 진영이 초토화되었다.

"다이고노 고오타이!(대오 후퇴!), 다이고노 고오타이!"

왜의 장수들이 부상당한 몸으로 잔병들을 이끌고 철수하기 시작했다.

날이 어두워지고 봉화가 기운차게 올랐다. 정충신이 목책으로 올라가 권율 장군에게 전투상황을 보고했다.

"유격전을 치른 뒤 세곡선을 가져왔나이다."

"너의 유격대가 적진을 교란시키니 전쟁이 수월해졌다. 장하다!"

"하지만 제 막료장이 죽고, 을조와 병조의 대원들이 적의 칼에 당했습니다. 도망가는 저것들을 추격해서 마지막 한 놈까지 처치해버릴 것이오이다!"

권율이 생각하더니 고개를 저었다.

"대인은 도망가는 적병의 등을 쏘지 않는다. 다만 한양 쪽으로 가서 길을 막아야 한다. 한양 탈환의 숨통을 열었으니 그 길목만 지키면 된다."

"지금 요절내버리는 것이 마지막 숨통을 조이는 것 아닙니까?"

"아니다. 저들의 낡은 창은 이제 삼베도 못 뚫는다. 긴 전쟁에 지쳐서 전과를 내긴커녕 목숨을 구걸하는 꼴이잖느냐. 그런 패주 장수를 치는 것은 대인의 도리가 아니다. 충신아, 저 자들이 패배한 이유를 알겠느냐?"

"우리의 전술전략이 주효한 덕분입니다. 한 점 흐트러짐없이 우리 군사가 단결하여 움직인 전과입니다."

"그렇다. 전라도 군사들의 일사불란한 전투대형이 대승을 이끌었다. 그러나 저들의 패인이 또 있다."

"무엇입니까."

"저들은 총알받이로 조선의 투항군을 앞세운 것이 절대적 패인이다."

"네?"

검게 탄 권율의 얼굴이 횃불에 이글거리고 있었다. 그가 덧붙였다.

"비겁한 전술은 반드시 실패한다. 투항군을 앞에 세워 총알받이로 삼겠다니, 그 전쟁이 승리한들 무슨 의미기 있겠느냐. 떳떳치 못한 전쟁은 명분도 실리도 얻지 못하는 법, 어떤 전쟁이든 도덕적 정당성이 없으면 종당에는 패배한다."

"소인은 용맹이 승리의 요건이라고 생각했습니다."

"물론 그러하다. 그러나 도덕성이 없는 전쟁은 이겨도 지는 것이다. 왜장들은 투항병을 전면에 내세우고, 이유도 명분도 없이 공격했다. 그들이 이 땅에서 싸워야 할 이유가 뭔가. 명을 치는 방편이라고 했지만 과연 그 욕망을 채울 수 있겠느냐. 날뛰는 것만이 승리를 담보할 수 있겠느냐. 대신 나의 군사들은 정의롭다. 기병(起兵)의 명분과 구국의 순결성이 가을하늘처럼 맑고 푸르다. 나의 전라도 군사들은 한결같이 정의로우니 어디서건 그 정신으로 일당백의 투혼을 발휘했다. 어려움에 처하면 다같이 힘을 모았다. 선거이, 변이중, 김천일, 조경, 처영이 군사를 모아왔다. 그래서 내 일찍이 승리를 알아보았느니라. 숫자가 많고 적은 것이 중요한 것이 아니라 살아있는 혼이 승리의 견인차이니, 한 사람이 열 사람을 당하고, 열 사람이 백 명을 제압하는 것이다. 정충신 너도 달려와 합류하니 적의 3만 병사가 한갓 휴지조각이 되는구나."

권율 부대 선봉대와 처영의 의승군이 한양으로 먼저 진군했다. 이들이 절두산에 이르러 행주산성을 바라보니 수만 횃불이 장엄하게 명멸하고 있었다.

불빛은 행주산성에서부터 김포나루—이산포—고양—파주—개풍군까지 끝없이 이어지고 있었다. 백성들이 행주성 싸움의 승리를 횃불로 환호하고 있었다.

왜군은 수천 병사의 시체를 버리고 패주했다. 행주산성 중턱과 벌판에는 왜군의 시체가 방목장의 말똥처럼 아무렇게나 버려져 있었다. 벌판에서는 아직도 연기가 피어오르고, 찢겨진 깃발이 나풀거리고 있었는데, 전쟁의 상흔은 한결같이 처참했다.

권율은 선봉대를 한양으로 보낸 뒤 산성의 토성과 목책들을 시찰했다. 끊임없이 불을 뿜었던 화차와 수차석포 곁에 다가가 포신을 받치고 있는 틀을 만지며 감회에 젖었다.

정충신이 권율을 수행했다. 그들은 할아비와 손자처럼 다정해보였다.

"이기려고 하면 모든 것들이 일어나서 돕는 법이다. 그 조건이 무엇이겠느냐."

권율 장군이 멀리 햇빛의 반사를 받아 물이 반짝이는 한강을 바라보며 물었다.

"천시(天時), 지리(地利), 인화(人和)이옵니다."

"그중 무엇을 으뜸으로 치느냐."

"지리이옵니다. 조선의 지형 조건에서는 산과 강, 골짜기와 능선, 평야 등 지세를 잘 활용해야 합니다. 우리가 숫자가 부족한 것을 대신해줍니다. 우리의 지형지세를 잘 아니까 유리하지요."

"그러나 지리와 천시는 인화보다 못하다. 인화라야만이 천시를 불러오고, 지리를 이용할 수 있다."

권율은 적탄을 맞고 박살이 난 화차 앞으로 이동했다. 화차 밑에 화살을 맞고 숨져있는 병졸이 깔려 있었다. 그 곁에는 머리를 박박 깎은 승병이 죽어 있었다. 그들을 보더니 다가가 무릎을 꿇고 주저앉았다. 병졸은 훤히 눈을 뜬 채 죽어 있었는데 권율이 손을 내밀어 시체의 눈을 감겨주었다. 피묻은 헤진 승복을 입은 승병에게는 단정하게 옷을 여며주었다.

"용감한 자의 의로운 행적은 헛되지 않을 것이다."

정충신은 묵묵히 권율의 거동을 살폈다. 그가 또 말했다.

"하나같이 단결 속에 무기들을 사용하니 돌멩이 하나, 철환 하나가 전사가 되고 인격체가 되었다. 변이중의 화차가 역할을 했으니, 변이중의 인격이 그렇게 된 것이다. 화차가 오지 않았다면 우리가 이겼다고 할 것이 없다. 사선을 뚫고 화포를 인도해 온 너 또한 공이 크다. 난국에 절대적으로 필요한 것이 인화이니, 일이 이루어지려면 인화의 조화가 따르게 되어 있다. 그래서 인화는 용맹을 덤으로 불러준다. 그것을 터득했다면 승전 이상의 고귀한 교훈을 얻었을 것이다."

"소관이야 군교로서 해야 할 일을 했습니다."

"몇 배나 연미(練眉)한 일이다. 처영 의승장도 멸시받고 천대받는 땡중의 꼴에도 위국헌신했다. 차별과 모멸을 내던지고 의연히 맞서 싸운 것은 조정 신료들이 본받아야 할 것인데, 사변(思辨)만 많다. 조정에서는 예법에 어긋난다고 승병들 시체도 거두지 못하도록 외면했다. 자식이 없으니 더 거둬야 하는 것을…. 그런데도 나라를 구하는 선봉에 섰으니 조정신료보다 수백 배의 역할을 한 것이다. 그들을 우리라도 거두어야 한다."

조정에서는 이치·웅치전에서 전사한 승병장 영규의 무덤도 만들어주지 않고 제사도 지내지 않았다.

"소관이 거두겠습니다. 장졸 시신은 물론 의승, 왜 병사 시신도 차별을 두지 않고 모두 거두겠습니다."

"그렇게 하여라. 까마귀 밥이 되도록 버려두는 것은 군례(軍禮)에 어긋난다. 죽은 시체는 피아 구분이 없다."

"사또 나리께서는 안심하시고 환도(還都)하십시오."

정충신에게 있어 그는 언제나 광주 목사관의 사또였다.

"임금님은 언제쯤 환궁하실까. 혹, 들은 것이 있느냐?"

"솔직히 말씀드리자면 잘 모르겠습니다. 평양에 계시다는 말도 있고, 내려오시는 중이라는 말도 있고, 또 벌써 입궁했다는 말도 있고, 망설이고 계시다는 소문도 있고…. 입궁하셨다면 소문없이 하셨을 테지요."

"왜 그렇게 숨길 일이 있느냐."

"비밀이 많으신 분잉게요. 명나라 병부우시랑(兵部右侍郞) 송응창이 경략비왜군무(經略備倭軍務)에 임명되어 이여송과 함께 2차 원군 총사령관으로 우리나라에 참전하고, 참전 격문까지 올린 것은 좋았지만, 벽제관 전투 후 왜군과 강화를 모색하고 교전을 자제시켰는데, 그것 때문에 상감마마께옵서 환도가 주저된다는 말을 들었나이다."

"그래, 환도를 주저하신다고?"

권율이 뭔가 못마땅하다는 듯 가볍게 혀를 찼다.

"그렇사옵니다. 송응창 군무가 왜군과 강화조약을 체결할까 두려운 것이지요. 그러면 왜군이 철군하지 않고 한양에 주둔군으로 계속 남아 있게 되고, 그러면 상감마마가 위태롭다고 보고 불안해하고 계십니다."

"아, 그런 생각이셨군."

권율이 수염을 만지작거리며 쓸쓸하게 한강을 건너다 보았다.

"사또 어른, 명은 신망이 두터운 자에게 왕권을 물려주기를 바라는데 마땅한 인물이 없다고 고민하고 있사옵니다. 광해 세자는 총명하지만 너무 똑똑해서 위험인물로 보고 있고 상감마마도 미워한다고 하고요. 명은 똑똑한 군주보다 말 잘듣는 적당한 무능자를 원하는 것 같습니다. 낙상지 장수한테 들은 얘기입니다."

선조는 요근래 밤잠을 이루지 못했다. 권율이 행주성 싸움에서 대승을 거두었다고 해도 왜군이 아직 한양에 머물러 있는 이상 환도하는 것이 두려웠다. 이런 때 명나라 군사가 나타나 확 밟아주어야 하는데, 철수하겠다고 하니 꼭 자신을 버리는 것 같아서 마음이 괴로웠다.

선조는 명나라 군사에 비해 조선군은 도무지 미덥지 못했다. 조선의 장수들은 명군의 뒤를 따르며 시체를 거두거나 잔적(殘敵)의 머리 베는 정도였다. 선조가 선뜻 환궁을 꺼리는 것이 그 때문이었다. 저런 조선군을 믿다가 언제 낭패를 당할지 모른다.

권율은 행주성 싸움 완승 기념으로 적 수급 머리를 벤 것 중 네다섯 개를 골라 쪄 말려서 왕에게 올리려는 계획을 포기했다. 그것으로 왕을 고무시킬 요량이었는데 무모한 일인 것 같았다. 정충신의 전언이나 자신의 생각이나 같은 것이다.

"사또 어른, 그래도 표품을 올려야 하지 않습니까?

정충신이 묻자 권율이 말했다.

"나는 사실 행주성 싸움보다 이치·웅치전을 더 높이 산다. 그러므로 행주산성 싸움에서 승리한 전과를 상감마마께 올리는 것을 그만두겠다."

"행주성 싸움은 한양을 탈환하는 어마어마한 전과 아니옵니까. 당연히 올려야지요."

"그게 아니다. 이치·웅치전은 전라도를 지켰다. 병참선이 확보되고, 거기서부터 우수한 군사가 배출되었다. 그들을 여기 데려왔으니 대승한 것이고, 그러니 이치 웅치전의 가치가 몇 배 크다. 어떤 사물이든 근본이 있는 것이니, 근본을 잊어서는 아니 된다."

권율은 도성을 지킨 행주산성 싸움이 어떤 전투보다 우위에 있다고 보지만, 왕을 생각하니 밥맛이 떨어졌다. 명나라만을 바라보는 태도가 자존심 상하게 한다. 조정에는 명을 업은 간신배들의 간언(姦言)과 음모가 활개치지만, 왕은 거기에 업혀간다. 문신들이야 자기 이익 때문에 무신들의 혁혁한 전공을 격하시키지만 왕이 그래서는 아니된다. 분별해서 공과와 나라의 진운을 바로 잡아주어야 한다.

"사또 어른, 명의 송응창 군무는 왜군과 강화조약을 맺고 본국으로 돌아가려고 고니시와 밀서를 교환했다고 합니다. 그런데 상감마마께옵서 매달리고 계시니 송 군무가 화를 내는 것이옵니다. 백성을 버리고 도망친 왕이 언제까지 명의 바짓가랑이를 잡고 늘어지느냐는 것이지요. 그래서 명이 화가 나 있습니다. 나라를 위하기보다 자신의 안위만을 생각하는 사람이 왕이냐고 비겁하다는 것이고, 부모국으로서 골치 아프다는 것이옵니다. 그래서 갈아치우려 한다는 것이옵니다."

"그건 안 된다. 건방진 것들, 아무리 그렇더라도 남의 나라 왕을 수레바퀴 갈아끼우듯 한다고? 어디서 그런 해괴한 말이 나오더란 말이냐."

"국경지대에는 별의 별 유언(流言)과 근거없는 비어(蜚語)들이 황사처럼 부유하고 있습니다. 명군 진중에도 그렇고요."

"임지로 언제 올라가겠느냐."

들기가 민망했던지 권율이 말을 돌렸다. 젊은 것이라 함부로 말하는 것 같은데, 어느 칼에 당할지 모른다.

"지금 떠나겠습니다."

"당초 도성에는 눈 돌리지 말아라. 군인은 나라 지키는 데만 눈을 맞추는 법이다. 나도 마찬가지다. 그들이 공을 독식해도 우린 나라를 지키면 그만이다."

"알겠습니다."

정충신은 행장을 꾸려서 행주산성을 내려갔다. 길삼봉이 진을 친 곳에 이르러 그를 찾았다. 길삼봉 역시 떠날 채비를 하고 있었다.

"성님, 우리 또 헤어져얄랑개비요."

정충신이 고향 사투리로 말하자 그가 받았다.

"그래얄랑개비네이. 나야말로 운수(雲水) 행각 아닌가. 자네는 임지로 갈라고?"

"그래야지요. 나 따라서 갑시다."

"나는 나가 가야 할 길이 있다마시. 때가 되면 만날 것이여. 어딜 가나 무운장구를 비네."

그가 돛배 쪽으로 부하들을 이끌어 배를 타게 하고 정충신을 끌어안았다.

"자네의 지략과 용맹을 보니 나가 허벌나게 좋네."

"난리가 평정되면 나라가 안정이 될 것이고, 그러면 성님같은 지사도 사면복권 되겠지요."

"개떡같은 시상, 언제 그럴 날이 오겠는가. 힘좋은 장사 한 삼백 단련시켜서 나라를 접수해버릴까도 생각했는디, 스승 이후 나까정 역모로 몰리면 우리 집안은 완전 쑥밭되어버리게 참네. 지금도 고향 집에는 관군들이 들락거리고 있다고 하더란 마시. 나 올깨미 쌔려잡을라고 엿보는 것이제."

"하여간에 입조심 하시오. 왕은 하늘같은 지체시고, 백성들은 우러른단 말이오. 사상이 그렇게 박히고, 신념이 그렇게 굳어버렸는디 역성혁명 꿈꾼다고 되겠소? 어느 곳에서 고발 들어갈지 몰르요. 나도 믿지 말고 입조심 하시오. 나는 행주싸움에서 성님 고생한 것만 기억하겠소. 잡념 털고 어서 가시오."

"사람이 쓸쓸하면 별 망상을 다 한다 마시. 알겠네. 나는 해주땅으로 가겠네."

길삼봉이 배에 올랐다. 돛을 올리고 장졸들이 노를 젓자 배는 한강 하류 쪽으로 미끄러지듯 나아갔다.

선사포로 귀임하자 소실 하양 허씨가 반기었다.

"나는 서방님이 이렇게 훌륭한 인물인 줄 몰랐소."

그녀가 엉뚱한 찬사를 보냈다.

"내가 행주성 싸움에서 활약한 것을 알고 있었단 말이오?"

"아니어요. 서책에서 서방님의 행로를 보았나이다."

"행로라니? 서책에 내 행로가 그려진 것이 있었다고?"

"그렇사옵니다. 서방님이 써놓은 서책을 읽어보니 이야기 책보다 더 재미가 있었나이다."

별 싱거운 사람이 다 있나, 하고 정충신이 하양 허씨를 바라보았다. 훌륭한 인물이라고 했으니 그는 행주성 싸움에서 크게 전과를 올린 것을 두고 칭찬한 줄 알았는데 그것이 아닌 것이었다.

정충신은 광주 목사관 시절, 관아의 대소사는 물론 집안에서 일어난 잡사들을 낱낱이 일지에 적었다. 다급한 전쟁 중에도 진중일기를 쓰는데, 그것은 어려서부터 익힌 일관된 습관이었다. 그것을 문자를 아는 소실이 주인없는 널널한 시간에 빠짐없이 읽었던 모양이다.

"서방님이 송사(訟事)를 해결한 것을 보고 참으로 명민하다고 생각했습니다.”

“어떤 송사 해결?”

광주 목사관에 송사가 여럿 들어왔는데, 그중 일부는 정충신이 나서서 해결했다. 어느 날 한 사내가 잃어버린 여자를 되찾아달라고 찾아왔다. 사정을 듣고 보니 딱했다. 권율 목사가 해결책을 찾느라 고민하고 있었다. 소원을 들어주어야 하는데 마땅한 해결책이 나오지 않는 것이다. 이때 정충신이 권율 목사 앞에 나섰다.

“사또 나리, 꽃이 뒷간에 떨어졌으니 이미 그 향기를 잃었나이다 (花落廁中 先失其香).”

“그 말이 무슨 뜻이렸다?”

권율 목사가 물었다.

“잃어버린 여자를 데려온다고 하였으나 그 여인은 벌써 다른 남자 품에 안겼습니다. 그런 여자를 데려와봐야 또다시 나갈 것이옵니다. 한번 바람난 여자는 기회가 나면 또 나가거든요. 그러면 저 남자는 또다시 엿되는 것이옵니다.”

“어호, 그래서?”

“남자의 상심을 집나간 여자를 되찾아주는 것으로는 해결 난망입니다. 그럴 바에는 아예 잊고 새 여자를 맞이하는 것이 낫다는 뜻이옵니다.”

생각해보니 그럴 듯했다. 권율이 고개를 끄덕이고, 동헌 뜰에 무릎 꿇고 하명을 기다리고 있는 사내를 향해 말했다.

“너의 고약한 마음을 사또로서 심히 동정하는 바이다. 그러나 금방 우리 젊은 관원의 말대로 한번 새는 바가지는 또 새는 법이다. 데려온다고 하더라도 세상에 천사같은 부부는 없으니 너는 어느 땐가 여인과 다툴 것이다. 이러저러한 다툼 끝에 너는 홧김에 ‘저 년이 남의 사내와 붙었어?' 하는 증오심으로 여인을 두들겨 팰 것이다. 그러면 여인이 그걸 핑계대고 또 집을 나갈 것이다. 그런 것이 반복될 것이니 집안이 온전하겠느냐?"

"어찌 그리 잘 아십니까요. 실은 그년이 돈을 축내고, 밥은 안 하고, 신경질 부리며 대들기만 하여서 내가 패주었습죠. 남의 사내와 붙어서 살았던 것까지 생각하니 속에서 불덩어리가 솟았지요."

"거 봐라. 남자란 인격이 있어도 질투 앞에선 무력하다. 더군다나 장삼이사(張三李四)가 마음 넉넉할 리는 없고, 그래서 함께 살아봐야 화를 끓이고 살게 될 것이다. 꽃은 함부로 꺾지 말되, 꺾은 꽃은 버리지 말아야 한다. 하지만 버린 꽃은 두 번 다시 줍지 말라. 그러니 싹둑 끊고 조신한 여자를 새로 얻을 일이로다."

"저한티 그런 여자가 오겠습니까요."

"그것은 내가 알아보마."

권율이 효천과 남평 쪽에 남평문씨 가문의 조신한 과부가 살고 있다는 소문을 들었다. 그는 수소문하여 사내에게 그 여인을 붙여주니 행복하게 잘 살았더라는 이야기다.

"헌데 물어볼 말이 있소."

정충신이 하양 허씨에게 물었다.

"무슨 말이옵니까."

"저번 평양성에서 명 사신이 은 수만 냥을 내놓으라고 협박할 때, 그를 물리치려면 암내난 말을 내놓으라고 지혜를 내지 않았소? 사신의 호마가 암컷일 수도 있는데 암내난 암말을 앞세우라고 하니 이상하게 생각하였소. 무슨 신통력이 있었던 것이오?"

그러자 하양 허씨가 웃으며 말했다.

"사신들은 자고로 수천 리 먼 길을 가야 하니 힘 좋은 숫말을 타고 다닙니다. 힘 좋은 숫말일수록 암내난 암말을 보면 그냥 지나치지 못하지요. 기어이 암말을 보고 가려고 발광을 합니다. 주인이 들어 주지 않으면 마상에서 주인을 떨어뜨리는, 왜말로 곤조를 부리는 말도 있답니다. 집 밖에 마방이 있어서 내 일찍이 말들의 성정을 알지요."

그때의 눈썰미가 전략이 되어 나온 셈이다.

"그러면 소실은 왜 꼭 군교의 처첩이 되겠다고 했소?"

그러자 그녀가 손으로 입을 가렸다.

하양 허씨는 부끄러운 것인지, 말하기 곤란하다는 것인지 여전히 손으로 입을 가리고 곁눈으로 정충신의 눈치를 살폈다. 이럴 때는 여자 꼴이 나왔다.

"무슨 못할 말이 있소? 어서 말해보시오."

"궁금하셨습니까."

"그렇소."

"그것은."

하고 그녀가 천천히 입을 열었다. 하양 허씨는 열다섯에 첫 결혼을 했다. 문약의 어린 선비 신랑이 어느날 아침에 죽어버렸다. 양반집 귀한 자식이라 당장 난리가 났다.

"이 무슨 변고인고?"

시아비인 진사 어른이 땅을 치며 통곡했다. 잠자리를 같이하다 남편이 죽으니 복상사한 것이라고 당장 '불길한 여자' '재수없는 년' '서방 잡아먹는 년'이라는 욕이 집안에서부터 터져나왔다. 호기심 많은 사람들은 이렇게도 말했다.

"쎈 여자여."

"여자 배 위에서 죽는 것이 최고로 좋은 극락사라고 하더만…."

"아닐세, 성교 중 죽는 것을 색풍이라고 하고, 상마풍(上馬風)이라고도 하네. 교미 후 사망은 하마풍(下馬風)이고 말이여. 지체있는 사람이면 복상사라도 문자를 좀 써야지."

"죽은 자의 양물이 서 있는가, 죽어 있는가를 보면 사망 원인을 알수 있네. 복상사면 대부분 양물이 몇 시각 발기돼 있다네. 잘 살펴봐야 돼. 남성의 발기가 풀리지 않고, 여성 역시 놀라면 질 경련이 일어나서 양물이 빠져나오질 못하고 엉겨붙어버리네. 그것부터 살펴봐야지."

"여자가 근육이완제를 썼다카더라."

"아니지. 그럴 땐 방광 경락의 기혈을 소통시키도록 외음부에 침을 놓아야지. 여자의 기혈을 통하게 하면 질 근육이 풀어져서 남자의 양물이 빠진다니까."

웃자는 것인지, 놀리는 것인지, 이런 말들이 먼지처럼 온 동네를 떠돌아 다녔다. 하양 허씨는 애먼 사람을 살인자로 몰고 놀리기까지 하니 미칠 지경이었다. 그녀는 견디지 못하고 친정으로 돌아왔다. 남편이 죽었으니 억울하고 슬퍼서 눈물 바람으로 나날을 보내지만, 반드시 오해를 풀고 싶었다. 재가해서 서방잡아먹은 년이라는 말을 꼭 물리고 싶었다. 부모님 보기가 딱한 데다 억울함을 덜기 위해 친구들을 품놓아 재가 자리를 알아보았다. 마침 노총각 혼처가 나왔다. 노총각은 문사였지만 허우대가 멀쩡했다. 첫 결혼이 불미스럽게 돼버린 그녀는 헌신적으로 새 남편을 섬겼다. 한 달포쯤 지났을까. 그도 자고 나더니 시체가 되어 나왔다. 허우대 멀쩡한 정정한 사람이 하루 아침에 시체로 나오니 이제는 친정에서까지 난리가 났다.

"저 년이 남자 잡아먹는 요물이야. 아니면 요괴렸다?"

친정아버지의 노여움은 컸다. 마을사람들도 이구동성으로 한마디씩 했다.

"방사를 어떻게 했길래 들어간 놈마다 시체로 나오는 것이여?"

"괴이한 일이로다. 필시 액신이 붙은 거여. 장군귀신이 아니면 저것을 감당하질 못하겠어."

그녀는 오해를 꼭 풀고 싶었다. 절대로 자신은 그런 여자가 아니라는 것을 입증해보이고 싶었다. 그녀는 친정을 떠나 이모부 집에서 기거하다가 이윽고 정충신의 처첩으로 들어온 것이다.

"소첩이 꼭 군교의 처첩이 되겠다고 마음 먹은 것은 문관은 제 명대로 못 살기 때문이지요. 억울함을 꼭 풀고 싶어요."

"문관 신랑은 제 명에 못 사니 무관이라야 된다…."

정충신이 하필이면 자신이 걸렸나 싶어 마음은 편치 못했다.

"사람들은 저를 월나라 서시(西施)라고 부른답니다."

"아니 서시라면 양귀비, 왕소군, 초선과 함께 중국의 4대 미인이라고 하지 않소? 환장하겠네."

남자 같은 커다란 덩치에 우렁우렁한 목소리, 장군이라면 딱 맞을 그녀가 스스로 서시와 비교하다니, 코웃음이 나왔다.

"제 말을 들어보시어요."

월나라에 사는 서시의 아버지는 나무꾼이고 어머니는 빨래를 직업으로 하는 완사(浣紗)였다. 서시도 어머니를 따라 시내에서 빨래를 하며 생활했는데, 어느 날 오나라 왕 후궁이 되었다. 월나라 왕 구천(勾踐)이 오나라와의 싸움에서 대패한 뒤 오왕 부차(夫差)의 볼모가 되어 3년간 치욕적인 포로생활을 하고 돌아왔다. 복수의 칼을 간 구천은 부차가 미인계에 약하다는 것을 알고, 전국에 신하를 풀어 미인을 모조리 데려왔다. 키, 몸무게, 피부색깔, 성기의 칫수, 치구, 음순, 음핵, 질의 질감, 처녀막까지 검사해 최종 뽑힌 여자가 바로 서시였다. 공물로 부차에게 서시를 보내니 부차는 과연 서시의 미색에 빠져 나랏일을 돌볼 새 없이 밤낮으로 방사에만 빠졌다. 몇 달 지나자 사리판단이 흐려지고 말도 바보처럼 하고 침을 질질 흘렸다. 아편을 하고, 한약과 뱀을 고아먹고 별짓을 다했지만 총기는 갈수록 흐려지고, 몸은 허우적거렸다. 그런데도 서시만 보면 올라탔는데, 어느 날 구천이 들이닥쳐서 부차를 죽이고 오나라를 멸망시켰다.

"서시는 오나라를 멸망시켰지만, 소첩은 남편들을 멸망시켰습니다."

"비교할 걸 비교해야지."

정충신이 언짢은 표정을 지었다. 그러나 찬찬히 뜯어보니 귀여운 면이 없지 않았다. 내가 잘못 본 건가?

"그럼 나하고 속궁합 한번 맞춰볼까?"

"안 되어요. 소첩은 그런 사람이 아닙니다. 서방님의 지체에서 그런 속된 말이 나오는 것은 온당치 않지요."

"뭐라고? 서방님 말에 안 된다고 거부하는 말이 어디 있소?"

그를 거부하는 것으로 알고 정충신이 슬며시 화를 낸 척했다.

"서방님마저 가버리면 소첩은 이제 살았다 할 것이 없습니다. 나라의 큰일을 하실 분이 잡생각을 하시면 되나요."

"그게 잡생각이라고? 남자가 이래라 하면 이리 오고, 저래라 하면 저리 가는 것이 아녀자의 덕목 아닌가?"

"그것은 맞지 않아요. 멋진 남자는 여자를 보호해주는 거랍니다."

소실은 자신이 못생겼다고 괄세한 것이라고 생각했다

"제가 한 말씀 또 하겠나이다. 오나라 손권이 맹장 여통(呂統)을 얼굴이 괴이하다고 무시하고 경멸하며 쓰지 않았지요. 그 결과 어땠지요? 전쟁에 나가 처참하게 패배했습니다. 지혜와 용맹은 얼굴 생김새에 있는 것이 아니지요. 수불석권(手不釋卷)이라고, 여몽은 진중에서도 손에서 책을 놓지 않았나이다. 공부하는 것을 잊지 않았지요. 그러니 그의 머리에는 온갖 병법의 조화가 만발하였나이다. 사람은 어떤 누구에게도 장점이 있는 것이니, 그 장점을 골라서 쓰는 것이 지휘관의 지휘력입니다."

"또 아는 척하는군. 못 막을 병이여. 나 또한 책을 많이 읽었으니 걱정 놓으시오!"

"나는 서방님의 진중의 부하가 아니라 살림을 하는 내자이오이다. 부하 다루듯 하지 마시오."

소실이 눈을 치떴다. 한 성질 하는 모습이다. 성깔이 있다는 투였다. 이런 때일수록 확 때려 잡을까, 말까….

"지아비가 시키면 시키는대로 따르시오. 그러지 않으면 내칠 것이오!"

"그러면 또 한마디 하오리다. 유비는 제갈량 같은 인재를 등용하고, 인의를 중시했지요. 하지만 말년에 비참하게 죽고 나라도 친구도 다 잃었습니다."

소실은 이상하게 이야기를 끌어가는 힘이 있었다. 그녀가 말을 이었다.

"유비는 관우의 전사를 복수하기 위해 오나라를 공격하지요. 눈앞의 복수에 눈이 멀어서 이릉대전을 몰아붙였고, 결국 참패한 나머지 목숨까지 잃었나이다. 전날에는 오른팔 장비가 부하들에게 살해되지요. 적전 반란이 일어난 것입니다. 왜 그러는 줄 아세요?"

정충신은 대답하지 않았다. 그 비유를 가져온 것은 필시 그녀 자신을 변호하고 정충신을 비판하려는 수작일 것이다.

"장비가 온갖 갑질을 하니 부하들이 반란을 일으킨 것이지요. 따지고 보면 별것도 아닌 걸 가지고 버럭버럭 화를 내고, 부하들을 두둘겨패니 반감이 없을 수 없었나이다. 부하들은 적이 접수해도 좋다는 마음으로 장비를 죽여버립니다. 유비는 오랫동안 장비의 폭력을 방치했고, 그로 인해 소중한 전력을 잃고 비참하게 죽지요."

"그래서 어쨌단 말이오."

"우리 궁중이나 낭군님도 그러하지 않습니까. 상감마마가 하시는 일이 심히 걱정되옵니다. 편견과 사사로운 이해로 사물을 보는 것이 눈에 훤히 보입니다. 중국 하북에는 원소라는 대장이 있었습니다. 그는 금수저 출신이고, 거느린 장수나 참모진도 많았지요. 그런데 부하를 옳고 그름이 아니라 좋고 싫음을 평가의 기준으로 삼았습니다. 자신과 생각이 다른 부하는 밟아버리고, 마음에 드는 참모 말은 그르더라도 신임했습니다. 그러자 배척당한 자들이 반발해 조조에게 투항해버리지요. 아첨꾼 곽도가 '장합이 패전을 기뻐하고 있다'며 모함을 하자 반감을 품었던 장합이 부하를 이끌고 조조에게 붙어버렸던 거여요. 원소는 유능한 부하를 잃은 데다 경쟁자에게 날개까지 달아주었으니 필패는 불을 보듯 빤한 일이었습니다. 충언은 귀에 거슬리고, 유혹의 말은 달콤하지요. 우리 궁중 사정과 다를 바 없고, 서방님도 트집만 잡는 심뽀를 가지고 계신 것이 심히 걱정이옵니다. 환도하면 궁중에서는 곧 서방님을 불러들일 텐데, 그런 마음으로 온전히 사물을 판단하시겠어요?"

"아니, 나도 환궁할 것이라고?"

별 신통한 여자를 다 보았다 하는데, 그녀가 엉뚱한 말을 했다.

"내일 밤 동남풍이 불 것이오이다. 그때 가도섬 앞바다에 묶인 배 쇠사슬이 끊기고 적이 공격해올 것이오이다."

"누가 공격해올 것이라고?"

"산뚱성 니구산의 잔적들이오. 내가 서방님을 받아들이지 않은 것은 내일의 일에 부정타지 말라고 해서이옵니다. 너무 괄시하지 마시오."

소실을 못생겼다고 업신여기고 함부로 대했던 것이 조금은 부끄러웠다. 그는 소실을 안아주고 부랴부랴 진지로 나갔다.

군막에 이르러 군사를 점검하니 행주성에서 싸운 척후 병력만 일부 손실이 있었을 뿐, 나머지는 그대로였다. 전력 손실이 없는 것은 그만큼 강훈련을 통해 강군대오를 갖췄기 때문이다. 해안과 산을 살피고 돌아온 군기병이 군막으로 달려와 보고했다.

"지금 가도에 묶인 명인(明人)들이 여러 척의 조공선을 훔치고 무기까지 갖춘 뒤 뿔각을 불면서 섬마을을 분탕질하고 있다고 합니다. 노략질을 하는 자들입니다. 요동에서 왈패로 거들먹거리는 자들임에 틀림없으니 붙잡으면 요동에서도 통쾌하게 여길 것입니다. 당장 잡아다가 성명과 주거 및 나오게 된 원인을 힐문하여 명국에 넘겨주는 것이 어떻겠습니까?"

"알았다. 니구산 잔당임에 틀림없다. 니구산이 사라진 뒤 잔적들이 다시 뭉쳐서 해적단을 꾸려서 못된 짓을 하고 있는 것이다."

"그렇습니다. 그놈들은 바닷가 사람들이 말려놓은 생선과 산에서 캔 산삼, 약초들을 훔치거나 빼앗고 여자를 겁탈하고 있습니다. 우리 수군이 당해내지 못하고 있습니다."

니구산, 그러니까 등삼초는 중국 사신으로 온 형 등일초가 정충신과의 담판으로 풀려난 자다. 그와 은 팔천 냥과 맞바꾼 것이다. 군기병이 다시 말했다.

"운암산과 어랑산 고가산 천두산 일대에는 명의 잔병들이 숨어들어 도적이 되어서 마을을 습격하고 있습니다. 뭍에는 명의 잔병, 바다에는 요동의 왈패들이 깽판을 치고 있는 것입니다."

나라가 힘이 없으니 별 일들이 벌어지고 있었다. 남자들이 징병에 차출되니 노인과 부녀자, 어린 자식들만이 마을에 남아 있었다. 치안 유지가 어렵고 주민 보호의 손길이 미치지 못하니 별별 것들이 무리지어 다니면서 백성들을 괴롭히고 있는 것이다.

항아리 모양의 선사포는 중국에 보내는 조공선이 출발하는 곳이고, 전쟁중이라 조공선이 포구에 정박해 있는데, 이 자들이 묶인 배의 쇠사슬을 풀어 훔쳐간 뒤 해적질을 하고 있었다. 물건을 약탈하는 것만으로 그치지 않고 어린 소녀까지 납치해 주린 성욕을 채우고 있었다. 입지적 조건이 좋아 포구로 발달한 것이 산적과 해적들의 좋은 놀이터가 되어버린 셈이다.

이런 사정을 소실이 소상히 꿰고 있었다. 소실의 예언이 맞아떨어진 것이 기이했다. 그는 소실을 생각했다.

"나를 서방님의 동지로 받아들이셔요. 내 병법과 예지력은 수백 개가 넘사옵니다."

그러니까 이성의 여자로 받아들이지 말라는 뜻이었다. 차라리 그렇게 하는 것이 편할 것 같았다. 군사 진용을 재정비해 산적과 해적을 물리칠 방책을 연구하는 사이 며칠이 지났다. 고가산 천두산 운암산을 살피고 돌아온 척후병사가 군막으로 뛰어들어와 보고했다.

"첨사 나리, 상감마마께옵서 환도하신다는 소식이옵니다."

"환궁?"

그러나 여러 모로 생각해보니 여건이 맞지 않았다. 경복궁과 창덕궁 창경궁 등 궁이라고 생긴 것은 모두 불에 타버렸다. 게다가 중요한 서적은 물론 호적·병적·서얼 전적까지 불에 탔다. 사무를 볼 근거가 사라진 것이다. 왜병이 태운 것이 아니라 도망간 왕을 비난하던 백성들이 쫓아가 홧김에 불살라버린 것들이었다. 환궁하더라도 당장 거처할 곳이 없는데, 어떻게 돌아간다는 말인가. 그러나 그렇더라도 환도는 백번 옳은 일이다. 볏짚을 베고 잔들 왕이 아닐 것인가. 백성 곁에 왔다는 것으로 더 많은 존경을 받고, 나랏님의 체신이 설 것이다. 나라의 기둥이자 대들보가 그림자라도 비추면 백성들은 환호할 것이다.

"지금 전라도순변사 권율 장군은 행주산성에서 떠나 병력을 이끌고 파주산성으로 이동하셨다 합니다. 거기서 도원수 김명원 장군과 성을 지키면서 정세를 관망하고 있다고 합니다."

"선거이, 김천일, 처영, 조경 장군이 따라갔는가?"

"각기 자신들의 부대로 원위치 하셨는 바, 남으로 패주하는 왜군을 뒤쫓고 있다고 합니다. 그러니 후방이 문제죠. 명의 잔병들 외에 왜군에서 탈영한 항왜(降倭)들도 패악질한다는군입쇼."

항왜들은 군사들이 굶고, 기합은 늘어나고, 전쟁의 끝은 보이지 않으니 절망한 나머지 도망가거나 조선에 투항한 자들이었다. 명분도 없는 싸움, 개죽음 당하느니 도망치자.

하지만 조선군이 이들을 거두어 재편성하면 전과를 배로 끌어올릴 수 있는데, 받아들일 여력이 없었다. 권율은 이치·웅치전·독산성전·남태령전에서 이들을 받아 써먹으니 적잖은 전과를 올렸다. 역시 장수의 지휘 능력에 따라 인적 소요를 유용하게 사용하면, 전과를 올리는 것이다. 적을 아군으로 끌어들이니 아군은 배의 군사력을 확보하는 셈이고, 실제로 그 배의 전과를 냈다.

한편 왕은 의주 땅을 떠난다고 했지만 막상 떠난다고 해놓고는 미적거렸다. 이러니 궁 사람들이 죽을 판이었다. 왕이 떠난다고 하면 모두들 짐을 꾸리는데, 하루 아침에 번복된다. 짐을 풀고 살림을 하는데, 또 느닷없이 떠난다고 짐을 싸라고 한다. 그러기를 몇 차례 반복되니 하인들부터 불만이 터져나왔다.

"장부일언중천금(丈夫一言重千金)인데, 왜 이러실까?"

"왜군이 도성에 남아 있다는 첩보를 받고 그러하는 것이지요. 가면 붙잡혀 죽는다고요."

선조는 밀사를 보내 한양 사정을 정탐하였다. 그 중 한 놈은 왜놈이 숭례문 밖에 진을 치고 있다고 보고하고, 다른 놈은 씨도 안 보인다고 했다. 다음날 찾아와서는 창의문 앞에 왜의 깃발병들이 깃발을 흔들고 있었다고 했다가 그 다음날엔 그런 깃발을 본 적이 없다는 보고가 들어왔다. 이러기를 수차 반복되었다.

어느 놈의 말이 맞는지 헷갈렸다. 선조의 심중도 오락가락했다. 어떻게든 왜군이 눈앞에서 안 보여야 안심하고 환궁할 수 있는데, 그들 존재가 있다는 것만으로 불쾌하다. 자칫하면 생포돼 목이 달아나면? 그래서 떠난다고 했다가 거둬들이다 보니 궁중 사람들이 짐을 쌌다 풀었다 하는 것이 일과처럼 되었다.

이를 본 이항복이 입을 쩝쩝 다시며 입궁했다. 이러면 왕의 체신머리가 없어지는 것이다. 그는 왕이 부적처럼 곁에 끼고 있기를 즐기는 사람이었다. 그래서 도승지—병조판서—형조판서—이조판서, 나중에는 영의정 좌의정을 돌아가며 지내며 왕의 곁을 떠나본 적이 없었다. 왕은 그를 곁에 두면 언제나 안심이 되었다. 그걸 이항복이 누구보다 잘 알고 있었다.

집무실로 들어서자 왕은 눈을 감고 용좌에 비스듬히 앉아 있었다.

명상에 잠긴 줄 알았더니 고르게 코를 골고 있었다. 그렇더라도 그는 왕의 안전에서 넙죽 엎드려 절을 했다. 왕은 여전히 일어날 기미를 보이지 않았다. 다시 넙죽 엎드려 절한 뒤, 눈을 치켜들고 왕의 동태를 살피니 선조가 눈을 뜬 채 그를 내려다보고 있었다.

"금방 절을 두번 하지 않았는가."

선조가 화난 목소리로 물었다. 절을 두 번 하는 것은 죽은 사람 제사지낼 때 올리는 예다. 부지부식간에 이항복은 왕을 시체 취급했으니 보는 견해에 따라서는 이런 비례와 불충의 중죄는 큰 것이다. 예법 하나로 역적으로 몰려 목이 달아난 예가 어디 하나둘인가. 당황한 이항복은 서둘러 고했다.

"상감마마, 제가 어찌 상감마마 제를 올리겠나이까. 첫 배(拜)는 찾아뵙는다는 인사였삽고, 두 번째 배는 물러간다는 절이옵니다. 주무시는 상감마마를 깨우실 수 없었나이다."

"하하하, 역시 백사(이항복 아호)답군. 이러니 내 곁에 두지 않을 수 없지. 근심 중에도 그대가 곁에 있으면 유쾌하단 말이야. 백사는 나의 고단함을 달래주는 오락기야. 그래 찾은 연유가 무엇인가."

이항복은 휴―, 속으로 안도의 숨을 내쉬며 말했다.

"정충신 첨사가 봄철 맛좋고 물좋은 생선을 많이 잡는다고 하옵니다. 피란 중에 상감마마께서 드셨던 은어는 비교가 안 되는 활어들입니다."

그는 해물맛으로 왕을 움직일 요량이었다.

"은어라, 묵이라는 생선 말이지? 그것이 맛이 좋아서 은어(銀魚)라고 내가 개명해주었지."

그러나 환도 후에 다시 먹어보니 맛이 없어서 '도루묵'이라고 깎아내렸던 생선이다. 절박한 때 먹는 것과 입이 호사스러울 때 먹는 맛이 다를 것은 너무나 당연한 이치다.

"상감마마, 환도 길에 성천 맹산 박천 영변의 산야채와 가산 운산 철산의 해물이 마마의 기력을 회복시켜줄 것이옵니다. 아무리 탕약이 좋다고 한들 생물보다야 낫겠습니까. 봄철이니 산나물과 해산물로 원기를 회복하소서. 정충신 첨사가 상감마마 지나실 길을 학수고대하고 있나이다"

"음, 벌써 입맛이 당기는군. 어서 길을 떠나자는 말씀이렸다?"

"네. 떠나시더라도 도성 소식을 접하면서 내려가면 위험할 것이 없사옵니다. 도성이 위태로우면 평양에 유했다가 가셔도 되고, 평정이 되었다면 빨리 환궁하셔도 되는 것이옵니다."

고개를 끄덕이며 선조가 도승지를 불렀다.

"내일은 떠나겠다. 모두 준비하렸다."

이 소식을 전령이 한달음에 선사포 진으로 달려와 정충신에게 알렸다. 정충신이 병사들을 소집해 명령했다.

"가산과 가도에서 약탈한 해적들의 말린 생선을 모두 거두어들일 것이다. 대신 절대로 민가를 괴롭히지 말라."

이이(李珥)가 황해감사였을 때, 백성들의 괴로움을 덜어 주기 위해 진상품 가운데 늙은 노루와 큰 노루를 가리지 말 것이며, 맛없는 사슴 꼬리와 사슴 혓바닥은 빼고, 또 생물은 아침에 준비하여 저녁에 바치면 색깔과 맛이 변하므로 건물(乾物)로 바꾸어 진상하는 것이 마땅하다는 상소를 올렸다. 지방 서리들이 생선·생복(生鰒)·건물·모피·약초 등은 크다 작다, 신선하다 묵었다 하여 마음대로 조종하고 간사한 짓을 행하는 비리가 커서 백성들은 질려버린 상황이었다.

정충신은 이 점 민정시찰을 통해 너무나 잘 알고 있었다.

23장 항구의 달

선조가 의주를 떠난 것은 1593년 4월 하순이다.

왕은 망명지나 다름없는 북풍 몰아치는 의주땅에서 변변한 수라상 한번 제대로 받아보지 못했다. 그도 피란살이를 예외없이 한 것이다. 그동안 몸이 비대해서 그 자체로서 의젓하고 권위가 있었지만, 지금 살이 쭉 빠지니 초라하고 꾀죄죄해 보였다. 이런 왕을 바라보는 신하들은 얼마나 나라 걱정이 깊었으면 저 지경이 되었을까 하고 하염없이 눈물을 흘렸다.

나라의 지아비인 왕이 백성들 안위를 걱정하며 고민하는 모습은 일견 고마우면서도 신하들로선 견디기 어려운 고통이었다. 그들 자신 죄인이 된 기분이었다.

그러나 선조는 생각이 달랐다. 그런 말들이 헛배만 부른 아첨으로만 비쳐졌다. 입으로 해결되는 거 보았나? 그저 걱정 태산, 아첨 풍년, 변명 또한 책 한 권 분량이다. 의심과 불신을 안 할래야 안 할 수가 없다. 근래는 일본 무사들이 칼을 빼들고 침소로 달려드는 꿈을 꾸고 뻑 고함을 지르면서 자리에서 일어난 적이 있다. 이럴 때의 처연한 고독감. 그런데도 어느 누구 하나 그것을 위무해주는 자가 없다. 몸은 식은땀으로 목욕을 하고, 머리는 띵하고, 육신은 곤죽이 되어 있는데 그것을 그 혼자 감당해야 한다.

왜놈들이 남으로 패주하고 있다고 하지만 도처에서 복병이 나타나 세를 모아 습격하면 꼼짝없이 당할 것이다. 저런 히리삐리한 호위병이나 보군(步軍)이 왜놈 칼을 막을 수 있겠는가. 결국 당하는 것은 자신이다. 인생 목표가 적어도 고희를 넘길 때까지 사는 것으로 잡아놓았는데, 꼴을 보니 오십 넘기기도 힘들 것 같다. 지금 나이 마흔하나, 재위 26년차로서 하룻밤에도 후궁 두셋을 꿰찰 힘이 있는데 일 년여 사이 너무 폭삭 늙어버렸다.

왕은 충신 이항복이 나타나 입성을 관리해야 한다는 말을 믿었다. 상한 몸을 갱신하려면 일단 의주를 뜨고, 환도 길에 북선(北鮮)의 음식을 두루 맛보면서 가자는 것이다. 소풍가듯 삼라만상을 살피며 산해진미를 맛보며 가다 보면 그 자체로서 즐거움이요, 그러다가 어언간에 한양에 도달할 것이다. 그는 백사 공을 불렀다. 백사 공 역시 왕의 뜻을 알고 보고했다.

"산천경계 유람하듯 하행하시면 그 자체로써 즐거움일 것이옵니다."

"가면서 왜군의 동태를 파악하는 것이렸다?"

"물론이옵니다. 숨을 곳도 만들어 놓았습니다. 가는 도중 동림에 이르러서 선사포의 정충신 첨사를 부르면 상감마마 입이 풍성해질 것이옵니다."

선사포는 내륙으로부터 귀가 빠져있고, 곽산이라는 산을 넘어야 하니 그곳에 들어갔다가 나오려면 몇 날을 지체해야 한다. 그래서 파발을 띄워 모일 모시에 동림으로 나오도록 조치해두었다. 굳이 선사포로 들어갈 필요없이 동림에 머물러 기다리면 되는 것이었다.

어가는 벌써 용천을 거쳐 염주땅에 이르렀다.

왕이 선사포에 대해 물었다.

"선사포라는 곳이 군사요충지인가?"

이항복이 답했다.

"그러하옵니다. 해로로 중국을 드나드는 관문이옵니다. 우리의 조공선이 선사포에서 출항하여 가도를 거쳐서 중국 등주(登州)에 상륙하면 거기서부터 육로로 조공품을 운송하여 북경에 이릅니다. 사신들의 사행(使行) 길이 이 해로를 탑니다."

"사행단의 규모가 크지 아마?"

"사행단의 규모는 서른 명입니다. 정사, 부사, 서장관(書狀官), 역관, 의관(醫官), 화원(畵員) 등 정관(正官) 30명으로 구성됩니다. 전에는 육로로 많이 갔지만 누르하치 세력(후금)이 요동반도를 분탕질하기 때문에 바닷길을 열어서 가고 있습니다. 요동반도 패거리들까지 설치니 해로를 택할 수밖에 없나이다. 앞으로 선사포를 큰 군항요충지로 키워야 할 것 같습니다."

"북은 오랑캐, 남은 왜적 무리…."

왕이 투덜댔다.

"속엣말을 말씀드리옵니다만, 명나라도 도움이 되지 않습니다. 우리만 중간에서 멍석말이가 된 형국이지요."

"명에 대해선 그렇게 말하면 안 된다. 불충이다. 그대는 잘 나가다가 꼭 실수를 한단 말이다."

이항복이 말을 돌렸다.

"선사포 생물을 준비하겠습니다. 기병인 수송병이 빨리 오면 생물이 상하지 않을 것이니 회를 뜰 수 있나이다."

정충신은 선사포 바다 건너 가도와 탄도 사이의 물골을 막았다. 해적들의 퇴로를 막고 소탕할 작정이었다. 그는 가도 선창으로 나가 주막을 찾았다. 주막의 아낙이 떨고 있었다.

"다 가져가버렸습니다. 그자들이 또 여자를 찾지요. 여자가 씨가 말랐는데 대주지 않으면 목을 친다 했습니다. 오늘 저녁엔 두목이 내려온다는군요. 죽을 지경이구만이오."

"걱정하지 마시오. 우리가 대적할 것이오."

"그런 말 마시오. 그렇게 해놓고 당신들은 떠나버리면 그만이지만 여기 사는 우리가 그 보복을 어떻게 감당하게요."

정충신은 완전 청소를 하기 전에는 주민들이 안심하고 살 수가 없다는 것을 깨달았다. 그는 얌전한 병사 넷을 여장으로 변복하고, 졸지에 술집 작부로 만들었다. 늘 써먹는 작전이다. 군사전략엔 잘 써먹는 것을 주로 사용하라고 했다. 낯익고 익숙한 것이 그중 낫기 때문이라는 것이다.

해가 설핏 기울자, 패거리들이 선창의 주막으로 와자지껄 떠들며 몰려들었다. 해적 두목과 패거리들이었다. 그들은 피가 뚝뚝 떨어지는 돼지머리와 금방 때려잡은 노루를 들쳐메고 주막으로 들어서면서 요란을 떠는데, 하나같이 기골이 장대했다. 그중 젊은 놈은 꿩 깃을 두건을 쓴 머리에 꽂고 한껏 멋을 내고 있었다.

"이거 맛있다 해. 주모 이것으로 안주 준비해라 해."

두목이 주모에게 말하자 부하들이 메고 온 돼지머리와 노루를 마루에 던지듯이 부렸다. 두목이 술청의 낯선 청년을 보더니 눈알을 부라렸다.

"주모, 저 자는 누구야?"

어제까지 안 보이던 자가 술청에서 술항아리를 막대로 휘젓고 있는 것이다.

"이따가 계집들 데려올 총각이오이다."

주모가 받았다.

"아하, 색시 온다 해? 하하하."

단박에 왈패들 사이에 환호성이 터졌다.

"네댓 명 될 것이오이다."

"하하, 이번엔 우리 허탕치지 않는다 해. 또 거짓말하면 주모를 앞바다 물골에 처박는다 해!"

"걱정마세요. 여부가 있겠어요?"

그녀가 자신있게 말했다. 이미 약속이 되어있는 것이다. 두목은 구레나룻이 덥수룩하고, 베잠방이를 아무렇게나 걸친 사이로 배가 불룩 튀어나와 있었다. 원래부터 그러는 것인지 피부는 거무튀튀했다. 잔당은 여섯이었다. 두목이 술청의 청년을 향해 명령했다.

"총각, 지금 가서 색시 데려오라 해."

"물때가 있어서 도착하려면 좀 늦을 것이옵니다. 어서 술부터 드시어요. 술이 취해야 계집도 예쁘게 보이지요."

주모가 너스레를 떨었다.

"그렇지. 여자와 달은 취해야 더 아름답다 해."

사내들이 와크르 웃었다. 수령이 말했다.

"돼지머리는 삶고, 노루고기는 굽고, 내장은 탕으로 내라 해. 흑돼지 머리는 맛있다 해."

"소우링(수령)! 맛있는 것은 여자다 해."

"하하하 맞다, 맞다. 여자가 맛있다 해. 오늘 들어온다 해?"

"아무럼요. 걱정 말고 어서 방으로 들어가요."

주모가 말하는데, 모두 목이 말랐던지 술청으로 들어가 항아리의 술을 바가지째 퍼마시고, 방으로 들어갔다. 방에서 수령이 소리질렀다.

"술동이 세 개, 돼지머리, 노루 뒷다리 넣어달라 해. 색시 오면 술값, 여자값 다 줄 거다 해. 알았니? 하하하."

"걱정 말고 어서 목부터 축이세요."

총각이 술동이를 방으로 날랐다. 해적들이 술동이를 끌어당겨서 또 퍼마시기 시작했다. 주모가 걸판지게 상을 차리고, 그것을 총각이 날랐다. 삶은 돼지머리가 통째로 상에 놓이고, 노루 뒷다리가 들어가자 해적들은 미친 듯이 고기를 뜯고 마시고 노래하고 소리질렀다. 취한 꿩 깃 사내가 소리쳤다.

"해시(亥時)가 됐다 해. 여자들 왔나 해?"

"네, 지금 단장하고 있네다. 곧 대령합네다."

총각이 부엌 밖으로 나가 허공에 대고 관솔불을 한 바퀴 돌리자 젊은 여자 넷이 사각사각 치맛자락을 휘두르며 마당으로 들어섰다. 색시들이 방으로 들어서자 방 안이 환해지는 듯 다시 웃고 떠들고 소란스러워졌다.

"이름을 대렸다?"

꿩 깃 사내가 물었다.

"추선이에요. 잘 봐 주시와요."

"음 추선은 두령님께 안기거라. 그럼 너는?"

"월향이야요?"

"월향이는 내 곁에 앉거라. 앙징맞다 해."

이렇게 해서 네 여자들이 각기 남자들에게 배분되었다. 나머지 두 사람은 여자를 두지 못하는 대신 술만 연거푸 마셨다. 술이 바가지째 돌고, 안주를 뜯고, 소리지르다 보니 어느새 대취했다. 그들 중 한두 놈은 벌써 뻗었다. 수령이 헤롱거리며 여자의 가슴을 더듬더니 소리쳤다.

"넌 가슴이 없다 해."

"어서 술이나 드시어요. 치마속은 더 멋져부러요."

색시가 흰자위가 드러나도록 눈을 흘기며 손으로 자기 치마 밑을 가리켰다.

"몸으로 말하니 더 요염하다 해. 조선말 해두 알아듣는다 해. 요망한 것."

"너는 왜 그리 어깨가 넓나. 무섭다 해."

돼지머리 고기가 바닥이 나고, 노루 뒷다리도 뼈만 남았다. 비틀거리면서도 한 놈씩 여자를 끌고 옆방으로 가려는 때, 술청의 총각이 소리쳤다..

"조쇠부러!"

정충신이었다.

"밖에 무슨 소리냐?"

기생들 몸을 더듬던 꿩 깃 사내가 반사적으로 귀를 세우더니 물었다.

"별것 아닙니다. 우리끼리 재미나게 노니까 사내라고 부엌에서 꼬장부립니다요. 신경쓰지 마셔요. 제가 쌍검무를 보여드리겠습니다."

"그거 좋다 해. 어서 추어라."

신경 안 쓴다는 듯 두목이 부추겼다. 하긴 가도는 도주(島主)도 뭣도 다 도망가버렸으니 그들이 주무르는 세상 아닌가. 왜놈 말로 어떤 놈이 겐세이(견제)할 것인가.

기생들이 쌍칼을 품에서 뽑아들어 양손에 쥐고 방바닥을 구르며 칼춤을 추기 시작했다. 진홍색 치마와 남색 저고리를 입고, 얼굴은 짙은 연지 화장에 백분을 덧씌웠으니 치맛자락 휘날리며 춤을 출 때마다 지분 분말이 송화가루처럼 흩뿌려져 몽환적이었다. 몸을 흔들 때마다 옆구리에 찬 향낭에서 그윽한 사향이 퍼지는데 그러잖아도 취한 해적들은 더 해롱거렸다. 그런데 눈썰미가 있는 젊은 꿩 깃 사내가 기생들의 행동이 뭔가 이상하다는 듯 소리쳤다.

"이것들 비녀 없다 해!"

가채를 쓰고 변장을 했으니 짧은 머리에 비녀를 꽂을 수 없는 것은 당연한 일이다.

"이년들, 수상하다 해. 뭣하자는 짓이냐?"

그가 칼을 찾았으나 이미 때는 늦었다. 기생들이 순식간에 무사로 돌변해 자기 짝의 목에 칼을 겨누었다.

"하, 당했다 해! 내가 벌써 가슴이 없다 했는데…."

"나도 이 자들 어깨가 넓다 했지!"

"너희들 정체가 뭐냐?"

두목이 으름장을 놓았다. 대답 대신 기생들이 "얍!" 하는 고함소리와 함께 해적들 멱을 따고, 베잠방이 사이로 드러난 배통에 칼을 쑤셔박았다. 부지불식간에 방바닥에 시체가 널부러졌다. 기생들은 선사포 진에서 유격 백병전 훈련을 받은 정예 육병(陸兵)들이었다. 이들은 얼굴이 곱상하지만 검술에 능하고 각목 하나로 장정을 단숨에 제압하는 무술을 지닌 병사들이었다. 정충신이 특별히 훈련시킨 결사대들이었다. 두목이 어찌 살아서 구석으로 몸을 피한 뒤 후다닥 문 밖으로 튀었다.

"잡아라!"

그 말이 떨어지기가 무섭게 문 밖에 대기하고 있던 정충신이 달려 나오는 두목의 얼굴을 장검으로 그었다. 다시 장검을 홰도리쳐 휘둘러서 그의 목을 쳤다. 야자 열매처럼 두목의 두상이 마루바닥에 툭 떨어져 나뒹굴었다. 그의 장검은 막대 대신 술청에서 술항아리를 젓던 바로 그것이었다. 적들이 일망타진된 것을 확인한 정충신이 기생 중 한 명에게 지시했다.

"쇠골이는 밖에 나가 횃불을 올려라."

쇠골이가 기생 옷을 벗자 보병 군복이 드러났다. 그가 밖으로 나가서 횃불을 올리자 연대산 골짜기에 대기하고 있던 선사포 유격병들이 "와―", 함성을 지르며 해적 소굴로 들이닥쳤다. 그들은 횃불 신호를 기다리고 있던 중이었다.

"꼼짝 마라."

졸지에 숫자로 제압하지만 산적들 숫자도 만만치 않았다. 서로 주먹과 주먹, 무술과 무술, 칼과 칼이 교환되었다. 그러나 두목이 없는데다 중과부적의 세에 밀려 해적들이 당했다.

주막 마당에 서서 산상을 바라보던 정충신이 외쳤다.

"이 작전은 연대산 소굴을 쓸어버려야 작전이 완성된다. 우리는 응원군으로 출발한다."

"그러면 안 되지요."

주모가 울먹이며 대들 듯이 말했다.

"왜 그러시오?"

"나를 놔두고 떠나시면 어떡해요. 군사들이 이렇게 떠나고 나면 잔적들이 나타나서 나를 가만두지 않을 거야요. 살았다 할 것이 없습니다요."

"그래서 후환이 없도록 하는 거요. 씨를 말리러 산적 소굴로 올라가는 거요. 완전 소탕작전이오. 곧 돌아올 테니 고기나 삶아두쇼."

연대산은 험준했다. 소굴에 이르니 해적들이 피를 흘린 채 쓰러져 있었다. 그 중에는 조선인도 몇 명 끼어 있었다. 함께 도둑질을 하며 먹고 사는 건달들일 것이었다. 움막 뒤쪽 토굴에는 처녀 둘이 몸을 떨며 웅크리고 있었다.

"소문이 맞군. 여자들까지 납치해서 개지랄을 했어. 여자들을 보호하라."

"저 배부른 여자는 어떻게 할 작정입니까?"

장졸이 퉤 가래침을 칵 뱉었다. 정충신이 여자를 향해 물었다.

"언제 끌려왔나?"

"여덟 달 되었습니다."

"그러면 왜놈 씬가? 그땐 그자들이 지배했잖나."

"더러운 것들."

장졸이 소리쳤다. 정충신이 장졸을 향해 나무랐다.

"저 여자가 무슨 죄가 있느냐."

"하긴 나라가 이 모양이니…."

"모시고 내려가라. 나머지 병력은 날이 밝을 때까지 쌓인 물건들을 모두 부두로 옮겨라."

배가 불룩한 여자가 그의 앞에 엎드리더니 울었다.

"젊은 나리님, 살려주셔서 고맙습니다."

여자 둘과 붙들려온 초부(樵夫)들을 내려보내고, 밤새워 짐을 옮기자 선창엔 산더미같이 물건이 쌓였다. 산약초 말린 것, 섬에서는 보기 드문 쌀이 백여 가마니 나오고, 은전과 동전도 한 소쿠리 나왔다. 말린 조기 죽상어 갈치 준치 장어 돌미역 우뭇가사리가 수백 축 되었다. 노루 담비 여우 가죽도 수두룩했다.

"이놈들이 왕국을 세울 작정이었군요. 얼마나 백성을 괴롭혔으면 이랬을까요."

다음날 군선에 해적들이 약탈한 물건을 모두 실으니 해가 중천에 떴다. 한 수병이 달려와 외쳤다.

"여자 시체가 바다에 떠다니고 있습니다."

"뭐? 어서 건져 올려라."

건져올려진 여자 시체는 간밤 해적 소굴에서 풀려난 만삭의 여자였다.

"정중히 장례를 치러드려라. 여인의 마음을 알겠다. 저런 몸으로 고향으로 돌아갈 수 있겠냐."

정충신은 주막에 들러서 주모에게도 일렀다.

"병력을 일부 남기고 떠날 테니 안심하시고 술장사를 계속하시오. 나라가 평정되면 상을 내릴 것이오."

주모가 선사포로 떠나는 정충신의 군 선단을 향해 두 손 모아 쥐고 연신 머리를 조아렸다.

왕의 어가행렬이 선천에 당도해 선천 관아에 행궁을 차렸다. 관청과 객사를 수행단의 숙소로 쓰고, 호위하는 군영과 마방을 임시 가설했으나 행차가 왠지 쓸쓸하였다.

수십 필의 기마병이 말 잔등에 짐을 가득 싣고 행궁으로 들어서고 있었다. 히히힝, 십여 마리의 건장한 말들이 입김을 뿜어내며 관아 마당으로 들어서자 적막했던 행재소가 갑자기 시끄러워졌다.

임시 어전에서 막 나오던 이항복이 말의 선두에 선 주장을 알아보고 급히 마당으로 내려섰다.

"정충신 첨사 아니냐?"

"네, 선사포 첨사 정충신 인사 드리옵니다. 대감 마님의 밀지를 받잡고, 해물과 토산물을 가지고 왔습니다."

그가 말에서 훌쩍 뛰어내려 오른손을 가슴에 붙이고 예를 취했다.

"그래, 어서 오렸다. 상감마마께서 상심하셨는데, 네가 온 것만으로도 기쁘기 한량 없으시겠다. 어서 짐을 풀어라."

짐을 내려 마당에 풀어놓으니 물건들이 집채처럼 쌓였다. 임시 어전으로 들어가 왕을 알현하자 왕이 먼저 놀랐다.

"밖의 것을 모두 네가 가져온 것이냐?"

"변변치 않사옵니다."

"언제 저렇게 많은 것을 준비했더냐."

"해적들을 소탕하고 가져 왔나이다. 우리 것을 도로 가져온 것이옵니다."

"호쾌한 말이로군. 그걸 두고 도랑 치고 가재 잡는 격이렸다? 상세히 고하라."

"네. 가도·탄도 일원에 해적들이 들끓었습니다. 노가 부러지게 배를 타고 떼를 지어 다니며 철산군 앞바다에서 약탈을 일삼았습니다. 그자들은 두목에 대한 충성심이 높고 규율이 엄하고, 칼과 창, 도끼, 쇠사슬로 무장하고, 명군 무장이 쓰는 투구와 방패, 가죽갑옷을 노획해 착용하고, 섬과 바다를 누비면서 조공선·고깃배·상선을 닥치는대로 공격해서 물건을 빼앗았습니다. 이놈들은 치고 달아나는 기습전법으로 섬 주민들도 잔인하게 죽였습니다. 그 소굴을 일망타진했습니다."

선조는 행궁 이동 중에 진주성 패전의 비보를 들었다. 바로 2차전 싸움이었다.

1차전은 1592년 10월 5일부터 11일까지 이레 동안 벌어졌다. 김시민이 이끈 군사 3천 700과 곤양(사천)군수 이광악이 이끌고 온 군사 100 등 3천 800명의 아군이 왜장 나가오카 다다오키, 하세가와 히데카즈, 호소카와 다다오키, 기무라 시게코레, 나카무라 아키노카미, 가토 미츠야스의 군대 2만을 맞아 싸워 당당하게 물리친 싸움이다.

김시민은 이때 갓 임명된 진주목영의 판관이었다. 그는 행정 실무를 맡으면서 진주성 축성을 지휘하고 있었다. 25세 때 무과에 급제해 두만강 변경에서 복무하다 군기시(軍器寺) 판관으로 배속되어 근무하던 중 병기관리와 군사훈련 문제로 상관과 다투다 쫓겨나 고향 충청도 목천에 내려와 있었다. 이때 진주목영의 판관 자리가 비어서 발령을 받아 내려가 근무했다.

왜군이 침입해오자 진주목사 이경이 가솔을 이끌고 지리산으로 도망가버리고, 목영을 책임질 자가 없어서 부랴부랴 구해 내려보낸 사람이 김시민이었다. 그는 진주성 내의 백성 3만과 함께 뭉쳐 왜 군단에 맞섰다.

왜군은 각 군단별로 한양 접수와 왕 생포를 제일 목표로 삼고 있었기 때문에 김시민 군의 저항을 받자 상당 수의 병력 손실을 입은 뒤 잔여 병력을 이끌고 빠르게 북상길에 올랐다. 이때 지휘하던 김시민이 패주하는 왜병의 총에 맞아 전사했다.

2차전은 그로부터 7개월 후인 1593년 6월 20일부터 10일간 벌어졌다. 왜군 주력이 한양에서 남쪽으로 내려와 왜성을 쌓고 장기전에 대비하려는 중이었는데, 1차전 때 실패한 진주성을 다시 공략하며 보복전에 나섰다.

진주는 호남 침공의 교두보였다. 이치·웅치전에서 패배하고, 1차 진주성전 때 쉽게 물러나 식량기지인 호남을 먹지 못한 것이 패착이라고 여긴 왜 군단은 다시 호남 공략을 위해 진주성을 차지해야 했다. 바다에는 이순신이 지키고 있으니 진출로를 확보하지 못한 대신에 육로를 뚫어 호남을 병탄함으로써 일본군의 주린 배를 채울 수 있다고 본 것이었다. 그래서 명장들이 총망라되어 9만 병력을 이끌고 복수전에 나섰다.

　왜 군단은 6월 15일부터 작전을 개시하여 18일 함안·반성·의령을 점령하고, 19일 1차로 3만7000 병력이 진주성에 입성했다. 뒤이어 각 부대의 병력이 들어와 20일과 21일에는 9만 병력이 되었다.

　수적 열세가 있었지만 아군도 성을 차지한 지형적 이점을 살려서 대등하게 맞붙었다. 아군은 숫자가 3천 400이었다. 창의사 김천일(나주), 경상우병사 최경회(화순), 충청병사 황진(남원), 김해부사 이종인(나주), 사천현감 김사종(남원), 해남현감 위대기(해남), 의병장 민여운(태인), 강희보(순천), 심우신(영광), 임희진(해남), 황대중(강진), 양응원(곡성), 고종후(담양), 조방장 정명세(고흥), 김천일의 부장(副將), 장윤과 이계련·민여운·강희열 등 젊은 장수들이 왜군과 맞섰다. 진주 백성들도 일제히 나와 맞섰다. 그러나 1차전 때 소모한 힘을 다시 내기는 어려웠다. 7개월 만에 또 싸우는 피로감과 현재의 왜군은 1차전 때의 군세가 아니었다. 각 군단의 정예 병력이 투입되었으니 피아의 전투력은 애초부터 비교가 되지 않았다.

　본격 전투는 6월 22일 시작되었다. 왜군은 귀갑차 등 특수한 병기로 파상공격을 계속하고, 아군도 물러서지 않고 일진일퇴의 공방전을 벌였다. 그러나 끝내 조선군은 궤멸되어 29일 진주성은 함락되었다. 전쟁 개시 10일 만이었다. 성이 함락되자 왜군은 성안에 남은 군·관·민 수만 명을 사창(司倉)에 몰아넣어 불을 질러 죽이고, 모든 가축을 도살하여 가져갔다. 이 싸움은 임진왜란 중 가장 큰 격전이자 가장 큰 피해를 준 전쟁이었다. 왜군 역시 막대한 손상을 입고 호남진격을 포기했다(이상 네이버 백과사전 등 인용).

피란 중에 이 소식을 듣고 선조는 기가 막혔다. 1차전 때 전사한 김시민의 죽음과 함께 2차전에 김천일 최경회 고종후가 최후까지 싸우다 죽었다는 소식을 듣고 끝내 울음을 터뜨렸다.

"고종후도 갔단 말이냐."

고종후의 죽음이 무엇보다 비통했다. 그 아비 고경명이 노구를 이끌고 이치·웅치전에서 싸우다 둘째아들 인후와 함께 전사했는데, 이번에는 그의 큰아들 종후마저 죽으니 뼈마디가 부숴지는 아픔을 느꼈다.

"전라도 장수와 병사들이 진주성 싸움에 모두 투입된 것이 특징이구나. 그중 고경명의 3부자가 가버렸으니 종(種)이 끊긴 것이 아니냐."

"마마, 고정하소서. 대가 끊기더라도 의로운 이의 의로운 행적은 헛되지 않을 것이옵니다."

선조가 용포 자락을 추스르고 헛기침을 한 다음 정색을 했다.

"과인에 대한 백성들의 충(忠)이 이러할진대 과인이 어찌 어여삐 여기지 않을 것이냐."

행궁은 계속되었다. 환궁하는 길이 희망에 부풀어 있어야 하는데 모두들 장례행렬처럼 무겁게 발을 옮기고 있었다. 관측병이 달려와 고했다.

"아뢰옵니다! 진주 남강에서 적장 목을 안고 강물에 투신한 기생이 있습니다!"

왕을 호종 중인 병조판서 이항복, 좌찬성 정탁이 정충신을 면대한 자리에서 함께 들었다. 정탁은 청주정씨였으나 근본은 하동정씨였다. 정충신 역시 금성정씨지만 그 뿌리는 하동정씨여서 정탁은 젊은 군관 정충신을 먼 집안 자제쯤으로 여기고 자식처럼 아꼈다. 그는 정충신이 사나운 요동의 도적떼를 물리치고 물건을 도로 찾아온 것을 가상히 여기고 있었다.

"전후 사정을 말해보렸다."

정탁이 문자 관측병이 들은 얘기를 전했다.

"진주 관기라는 여인네가 왜장 게야무라 로쿠스케(毛谷村六助)란 자의 목을 붙들고 강으로 투신했다고 하옵니다. 이 자는 승전 기념으로 왜 장수들과 함께 남강 너럭바위에서 잔치를 벌이면서 관기들을 차출했는데, 조선 병사의 간을 꺼내먹었다는 등 주접을 떨기에 그 관기가 그놈을 붙들고 강물로 투신했다고 하옵니다."

"여인의 신분이 기녀라고?"

"그렇사옵니다."

관측병은 자신이 직접 본 것처럼 다시 열을 내서 고했다.

"그놈이 우리의 죽은 병사들 눈을 뽑아서 실에 꿰어 옆구리에 차고 다녔다고 자랑하더랍니다. 다른 장수란 놈은 코와 귀를 잘라서 목걸이를 하고 다녔다고 하고요. 그러니 분이 나지 않겠습니까. 그 기녀한테는 기구하고 애절한 사연이 있더랍니다."

"곡절이 있으니 기녀가 되었겠지. 무슨 사연이냐."

기녀는 전라도 장수군 장계면 대곡리에서 태어난 주씨라는 아리따운 처녀였다. 그녀 나이 열아홉이었다. 그녀는 마을에서 훈장을 하던 학자 주달문의 딸이었으나 다섯 살 되던 해 아버지가 병으로 죽고, 가대가 몰락하면서 삼촌의 주달문 집에서 성장했다. 주달문은 도박에 빠진 건달이었고, 가산을 말아먹은 뒤 조카딸마저 이웃마을 김풍헌이라는 부자에게 팔아먹었다.

딸이 팔려간 얼마 후 어머니 밀양박씨가 그녀를 몰래 데려가 친정에서 살았는데, 소녀를 사간 김풍헌이 관아에 고발했다. 동헌 뜰에서 재판에 회부된 두 모녀의 딱한 사정을 장수현감 최경회가 알게 되고, 무죄 방면했다. 그는 이들 모녀의 딱한 사정을 알고 곡식도 제공했다. 그러나 여전히 가난을 면치 못해 소녀는 결국 진주 관아의 관기로 팔려갔다.

진주성 싸움 1차전이 벌어지던 날, 진주성을 수비하던 최경회를 만났다. 십 년 만이었다. 옛 은혜를 잊지 못한 그녀는 전선을 누비던 최경회를 정성껏 모셨다.

전선이 무너지고, 군사가 전멸하자 최경회는 김천일·고종후와 함께 남강에 투신해 자결했다.

논개는 승전 기념 잔치를 여는 왜 장수들에게 불려나가 술 수발을 들다 왜장 게야무라 로쿠스케의 목을 끌어안고 남강에 투신했다. 최경회를 뒤따라간 것이다.

관측병의 전언을 듣고 정탁이 탄식했다.

"일개 이름없는 기녀도 이처럼 나라를 위해 분투하는데 우리 사대부들은 무엇을 했는고…."

정탁은 조정 신료들의 음해와 모략에 기가 질려버린 사람이었다. 이순신을 무고하고, 김덕령을 시기한 자들을 보았다. 어떻게든 끌어내려서 이름을 똥칠하는 자들을 보면서 입에서 쓴내가 나는 것을 어찌지 못했다. 무고로 골로 가게 된 이순신을 구해낸 사람이 정탁이었다.

"그런데 말이오. 그 기녀 얘긴 안 하는 것이 좋겠소."

이항복이 생각 끝에 말했다.

"왜 그러시오."

"명색이 예를 아는 나라에서 창기가 왜장 목을 땄다는 것이 체면이 말이 되오?"

정탁이 정색을 했다.

"예로부터 전쟁터에서 멋대로 미녀들이 노닐었다는 얘기는 들었으나 이렇게 절개를 세웠다는 말은 일찍이 들어본 적이 없소. 기녀까지 나서서 나라를 구했다고 한다면 그 이상 좋은 선전물이 없을 것이오. 도랑물 같은 신세로도 성화(聖火)할 수 있는 정신이 있으니, 얼마나 큰 충절이오."

"그러나 얼핏 들으면 장수의 부실(副室)이 전장에까지 나와서 장수를 뒷바라지 했다는 오해를 살 수 있소. 그러면 최공의 거룩한 죽음마저도 허투루 보일 것이오이다."

"충(忠)에는 신분과 지체의 높고 낮음이 없소이다!"

꼬장꼬장한 정탁이 말하고 입을 다물었다.

그래서 그런지 그후 기녀의 이름은 끝내 알려지지 않았다. 완고한 예법의 나라에서 그녀는 의도적으로 무시당하고 외면당했다. 위정자의 역사기록이 그녀를 외면했음에도 불구하고 그녀의 의절은 진주성민에 의해 입에서 입으로 널리 회자되었다. 그리고 진주성민의 진정(陳情)으로 경종 1년 경상우병사 최진한, 영조 16년 경상우병사 남덕하에 의해 의기 논개로 기록되었다. (이상 위키백과, 한국민족문학백과 일부 인용)

"그런데 이상한 것이 있소이다. 전라도 관·의병, 아녀자들까지 모두 타관에 나가 싸우고 있단 말이오. 남의 고장 몫까지 싸워주고 있단 말이오. 왜 그렇지요?"

정탁이 의아스럽다는 듯이 고개를 갸우뚱했다.

경사(經史)면 경사, 천문·지리·상수(象數)·병가(兵家) 모두 정통한 정탁은 전라도 군사들의 용전분투를 보고 여러 모로 궁금했다. 모두가 도망가는데 왜 그들은 맞서는가. 서서 죽을지언정 무릎꿇지 않는다.

그런 의기를 보고 그도 전복을 차려 입고 전장에 나서고 싶었다. 그러나 왕이 연로함을 들어 한사코 만류하는 바람에 좌찬성 자리에 눌러앉아 있었다. 정탁이 말했다.

"서예원의 예를 보세나. 진주성 1차전 때 김시민이 전사하자 경상우도병마절도사 겸 순찰사 김성일 어른이 저 구석진 곳에 박혀있는 김해부사 서예원을 진주목사로 발탁했지. 그런데 그 자가 1차전때 도망간 이경 목사처럼 2차 진주성 싸움이 벌어지자 똑같이 도망을 가버렸소. 그 자는 어리석게도 백성들을 동원해 한참 여물어가는 보리를 베어다가 성을 쌓도록 했는데, 적이 쏜 불화살에 보릿단이 다 타버리지 않았겠소? 보릿단이 얼마나 불성이 높소. 그런 것도 모르고 쌓았으니 적더러 불태우고 성안으로 들어오라고 한 셈이고, 애써 재배한 식량마저 없애버리니 이중으로 삿된 짓을 한 것이오. 백성은 백성대로 굶주려 원한이 깊은데, 왜적이 재차 진주성을 공격하자 아예 그자는 겁을 먹고 성을 버리고 도망가 숨어버렸단 말이오. 결국 총맞아 죽긴 하였지만, 고을의 지도자가 이 꼴이니, 누가 나라를 사랑하겠소. 이경이 지리산으로 도망가고, 후임마저 도망가버리니 성을 지킬 자가 누구요?"

그가 혀를 끌끌 차고는 다시 말을 이었다.

"왕조의 자존심을 지키는 전라도인이 의롭소. 조선왕조의 뿌리가 전주에 있거늘, 망해가는 왕조를 지켜보고만 있을 수가 없었겠지요. 그래서 내 고장, 타 지역 구분이 있었겠소? 나라를 구하기 위한 최후의 충성은 고장에 연연하지 않소이다. 장한 일이오."

꼬장꼬장한 정탁의 말에 이항복이 무겁게 고개를 끄덕였다. 정탐병이 다시 보고했다.

"대감마님, 행주산성 싸움에서 권율 장수를 도와 전공을 세운 선거이 의병장이 금산에 내려가 계시다고 하옵니다. 장흥 출신 위대기 조전장(助戰將)은 남원에 들어가 계시고, 나주의 이종인은 진주 북쪽에, 장성의 김보원은 운봉에 머물러 있다고 하옵니다."

"장하오. 보성에는 내 지인이 있는데, 그곳에서도 수백 명이 기병해서 전선에 투입됐다고 하더군."

전라도 보성만 해도 온전한 젊은이라면 모두 죽창을 들었다. 창의 총수 박광전을 비롯해 양향관(군량관리) 문위세, 체찰부연락(도체찰사연락관) 안방준, 수성대장(본진수성) 선상근, 좌의병대장 임계영, 종사관 정사제, 참모장 박근효, 참모 박광선, 별장 소상진, 남응길, 박사길이 의병 진용을 짰다. 의병으로는 강봉세 강희국 강인상 강희원 강희보 강희열 강희복 강승훈 강옥상 강절 김홍업 김언림 김신민 김예의 김덕방 김택보… 정응남 정길 정정달 정경수 조정의 진무성 채은남 채명헌 채용해 최대성 최언립 최억수 최억남 표헌 함덕립 황원복 황보진(가나다순)까지 146인이 참여했다. 뿐만 아니라 두리 갑성 한이 강룡 기갑 등 사노(私奴)들도 참여했다. 기록에 남아있지 않은 이름없는 병사들까지 합하면 작은 고을에 삼백여 명의 의병이 창의한 셈이다(이상 보성군지 발췌).

이는 전라도 고을의 평균적인 현상일 뿐, 보성 고을만이 특별해서 기병을 한 것은 아니었다. 창의 명단을 보면 부자간에, 혹은 형제간에 출병한 경우도 있었다. 이들은 향토를 지키는 일방으로 지례, 김천, 남원, 운봉과 경상우도로 진출해 길목을 지키고 있다가 왜군을 습격해 전과를 올렸다. 전과를 크게 올리지 못했다 하더라도 끈질기게 진드기처럼 따라붙어 괴롭히니 왜놈들은 학을 떼고 바닷가로 도주했다. 그리고 멀리는 경기도 독산성싸움, 행주대첩, 황해도, 평안도까지 진출했다.

정탁이 물었다.

"고경명 사후 그 군사들은 모두 어디로 갔는가?"

"장군이 전사한 뒤 익산에서 활약하는 소욱(蘇旭) 의병군 휘하로 들어갔다고 합니다."

"모장(謀將)을 얻지는 못하더라도 싸움에 임해서 굳게 물러나지 않을 사람 얻기를 원한다'는 말이 있더니, 과연 그렇군."

"그렇습니다. 전라도 병력은 다른 고장 군사와는 달라 웅치·이치의 공수(攻守)에서 맹장과 경졸(勁卒)이 많이 전사하였는데도, 퇴각하지 않고 끝내 다른 의병부대와 연합하여 행주산성으로, 진주성으로, 독산성으로 나가 왜적을 무찔렀습니다."(《선조실록》 40권, 선조 26년 1593.7.5.)

"그 점이 다른 고장과 다르단 말이다. 이렇게 의병들이 사선에서 목숨을 걸고 싸우는데 군졸들이 용기백배하지. 그런데 녹훈을 홀대할 것이 걱정이다. 사대부들이 공훈을 가로챌 것이 두렵다."

그러자 정충신이 나섰다.

"걱정하지 마십시오. 녹훈을 받기를 원하고 싸우는 것이 아닙니다. 사랑도 명예도 이름도 남김 없이 앞으로 나가자는 뜨거운 맹세만이 있을 뿐이옵니다. 앞장서서 나가니 '산 자여 따르라'는 가슴 속

북소리가 둥둥 울릴 뿐이옵니다."

정충신은 저도 모르게 두 주먹을 불끈 쥐었다.

"앞장서서 나가니 산 자여 따르라? 어디서 많이 들어본 소리렷다? 무슨 노래인가."

"민중 가운데서 부르는 노래입니다. 그러나 그것은 군가도 되고, 구호도 되고, 우리들의 뜨거운 맥박도 됩니다."

"얘기들이 심각하군. 환궁을 준비해야 하오."

예조참판 겸 부제학 이덕형은 이항복이 정탁과 정충신 군교, 관측병, 정탐병을 마주 대하고 이야기 나누는 것을 발견하고 성큼성큼 다가왔다.

그는 요근래 주로 외교활동에 매진하고 있었다. 왜란을 뒤처리하는 행정력은 그를 따를만한 사람이 없었다. 전국 각처에서 올라오는 상소문과 소문들을 걸러내 상감마마에게 올리는 임무를 포함해 명나라 군사를 요청하는 청원사로 북경을 다녀오고, 구원병으로 의주에 들어온 명군 장수들의 접반사로 뛰었으며, 평양에서 왜장 고니시 유키나가와의 담판대사로 나서 사태를 수습했다.

그는 예조의 업무 범위뿐 아니라 육조의 제 업무를 경계없이 넘나들었다. 나이는 이항복보다 다섯 살 아래였으나 두 사람은 서로 손과 발이 되어 국사를 꾸리는 경쟁자이자 둘도 없는 벗이었다. 신분과 지체로 보아 고리타분한 꼰대가 될 수 있는 위치였지만 둘 다 다른 백관들에 비해 기질이 진취적이고 개방적이었다.

"정충신 군교로부터 얘기를 듣고 있는 중일세."

이항복이 말하자 이덕형이 응수했다.

"그러면 바로 들어야지. 나도 골치가 아프오."

"그럼 내 집무실로 가세나."

모두 병조에 들어가 좌정하자 이덕형이 나섰다.

"경상좌수사 박홍이 왜군이 쳐들어오자 도망가버리고, 경상우수사 원균 역시 겁을 먹고 거제 본영을 비우고 육지로 도망친 것은 전쟁 초기라서 경황이 없어 그렇다 치더라도, 전쟁 일 년이 지난 지금도 그런 작태들이 빈발하고 있소."

그리고 청주성을 탈환한 승병장 영규 대사와 조헌 의병장을 모략한 수령이 있었다. 수령의 영을 거역했다 하여 그는 조헌 의병부대와 그 가족들을 잡아가두어 어린 것에게까지 장형(杖刑)을 가했다. 근래는 지방의 건달들이 왜의 밀정이 되어 의병군이 매복한 근거지를 밀고하고, 어떤 자는 초계 중인 의병 목을 따 왜 진영에 갖다 바치고 쌀가마니를 받아먹었다. 그런데도 관아는 방관했다. 대신 의병군에게는 푸대접이었다.

경상도관찰사 김수(金睟)가 왜군에 패전해 관군이 몰살당하자 홍의장군 곽재우(郭再祐) 의병장이 그를 패장으로 처단해야 한다고 주장했다. 김수는 반대로 곽재우가 역심을 품고 있다고 상소문을 올렸다. 군사를 키워 역성혁명을 기도하고 있다는 모략이었다.

"이 사람이 또한 감사를 죽이려고 하니 도적이 아니고 무엇인가. 징치하지 않으면 후환이 있을 것(연려실기술 권16, 〈선조 고사본말〉 임진의병 곽재우편)"이라고 방방 뛰었다.

곽재우에 대한 모략은 이것 뿐만이 아니다. 그가 나가 싸우니 왜군의 진격이 늦어지고, 아군이 전열을 재정비할 시간을 버는데 지방 수령들은 사병(私兵)을 키워 사욕을 채우고 있다고 비난했다.

그 대표적인 인물이 경상우병사 조대곤이었다. 늙고 겁이 많은 그는 적이 쳐들어오자 체면불구하고 도망쳐 숨다가 곽재우의 분노를 샀다(김성한의 '임진왜란' 일부 인용). 이로 인하여 파면되자 곽재우에게 원한을 품었다. 왕이 볼 때, 지방관에게 대드는 것은 권력의 권위에 도전하는 것이 된다. 의병은 국록을 먹는 정식 직원이 아니잖는가.

권력자의 속성은 첫째가 권력의 보위다. 그래서 누구나 의심하고 불신한다. 용렬한 군왕일수록 그 도가 심하다. 자기 이외에는 모두가 내부의 적이다.

이런 때 지방관들이 올리는 상소문은 진위를 가릴 것 없이 애절한 충성을 담보하는 글이다. 그리고 선악을 분명히 한다. 지방 수령은 왕을 대신하는 자리니 충성이 기본이다. 그래서 지방관에 대한 도전은 군왕에 대한 도전이다. 지방관에게 반항하는 자를 잡아들여 조지는 것은 권위를 세우는 바탕이 되고, 이때 조져서 패대기칠 때의 쾌감을 맛볼 수 있으니 오만한 권력의 진수를 향유하게 된다.

그런 성향은 위기의 상황에서 더욱 발휘된다. 나라가 어지러울수록 이렇게 조치하면 선의로는 해이된 기강을 바로잡지만, 악의적으로는 백성들을 가두어 두 번 다시 용심을 품지 못하게 한다.

그래서 분조의 광해도 백성들로부터 인기가 있다고 건방을 떨거나 우쭐대면 한 방에 갈 수 있다. 세자가 그러한데 지방의 필부들이야 새삼 말할 필요가 없다. 곽재우 이순신 권율 김덕령이 나라를 위해 분투해도 그저 차강표표(差強表表: '장수들의 공은 약간 나은 편이다'라는 선조의 평가)인 것도 지방 수령과 사대부들의 인색한 평가가 바탕이 된 것이다. 이런 것 때문에 이덕형도 골치를 앓고 있는 것이다.

선조는 어느날 곽재우(郭再祐)의 공로를 사정없이 깎아내렸다. 귀가 얇은 선조는 음해와 모략인 줄도 모르고 그를 닦아세웠다. 다른 장수들도 낮게 보았지만, 특히 곽재우에 대해서는 더욱 인색했다.

그게 그럴 만한 이유가 있었으니, 어떤 날 곽재우는 왕을 알현한 자리에서 "내외 정세를 살펴보건대 왜와 화의를 해야 한다"고 주장하고, 수군만 중시하고 육군을 등한시하는 군사정책 전반에 대해 비판을 쏟아냈다(선조실록 1600년 2월20일). 이런 외곬수 성격과 대드는 품이 심히 못마땅하여 왕은 그를 확실하게 밟아버릴 작정이었다.

"우리나라의 장수와 군사가 왜적을 막은 것은 양(羊)을 몰아 호랑이와 싸운 것과 같다. 이순신과 원균이 수전(水戰)에서 세운 공로가 괜찮고, 권율의 행주 전투와 권응수의 영천 수복이 조금 기대에 부응했으며, 그 나머지는 듣지 못했다. 그 중에 잘했다는 사람도 한 성을 지킨 것에 지나지 않는다(《선조실록》 1603년 2월 12일)."

선조의 장수들에 대한 평가가 이러하니, 의령 땅에서 까작까작 왜군 발밑을 갉우는 곽재우 따위는 눈에 보이거나 밟히지 않았으며, 그래서 훗날 선무공신에 이름 한자 올리는 것을 허락하지 않았다.

"이런 것들이 지방관들이 무시하거나 홀대해서 생기는 일 아닌가. 왜 이렇게 지방관들이 음해하고 모략하는 일이 생기는가."

좌찬성 정탁이 딱하다는 듯이 물었다. 정충신이 답했다.

"아까도 말씀드렸다시피, 의병들이 공을 세우면 투기하는 것이지요. 자기는 무서워서 나서지 못하는데, 대신 그들이 전과를 올리면 체면이 말이 아니 되고, 또 그들에게 공이 돌아가는 꼴을 볼 수가 없는 것입지요. 어떤 자는 의병의 공을 가로채는데, 그것이 들통날까봐 진짜로 공을 세운 자를 말도 안 되는 모략으로 밟아버린다는 것입니다."

정탐병이 나섰다.

"소인이 지방의 이곳저곳을 살피고 돌아온 바, 전라도 군사들은 그런 일이 없었습니다."

"그렇지 않다니, 왜 그렇다는 것이냐."

"이유는 모르겠습니다. 다만 철석 같은 단결력으로 진영마다 훈련을 강행하고 있었나이다. 고을의 산자락마다 훈련장이 설치돼 있었나이다."

"이끄는 자가 누구더냐?"

"지방 의병장들이지요. 그들 중 일부는 관병으로 보내고, 그러면 권율 장군이 휘하에 두고, 바닷가에서는 이순신 좌수사가 어촌의 장정을 모아 칼을 쓰는 법을 가르치고 있었나이다. 어촌 장정들은 칼이 서툴 뿐, 아기때부터 바다에서 살았으니 물을 다룰 줄 알지요. 그중에는 군선을 만드는 기술자들도 있었습니다."

"군선을 만드는 기술자?"

"그렇사옵니다. 나주의 나대용 유군장(遊軍將)이 그 종제 나치용과 함께 군선 제조를 이끌었습니다. 귀선(龜船: 거북선)을 완성해 실전 배치한 당사자들이옵니다."

"성능이 어떠하던가?"

"훈련중인 귀선의 입주둥이에서 불을 뿜을 때는 오장육부가 시원했습니다. 거북선은 한쪽에 8문의 대포와 40수 명의 노군이 있고, 쉰 명의 수군이 승선하는 전선입니다. 나대용 장군이 기존의 설계도를 변경해 규모를 더 크게 제조한 귀선인데, 왜의 수군들을 수장시키고도 남을 위용이었습니다. 실전에 배치된 것은 작년 사천해전 때부터입니다. 옥포, 합포, 적진포 해전 때는 미처 건조하지 못해서 판옥선 등 군선을 가지고 싸웠지만 사천해전에서부터 이순신 수사가 직접 귀선을 이끌고 나가서 왜선 12척을 격파하고, 사흘 후 당포해전에서는 20척을 박살냈습니다. 쓰임새가 용맹하고 담대하니 이 수사가 귀선을 더 제조하라고 독려하여서 나대용 장군이 화급히 대기 위해 기존의 배를 개량해 제작해 추가로 제공했다고 하옵니다. 지금은 다섯 척 내지 여섯 척이 해상을 누비고 있을 것이옵니다."

"듣기만 하여도 옹골차다. 성능이 그렇게 좋은가?"

"선체가 거북등같이 견고하고 180도 자유자재로 회전하니 방호력과 기동력과 공격력이 뛰어납니다. 왜 수군의 조총 사격에도 거뜬히 견딜 수 있도록 판자의 두께가 두치 반이나 된다고 합니다. 돌격하여 충돌하는 전법과 함포 전법을 쓰는데, 이때 왜선은 흔적조차 없이 사라집니다."

"가상한 일이다. 장성 변이중의 화차가 행주성 싸움에서 위력을 발휘하고, 김제 정평구가 제조한 비거(飛車)는 진주성 1차전에 투입되어 승리를 이끌었다고 하지 않았던가?"

정탐장은 남녘의 전황들을 재차 보고했다.

"그렇습니다. 육병들은 권율 장군 지휘 아래 맹수같이 싸우고, 수병들은 이순신 전라좌수사, 이억기 전라우수사 소속이 되어서 가는 곳마다 연전연승입니다. 이제는 안심해도 될 것이옵니다."

"연전연승이라. 신출귀몰의 축지법이라도 쓴다는 말이냐?"

"구덩이를 파서 들어가 위장하거나 숲 뒤에 매복해 있거나 또는 바위 틈에 숨었다가 튀어나오니 신출귀몰이라고 부르는 것입지요. 인간 세상에서 실제로 신출귀몰은 없습니다."

정탐장이 계속했다.

"전라도 군사들은 하나같이 왕조를 지킨다는 자부심으로 나뉨이 없이 움직이고 있나이다. 군사 조직은 점과 점, 선과 선, 마침내는 한 덩어리의 유기체가 되어서 움직이는데, 그것이 크고 작은 작전을 수행하는 기준이 되고 있나이다. 산악과 강을 이용해 관·의병이 합동작전도 펴는 바, 이는 장수들의 협업 체제가 잘 유지되었기 때문이지요. 전술은 지형에 따라 유격전과 지구전을 안배해 펼치고 있나이다."

"지구전을 펼 적이면 성질 급한 일본놈들이 지루해서 못 견디겠지? 하하하."

모처럼 병조 사무실에 웃음꽃이 피어났다.

"그렇습니다. 메뚜기처럼 날뛰니 숨어서 일격에 멱을 따는 데는 그만입니다."

"이순신 장수의 수군이 어촌 출신들이라고 했겠다?"

"그렇습니다. 해전은 지형과 조수를 이용한 전략이 중요합니다. 전라도 수군은 자기 고장 물때를 잘 알고, 대신 왜군은 모르는지라 왜군이 깨지는 것은 당연하지요."

이순신의 용병술과 여수 흥양(고흥) 완도 장흥 앞바다의 크고 작은 무인도에서 아름드리 큰 나무들을 찍어 와서 선재(船材)로 사용하니 부족한 배를 벌충했다.

"그들이 받는 녹봉과 먹는 것은 제대로 지급되고 있느냐?"

"영진군(營鎭軍: 영과 진을 지키는 정규군)과 속오군(束伍軍: 유사시 동원되는 지방군)에게 지급되는 양식의 양이 균일합니다. 포상제도까지 두어서 전투능력이 뛰어난 병사에게는 미곡과 포(布), 말린 해물을 상으로 지급합니다."

다음날 부제학 이덕형이 정충신과 정탐장을 따로 불러들였다. 그는 두 사람을 대동하고 어전에 나아갔다.

"전하, 정탐장이 삼남지방을 살피고 왔은즉 설명할 것이옵니다."

이덕형이 보고하도록 눈짓을 했다.

"전하, 왜놈들이 영남 지방을 분탕질하고 있습니다. 시간만 나면 미친 개가 되어서 약탈과 살인을 저지르고 있습니다. 이것들 때문에 정조가 온전한 여자가 없습니다. 왜놈 씨앗을 가진 여자들이 낭떠러지에 떨어지는 사례도 빈발하고 있사옵니다. 원하지 않는 수임을 한 아녀자들이 눈물 지으며 그런 행동을 하고 있사옵니다. 일부는 숨기고 사는데, 그러다 보니 종이 바뀌지 않을까 심히 우려되옵니다."

이덕형이 정탐장의 말을 받았다.

"당장 수습해야 하옵니다. 그곳의 질서를 바로잡아야 하옵니다."

"그렇게 하려면 어떻게 해야 하는가."

왕이 한숨을 쉬며 물었다.

"도원수를 현지에 파견해 민심과 군 기강을 일신해야 하옵니다."

"나이 든 도원수가 가려고 하겠는가."

"교체해야 하옵니다. 야전에 능한 장수가 적임입니다."

그러나 도원수를 교체하기가 난망했다. 도원수 김명원(金命元)의 가대는 선대 왕들과도 인연이 깊다. 직제학 벼슬을 한 그의 할아버지(김천령), 대사헌을 지낸 아버지(김만균)가 선왕의 충복이었고, 대대로 사대부의 중심에 있는 신분들이었다. 이런 그를 하루 아침에 날려버린다는 것이 인간적으로 난감하였다.

그러나 교체해야 한다. 가문의 위세를 믿고 피흘리는 현장에 머물러있지 않으려 한다. 왕의 주위를 맴돌며 수도권만을 사수하려고 한다. 그렇다고 전과를 올리는 것도 아니다. 한강전투, 임진강전투, 평양성전투, 벽제관전투에서 연장으로 깨지니 '패주장수'라는 악명까지 얻었다.

"김명원은 뼈대있는 가문인지라 학문이 깊고, 인품도 괜찮다."

"맞습니다. 성질이 온후하고 품성이 착합니다. 그러나 그것이 약점이옵니다. 전략이 안이하고 빈약합니다. 벽제관 전투 상황과 명과 왜의 강화교섭 사태에 대하여 조정의 입장을 제대로 반영하지 못한 것으로도 입증됩니다."

"그 점 과인도 괘씸하게 여긴다."

김명원이라면 사실 학을 떼고 있다. 그의 잘못된 상소로 애꿎은 장수 하나를 날려버린 것이 그것이다. 한강전투에서 패배한 도원수 김명원과 부원수 신각(申恪)은 밀려오는 왜군을 막지 못하고 도망가면서 각기 흩어졌다. 이때 신각은 유도대장 이양원이 있는 양주골로 들어갔다. 그곳에서 전열을 재정비해 해유령 전투에서 왜군을 격파했다. 김명원은 신각이 자기 휘하를 벗어나 이양원 군대에 합류했다는 보고를 받고 군영지를 탈영했다고 분개하며 상소문을 올렸다.

부원수가 남의 장수 밑에 가 있다는 것이 군율상 어긋난다는 비난에 선조는 이런 괘씸한 놈은 빨리 처단하라고 참수 명령을 내렸다. 그러나 해유령 전투에서 혁혁한 전공을 세웠다는 장계를 받자 부랴부랴 선전관을 보내 형 집행을 중단할 것을 명령했으나 신각은 벌써 형이 집행되어 양주골 군 진영 마당에 세워진 수자기(帥字旗) 꼭대기에 효수가 대롱거리고 있었다. 이걸 생각하면 속이 뒤집어졌다. 거기에 벽제관 전투에서 조명 연합군이 합세했는데도 왜군에게 발렸으니 그 책임 또한 적지 않았다.

그러나 함부로 자르면 후환이 있을 수 있다.

"경의 뜻이 무엇인 줄 알겠다만 세상 이치가 그렇게 뜻대로 되는 것이 있더냐?"

왕의 말을 듣고 정충신이 나섰다.

"상감마마, 제가 한 말씀 올릴까요?"

"말해 보렸다."

"성질이 온후하고 품성이 착하고 학문이 깊으면 그에 걸맞는 자리를 주시면 될 것이옵니다. 더 높은 자리로요."

"장수에게 그런 자리가 있더냐?"

"일찍이 권율 장군의 전라도 군사는 적재적소에 역할과 임무를 주니 능률이 배가되고, 전과를 크게 올렸습니다. 이치는 그와 같은 것이옵니다. 자리는 찾아보면 있사옵니다. 영직으로 승진시키시면 불만이 없을 듯하옵니다."

당사자가 인사에 불만을 가지고 있다고 하더라도 영직(榮職)을 주는 데야 마다할 이유가 없을 것이다.

"무슨 뜻인 줄 안다. 모시는 분이라고 애를 쓰는 것이 아니냐?"

왕이 의심스런 눈빛을 하자 이덕형이 대신 나섰다.

"마마, 지혜롭고 정의롭습니다. 그래서 데리고 왔나이다."

며칠 후 인사가 났다. 왕이 "권율을 도원수로, 김명원을 호조판서로 임명한다"는 어명이 내려졌다. 권율의 출세는 늦은 편이었다. 선조 15년(1582년)에 45세의 나이로 문과에 급제했는데 당시 문과 급제의 평균 나이가 28세 전후라는 통계에 비추어 보면 상당히 늦은 출발이었다. 그러나 똑똑한 부하를 두니 입관(入官) 10년 만에 군 최고 통수권자가 되었다.

이 소식을 듣고 이항복이 정충신을 불렀다.

"조정의 어지러운 풍토에서 너의 행실은 연꽃과 같다. 하지만 함부로 나서지 마라. 곧바로 임지로 부임하거라. 남의 눈이 있다. 일이 정당해도 오해를 살 수 있느니라."

알다시피 권율은 이항복의 장인이다. 자칫 정실 인사라고 휘말릴 수 있다.

권율이 도원수 직함을 받고 경상도로 내려간 것은 임금이 평안도 영유에 머문 1593년 6월 하순이었다. 정충신도 선사포 임지로 귀임했다.

선조의 환도는 도대체 늦기만 했다. 왜군이 떴다 하면 숨느라 정신이 없었다. 이동 행궁의 광에 숨거나 대숲으로 숨어들었다. 왜 이리 겁이 많은지 알 수 없었다.

고생하는 사람은 아랫것들이었다. 돌림병마저 돌자 행여나 병에 걸릴까, 내시 마부 의관 별좌(임시직 별관) 사알(내시부의 잡직)들이 밤낮을 가리지 않고 왕의 침소에서 대기했다. 숲에 숨으면 옷을 가져다 대령하고, 냉수를 떠다 바쳤다. 때로는 미치광이처럼 자다가도 벌떡 일어나 고함을 지르고 식은 땀을 흘리며 대소변을 지릴 때, 이를 받아내고, 기침 끝에 가래와 콧물을 흘리면 대신 빨아먹기도 했다. 처자식 바라보고 또는 정규직 변신과 승진 하나를 바라보고 모시는 모습들이 가여웠지만, 그 지극정성 하나만은 눈물겨웠다. 선조도 이들을 격려했다.

"어떤 신료들은 가솔을 이끌고 도망가기 바쁜데 천한 것들이 진정으로 왕을 모시는구나. 너희가 충신이지, 충신이 따로 있냐. 세상 별게 아니다."

조정 신료들은 허접한 것들이 해야 하는 일을 마땅히 하는 것인데, 왕이 지나치게 편애한다며 불만을 가졌다.

"저런 것들과 어깨를 나란히 해서 호종공신록에 오를까 두렵고만…."

"아, 천한 것들하고 공신회맹연에 참석하고, 충성을 다짐하는 소반의 피를 마시고 맹서할 것을 생각하면 소름이 끼치는군. 비웃음을 살 일이야…."《선조실록》).

이런 가운데 왕은 평안도 강서로 내려와 두 달 머물렀다. 이여송 도독이 황주에 머물러 있다는 소식을 듣고서야 남행길에 오르니 추석 무렵이었다. 그곳에서 본국으로 귀환하는 이여송을 만나 추석상을 함께 받았다.

"전하의 두 왕자 임해군과 순화군이 북상 중이오. 내가 석방하도록 조치했소이다."

이여송이 선물 보따리를 풀어놓듯 말하자 왕이 감격한 나머지 무릎을 꿇다시피 예를 취했다.

"감사하고 감사하고, 또 감사한 일이오이다. 이 은혜를 어찌 갚아야 할지 모르겠소."

머리를 조아리니 주군의 위치가 바뀐 것 같았다.

"저 또한 미안한 일이 하나 있소이다. 부하들이 내놓고 고을을 돌아다니며 약탈을 일삼고, 양민을 살해하고, 부녀자를 겁탈했으니 미안한 일이오이다."

"그런 말씀을 다 하다니요. 우리가 제대로 대접하지 못해서 생긴 일이요. 그런 불미스러운 일을 우리가 자초한 면이 있지요. 고을사람들이 제대로 대접하지 못해서 생긴 일이니 괘념치 마시오."

가토 기요마사에게 인질로 잡혔던 임해군과 순화군 일행이 아비를 만나러 북상중이라는 말을 듣고 선조는 곧바로 봉산으로 내려갔다. 임해군과 순화군이 풀려난 것은 조명 강화회의 결정에 따른 것이었다.

"고생하였도다. 오는 과정에서 백성들은 어떻더냐."

왕이 두 왕자를 마주하고 그동안의 안부를 물었다.

"제가 죽을 판인데 눈에 들어오는 것이 없었나이다."

왕은 그럴 것이라고 고개를 끄덕이며 두 자식들을 측은하게 내려다보았다. 왕자들은 전쟁으로 논밭이 잡초만 무성하고, 피골이 상접한 백성들이 통곡할 힘조차 없는 모습으로 길바닥에 쓰러져 있는 광경들을 보긴 했으나 피상적이었다. 늘 그러니 그러려니 하고 보았을 뿐이다.

"그래, 이렇게 살아나온 것도 명나라의 보은 때문이니라."

아비 선조는 임해군 진을 볼 때마다 가슴이 더 아팠다. 왕권의 적자 승계 원칙에 따라 그에게 왕위가 넘어가야 하는데 조정 신료들이 한사코 일어나 반대한지라 어쩔 수 없이 차자인 광해에게 세자 자리를 넘겨주었다. 그런 처지에 근왕병을 모집하러 강원도로 갔다가 왜군에 쫓겨서 함경도까지 밀려갔던 것이다. 함경도는 또 오죽 추운 곳인가. 그곳에서 주민의 밀고로 왜군에게 잡혀 곤욕을 치르기까지 했다.

선조는 왕이 되리라는 것을 꿈에도 생각지 못했다. 중종의 다섯 번째 후궁과의 사이에서 태어난 덕흥군의 3남이었으니 족보로 따지자면 왕권의 곁불도 쬐기 어려운 신분이었다. 요행히도 자식이 없는 대비마마(명종의 비)의 눈에 들어 왕위를 물려받았다. 신분이 이러니 조정 신료들도 그를 평가하지 않는 것 같았다. 최고의 행운으로 상감자리를 얻었을 뿐, 도대체 내놓을 게 없다는 것이다. 이런 것들 때문에 영이 서지 않아 왕권을 행사하는 데 무진 애를 먹었다.

그래서 장자에게 왕위를 물려주고 싶었는데, 임해군이 성질이 포악하고 노비를 죽이기까지 했으니 일찍 파문을 당하고 말았다. 양사(兩司: 사헌부와 사간원)로부터 탄핵을 당해 도리없이 차자인 광해에게 세자 자리를 넘긴 것이다. 그런 처지에 오지 중의 오지 함경도에서 고생하다 왔으니 아비로서 마음이 처연하지 않을 수 없었다.

그러나 임해는 대수롭지 않다는 듯이 말했다.

"국경인과 그 숙부 국세필 이 놈들 목을 따버려야 제 속이 시원할 것 같습니다. 그놈들 때문에 소자 이 고생한 것 아닙니까."

그는 함경도에 동생 순화군 보와 함께 움직였다. 그런데 어느 날 국경인과 국세필 일당이 가토 기요마사 2번대장 진영에 밀고해 붙잡히고 말았다. 국경인은 그 지역의 향리였다. 국경인의 눈으로 볼 때, 이들은 왕자라고 할 것이 없었다. 하는 꼬라지가 도대체 한심했다. 사냥한 사슴과 멧돼지가 화살을 맞고 어디론가 숨어버려 다음 날 찾으러 나서도 없으니 고을 사람들이 몰래 거둬다 먹었다고 마을 사람들을 불러내 개패듯이 패고, 혹 사냥감을 찾았다며 작은 노루를 가져오면 큰 것을 숨기고 작은 것을 들이민다고 창으로 눈을 찔렀다.

애초에 낚시질이든 사냥질이든 놓친 고기는 큰 법이다. 그뿐만이 아니다. 술과 안주를 제공해야 하고, 여자도 갖다 바쳐야 했다. 몸이 아파 징병에 못 나간 장정을 꾀병이라고 팼다. 임해군은 나이가 21세니 그렇다 치더라도 13세의 순화군도 그 형을 그대로 따라 못된 짓을 했다. 동네 개를 불러서 흘레를 붙이고, 흘레 붙는 수컷 배때지를 칼로 쑤셔박아 난자를 하고, 지나가는 노비를 옷벗겨 채찍질을 가했다. 민정을 시찰해 가여운 백성들을 보살펴야 하는 왕자들이 그 모양이니 국경인과 국세필이 가토 기요마사에게 밀고했다. 왜군에게 밟히나 왕조에 밟히나 그게 그거라고 생각한 그들은 죄책감없이 이런 짓을 했으니 나라가 망조에 선 것은 분명해보였다. 국경인 국세필 또한 그 지역의 탐관오리였으니 그놈이 그놈인 것이었다.

"원기 회복하면 그자들 멱따러 가야겠습니다."

"그들은 이미 정리되었다."

왕이 간단없이 말했다.

국세필은 두 왕자를 호종하였던 대신 김귀영과 황정욱·황혁 부자, 남병사 이영, 부사 문몽헌, 온성부사 이수 등도 잡아 가토 군에게 넘겼다. 이에 회령유생 신세준과 오윤적이 두 사람을 잔치집에 유인해 참살해버렸다.

왕은 환도하고 있었지만 얼핏 보기에 유람단 같았다. 가다 서다를 반복하니 산천경개를 구경나온 대갓집 가솔들로 보였다. 실은 왜군이 무서워서 내려오다가 숨다가 가다가를 반복한 것일 뿐이었다. 왕은 명일, 두 나라 간에 조선반도가 생선토막 나누듯 사이좋게 나누는 비밀회동을 갖고 있었다는 사실조차 알지 못했다. 두 나라가 비밀에 부치긴 했지만, 그는 잠자리에서 걸핏하면 통곡하고 괴성을 지르고 신체 마비증세가 생기는 발작증세를 보이고 있었으니 정신도 온전하지 못했다(《선조비망기》). 그래서 다른 생각을 할 겨를이 없었지만 하지도 않았다.

왜는 하행하면서 경상도 해안을 마지막 교두보로 만들기 위해 광양만에서부터 부산포, 울산포까지 고을백성들을 동원해 왜성을 쌓고 있었다. 이들 고을은 벌써 왜의 지배를 받고 있었다.

이때 신임 도원수 권율이 경상도로 떠나고, 정충신은 선사포로 귀임한 것이다.

정충신이 집에 들어서자 마당의 깃대 끝에 웬 효수된 머리가 매달려 바람에 대롱거리고 있었다.

"깃대의 저 두상은 무엇이오?"

정충신이 집을 지키고 있던 하양 허씨에게 물었다. 그녀는 여름인데도 잘록한 범털 조끼를 걸치고 있어서 흡사 여두목 같았다. 그가 부재한 사이 선사포 상황이 많이 바뀐 모양이었다.

"산적 수급이옵니다."

"산적 수급이라니?"

"명군 탈주병인데, 명병 잔당들이 마을에 들어와 황소를 끌고 가고 돼지 닭, 곡식 무엇이든지 닥치는대로 강탈해 갔나이다. 전쟁에는 약하고 약탈에는 능한 자들이지요. 저놈이 마을의 소녀를 뒷집 헛간으로 끌고 가 겁간하고 있었습니다. 소녀가 비명을 지르고 저항하는 것을 소첩이 발견하고 뛰어들어가 쇠스랑으로 놈의 등짝을 찍어버렸지요. 명군사령부에서 이 소식을 접하고 소첩에게 상을 내렸습니다."

"상을 내렸다고?"

"탈주병이 잔당을 끌어모아 무기를 지니고 떼를 지어 다니며 살인과 약탈을 일삼는 비적이 되었으니 현상금이 붙은 것이지요. 저놈을 때려잡으니 명군사령부가 '아녀자도 저렇게 용감하다'는 표상으로 우리집 마당에 탈주병 두상을 장대에 꽂아 매달아놓고 널리 알린 것이랍니다."

정충신은 겁 없는 여자에게 더 이상 할말이 없어서 행장을 수습했다. 식사하는 앞에 하양 허씨가 앉았다.

"서방님, 철산 가도가 심상치 않습니다. 요동의 배가 가도에 들어가 행패를 부립니다. 정체도 불분명합니다. 길이 뚫리면 쥐새끼들처럼 뻔질나게 드나들 텐데 앞으로가 문제입니다."

"항상 문제 아닌가?"

"들어보시어요. 요동인들이 건어와 목재, 약초를 약탈하러 온 것을 명국에 통보하면 요동의 변장들이 화를 내는 한편으로 책망 받을까 우려되어 더욱 까탈을 부릴지 모릅니다. 명이 약해지니 변경이 흉흉해지고 있습니다. 앞일이 어쩔지 모르니 명국 예부(禮部)에 직접 통보하지 말고, 진하사(進賀使: 임시로 파견되는 비정규 사신)가 명국에 갈 때에 이자(移咨: 자문을 보내는 외교문서)하는 것이 필요해 보입니다."

"그 사이 저놈들이 도주해버리면 어떡하고?"

"도망가고 안 가고의 사정까지 감안할 필요는 없습니다. 사세가 복잡하니까요."

"어떻게 사세가 복잡하오?"

"잘 보세요. 지금 가도에서 명국인들은 여러 척의 배를 모아 무기까지 갖추고 우각(牛角)을 불면서 쳐들어왔다고 하는데, 이 자들 위의 명을 어기고 노략질을 하는 자들임이 틀림없습니다. 여진족들과는 또 다른 문제지요. 요동에서도 명인들을 잡았다고 하면 통쾌하게 여길지 모릅니다. 그들을 힐문하여 죄상을 명국에 통보하는 것이 어떻겠습니까."

명나라는 총병을 두고 요동을 다스리고 있었으나 여진족에게 밀리고 있어서 낮엔 명국, 밤엔 여진족이 지배하는 형국이었다. 바닷가 유역만 명의 지배하에 있을 뿐, 내륙은 사실상 여진족이 장악하고 있었다. 그러니 누구를 상대해야 할지 애매하였다. 조선은 명나라의 지원을 받고 있으나, 세가 나날이 커져가는 여진족도 무시할 수 없었다.

"가도를 수습하고, 변경으로 진출하여야 합니다. 변경 또한 심상치 않습니다. 명과 여진족 사이에서 조선의 위치를 잘 세워야 합니다. 군사력만 가지고 되는 것이 아니고 외교력이 필요합니다. 외교력이 바로 군사력이지요."

선사포와 가도는 전략요충지였다. 모문룡 사건에서부터 유흥치

난의 근거지가 된 곳이었다. 이것을 예견하고 하양 허씨는 미리 방비하자는 것이었다. 그녀가 다시 힘주어 말했다.

"남쪽 왜구만이 위험한 것이 아닙니다. 명과 여진족 사이에서 조선의 위치를 세워야 합니다. 변경으로 가세요."

"왜 험지로 가라는 것이오? 나는 왕명에 따라 움직일 뿐이오."

"모두가 기피하는 험지는 자원하면 되는 것이옵니다. 중앙 정치엔 기웃거리지 마세요. 투기하고 모함하는 곳에서 무얼 얻으려고요? 상감마마 환도 중에도 목이 나간 사람들이 많습니다. 장군들의 공을 시기해서 모함한 뒤 공을 빼앗는 자가 있습니다. 전하께옵서는 백성들의 식량을 거둬 명나라 군대에게 보급하라고 명령하는데 굶주려 죽는 백성들이 하루에도 수십 명씩 나오고 있습니다. 명군이 와서 하는 것이라곤 연전연패인 데다, 뒤로는 왜군과 화의하고 있지요. 조선군이 행주성 싸움의 승세를 몰아 왜군을 밀어붙이면 완전한 승리를 가져올 수 있는데도 명이 들어서서 화약(和約)을 맺으려 하니 우습게 되었습니다. 이런 것들을 보면 사람들이 정신이 있는가, 화가 나지요. 이럴 바에는 변경으로 나가십시오. 굳굳하게 군인의 길을 가세요."

"점을 보았던 것이오?"

"서방님이 행주산성으로 출정한 다음, 소첩은《주역》을 통독하고, 매일 기도로써 나라의 앞날을 점쳤나이다."

"그랬더니?"

그녀의 신통력과 예지력은 뛰어났다. 그러나 정충신은 하양 허씨 뜻과는 반대로 얼마 후 조정으로 들어오라는 왕명을 받았다.

정충신에게 선전관 임무가 부여되었다. 이항복 대감의 명으로 궁의 질서를 바로잡아야 한다면서 궁으로 들어와 직을 수행하라는 명령이 떨어진 것이다.

3궁(宮)이 전부 소각되어버렸기 때문에 왕은 군기시(軍器寺) 옆 정릉(오늘의 덕수궁 주변)의 월산대군 옛집과 양천 도정(都正) 이정이 살던 집, 그리고 사화 때 죽은 어느 왕자의 옛집과 심의겸 집을 접수해 임시 행궁을 차렸다. 경복궁과 창덕궁, 창경궁 등 3궁은 나뭇조각 하나 건질 수 없을 정도로 불에 타버렸고, 귀중한 전적을 보관한 춘추관마저 타버렸으니 왕조의 체통과 권위는 어디서도 찾을 수 없었다.

골목마다 굶어죽은 사람이 엎어져 있거나 도랑물에 발을 적신 채 기진해 있고, 사람끼리 서로 잡아먹는 일도 일어났다. 거리는 폐허가 되어 있었다. 사람들이 허약한지라 돌림병이 돌면 그대로 모조리 죽어나갔다. 그런 속을 쥐떼들이 몰려다니며 시체들을 뜯어먹었다.

왕이 환궁했다고 해도 백성들은 반가울 것이 없었다. 이런 도성을 바로잡으라고 이항복 대감이 정충신을 불러들인 것이었다.

정충신은 궁으로 오긴 했으나 맞지 않는 옷을 입은 것처럼 매사가 거북스러웠다. 한양 생활이 체질에 맞지 않았다. 석반을 마치자 그는 오동나무가 베어진 나무 그루터기에 앉아서 먼 고향 하늘을 바라보았다. 싸아하게 어떤 절망감이 가슴을 훑어오고 있었다. 그런데 뒤에서 그의 어깨를 가볍게 치는 자가 있었다. 뒤돌아보니 평복 차림의 광해였다.

"아니, 저하께서 어떻게 이런 복장으로 여기까지…."

"내가 어때서. 사람들은 흔히 어떤 고정관념에 빠져서 당신은 그래선 안 되는데 하지만 그게 옳은가. 예법과 가치 기준 때문이기도 하겠지만, 그런 건 관념의 조작에서 나오는 허구야. 난 그런 것이 싫어. 숨 막히지 않나?"

"그렇습지요."

정충신은 그가 새삼스럽게 보였다.

"얼굴색이 안 좋은데, 궁궐 생활이 별론가?"

"소인은 이곳이 맞지 않습니다."

"그러면?"

"북쪽 변경으로 가야지요."

"그래? 너도나도 왕실에 접근하려고 난린데 신선한 말이군. 내가 분조를 맡아 영변, 삭주, 안주, 영변, 평양, 묘향산 들를 때 우리 만났지? 그땐 서로 바빠서 긴 얘기 나누지 못했지만 관심을 갖고 있었지."

"세자 저하는 동분서주하며 소임을 다하셨고, 조정과 백성의 가교 역할을 다 하셨지요. 그래서 백성의 명망을 받게 되었습니다. 우러러 보았습니다."

"하지만 인기를 얻는 것이 썩 좋은 것은 아니야."

"인기를 얻는 것이 좋은 것이 아니라니요?"

"잘해도 욕인 경우가 있지. 권력의 세계에서는 그래. 주상전하는 내가 탐탁치 않은가봐."

그는 스스럼없이 말했다. 그리고 뭔가 깊은 말을 하려는 듯했으나 내비치지는 않았다.

"세자 저하는 현군의 자질이 있습니다."

광해가 대수롭지 않은 듯 받았다.

"형이나 동생들이 개판치고 있어서 내가 돋보일 뿐, 누구나 할 수 있는 일이야. 내가 왕이 된다면 특수한 위치에서 큰 장애물없이 일할 수 있다는 것 때문에 능률이 오른다고 봐야지. 다른 사람보다 더 많은 실적을 올리는 것이 당연한 거야. 하지만 나대면 안 돼."

정충신도 생각하는 바가 있어 쉽게 수긍했다. 다른 왕자의 행패가 심해가고 있었다.

"군사훈련을 강화하고 투항해 온 항왜(降倭)들에게 조총 쏘는 법과 탄환 만드는 기술을 관군에게 가르치도록 할 거야."

그는 새로운 계획을 말했다. 그리고 물었다.

"누르하치에 대해서 알고 있나."

"누르하치는 명으로부터 도독첨사로 임명되어 사르후, 영원성에서 복무하다가 지금은 용호장군으로 만주벌판을 누비고 있습니다. 해서여진(海西女眞)을 멸망시키고 독자적 힘을 기른 뒤 독립하였습니다. 다른 여진족에 비해 선진된 부족을 이끌고 제 부족을 통합하여 명국과 맞장뜰 정도로 힘이 커졌습니다. 이런 세라면 천하를 잡을 것입니다."

"그 힘이 어디에 있다고 보는가?"

"그는 치밀하게 이길 조건들을 만들어놓고 싸움을 벌이지요. 요충지 확보와 기동전, 첩자 파견, 매복과 기습전 전술을 구사합니다."

"그건 우리가 배워야 하지 않겠나?"

"제가 쓰는 전술입니다. 우리 지형에 맞는 전법입니다."

"다른 병법이 또 있을 것인데?"

"누르하치는 자신을 뺀 나머지를 우선시하고 있습니다. 우리 사대부와는 다르지요."

"우리 사대부는 자신을 뺀 나머지를 모두 적으로 돌리나? 그럴 듯하군. 하여간에 조선의 사대부는…."

그는 더 말하려다가 말았다.

"저하, 누르하치라는 이름은 '멧돼지 가죽'이라는 뜻입니다. 멧돼지 가죽은 질기고 추위를 잘 견디지요. 그의 기질을 말해주는 것입니다. 변방의 일개 부족이었던 누르하치가 명과 대결하고, 중원의 지배자로 나서려 하는 힘은 그런 기질에서 연유하는 것입니다. 오랑캐라는 여진족이 특유의 야생성으로 중국대륙을 노리고 있습니다. 기동력에 의한 전환과 변화에 능합니다."

"그건 우리도 배워야 하겠지?"

"당연합니다. 그들은 명의 문명화된 것을 자기화했지요. 얼른 보면 명의 신국처럼 보이지만 실상은 중국을 정복할 야욕을 꿈꾸고 있었습지요. 감히 종주국을 어떻게 정복하느냐, 어림도 없다고 우린 꿈도 꾸지 않지만 누르하치는 아들들에게까지 야망을 키우고, 자기 대에 이루지 못하면 너희 대에 이루라고 가르치고 있습니다. 기상은 생명력의 근원이라는 것입니다."

"진취적 기상은 생명력의 근원이지…."

"우리는 그들과 손잡아야 합니다. 그들은 우리와 같은 종입니다. 여진족은 우리의 고구려에 복속되어 살던 종족이었지요. 고구려는 성 안에 도시와 촌락을 이루면서 살고, 여진족은 기마족답게 유목생활을 하면서 사는 게 다를 뿐입니다. 우리가 안에 갇혀사는 사이 여진족은 힘을 키우고 정벌을 꿈꾸었습니다."

"무식한 자들이 그들이 우리와 같은 종이라는 걸 알랑가 몰라?"

"그러나 적일 수밖에 없습니다. 우리의 고토를 차지하고 있으니까요. 한민족이 최초로 세운 고조선 땅에 그들이 들어와 나라를 만들어가고 있습니다. 만주와 발해만 일대를 차지하고, 그 여세로 연경(북경)을 함락시키러 나서는 것입니다."

"우리도 기마민족의 습속과 기질이 남아 있잖나. 그 특질을 살려서 새로운 길을 가야지. 장차 이상적인 대륙국가를 건설해야 하지 않겠나."

"옳은 말씀입니다."

꿈은 좋지만 그게 가능할까. 기득권 세력이 권력 심부에 포진하고 있는데… 그들은 후궁이 국모가 되었으니 상(喪)을 1년상으로 치를 것이냐, 3년상으로 치를 것이냐, 상장(喪章)을 오른쪽에 달아야 하느냐, 왼쪽에 달아야 하느냐로 피터지게 싸우는데, 어느 세월에 그런 꿈을 꿀 수 있겠는가. 열린 세계관이란 것이 도대체 그들의 가슴에 새겨져 있을까. 이익만 추구할 뿐 미래를 내다보지 못한다. 안주하니 다른 어떤 변화도 수용하지 않는다. 변화를 말하면 이적시한다.

"발해만과 만주 일대에 역사를 일군 우리의 선조, 기마민족의 후예로서 웅혼한 기상이 깃발처럼 나부낀다. 상상만 해도 시원하군. 하지만 안방에서 싸우는 자들이 과연 나라다운 나라를 만들 수 있겠나."

광해가 답답하다는 듯 가볍게 자기 가슴을 쳤다. 정충신은 그의 다음 말을 기다렸다. 광해의 뜻이 자신의 이상과 일치했다.

"변방에 다시 가고 싶다고 했지?"

"그렇습니다. 여기를 벗어나고 싶습니다."

"변경으로 간다면 밀명을 내리겠다. 누르하치를 만나거라."

24장 변경

일곱 날을 밤낮없이 말을 달리니 압록강 변경에 이르렀다.

정충신은 말 잘 달리는 장졸 넷을 이끌고 변경까지 왔다. 새벽녘의 강심은 짙은 안개에 싸여 신비스런 장엄함을 내뿜고 있었다. 그는 강가에 매어져 있는 배에 올랐다.

"번갈아서 젓기 바란다."

함께 온 병사들에게 명령했다.

"어디를 가시려구요."

조장인 허풍달이 물었다.

"따르거라."

정충신은 행선지를 말하지 않았다. 변방을 지키는 수병과 육병 몰래 가는 길이니 어디로 간다고 말할 수가 없었다. 작전 수행이라면 행동 직전에 말해야 한다.

강을 건너자 건주여진의 조그만 부대가 나타났다. 건주여진은 세력이 확장돼 산해관, 영원성까지 진출하고 있었다. 압록강에서 고구려 발해의 고토를 장악하고 있는데, 족장 누르하치가 장악하고 있었다. 그는 지금 명의 용호장군이었다. 랴우둥(요동) 도독 이성량이 누르하치에게 용호장군으로 임명하고, 여타 여진족을 제압하도록 한 것이었다. 말하자면 오랑캐가 오랑캐를 치는 이이제이(以夷制夷) 전법을 구사하도록 한 것이었다.

정충신이 건너 강가에서 어슬렁거리고 있는 초병에게 다가갔다.

"초장(哨將)을 찾아왔다. 안내하라."

"누구냐?"

"강건너 조선에서 건너왔다."

"무슨 일이냐."

"초장에게 말하겠다. 긴요한 일이다."

정충신이 굽힘없이 말하자 초병이 쫄더니 따르도록 눈짓을 하고 앞서 걸었다. 그가 깃발이 나부끼는 막영으로 정충신 일행을 안내하더니 문 입구에서 소리쳤다.

"초장, 조선 땅에서 웬 장졸들이 왔소!"

"들여 보내."

정충신 일행이 막영 안으로 들어섰다. 바람에 천막이 들썩거렸다.

"무슨 일이냐."

들어선 그들을 향해 초소장이 물었다.

"밀서를 가지고 왔다. 용호장군을 만나고자 한다."

"용호장군?"

초소장이 갑자기 긴장한 모습이 되었다.

"조선 왕의 밀지를 가지고 왔다. 명나라보다 여진족과의 친선이 우리의 목적이다."

"니들은 필시 간자(間者)들이다. 이놈들 당장 포박하라."

초소장이 소리치자 한쪽에 웅크리고 있던 병사들이 달려들었다.

"진정하라. 누르하치 용호장군은 조선의 후예다. 랴우둥 도독 이성량 장군 역시 조선의 후예고, 이 도독의 아들 이여송 총대장이 명군을 이끌고 조선에 출병하지 않았느냐. 이런 내용도 모르고 나를 포박하려 하느냐?"

그제서야 초소장이 경계를 풀고 응대했다.

"나 역시 누르하치 장군의 가계도와 이성량 도독의 가계도를 알고 있다. 그래서 조선인에 대해서는 우호적이다. 하지만 너희들은 우리를 무식한 오랑캐로 업신여기고 있다. 누르하치 장군은 조선에 우호적인데, 너희는 우리를 배척하고 명만 따르고 있다."

"누르하치 장군 역시 명의 장군 아닌가?"

"헛소리 말라. 이성량 도독이 누르하치를 이용하고, 누르하치 장군 역시 이성량을 이용할 뿐이다."

초소장은 엉뚱한 얘기를 했다.

"당신은 누구냐? 함부로 말하는 것 보니 보통 초장은 아닌 것 같군."

그가 대답 대신 누르하치 장군을 만나려거든 산해관으로 들어가야 하는데, 가는 도중에 팔기군에게 잡힐 것이라고 했다.

"그러면 어떻게 할 것인가."

"여기서 기다려라. 이삼 일 후 여기로 오실 것이다."

"장군의 동태, 군사기밀을 함부로 말하는 것 보니 초소장이 보통 신분이 아닌 것 같은데, 당신의 정체가 뭐냐."

그가 스스럼없이 대답했다.

"누르하치 장수의 처남이다. 하하나지칭의 동생이다."

"하하나지칭이 누르하치의 부인이냐?"

"그렇다. 우리는 왕족, 장졸 구분없이 전방에 나와 있다. 여진을 통합한 뒤 친족 처족 할 것 없이 변경에 나와 있다."

여진족은 압록강 유역과 요동반도 중심의 건주여진, 헤이룽강 유역의 해서여진, 쑹화강과 두만강 상류, 연해주 변경의 동해(야인)여진의 3대 세력으로 크게 나뉘어 군웅할거하고 있었다. 나머지 소수 부족인 만주 울아 예허 하다 호이파는 이들 3대 부족에 병합되거나 주거를 이동해 독립적으로 살아가고 있었다. 근래는 건주여진 5개 부족, 해서여진 4개 부족, 동해(야인)여진으로 통폐합되었다.

건주여진의 부족장 누르하치는 명의 요동 도독 이성량의 지원으로 중국 북동부 여진 부족들을 통합해 나가는 중이었다. 명나라의 여진족에 대한 통치정책은 여진족들끼리 단결하지 못하도록 분열 정책을 폈던 것인데, 부족들이 경쟁적으로 명의 땅에서 노략질과 살인이 극심해졌다. 명은 건주여진의 누르하치에게 이들을 제압해 다스리도록 군사지원을 했다. 이것이 말하자면 이이제이(以夷制夷)다.

밤이 깊자 말발굽 소리가 요란하더니 한 무리의 군사들이 막영지로 들어왔다. 누르하치가 휘하 막료들을 데리고 들어온 것이었다. 누르하치는 호피 조끼를 입고 호랑이 가죽 군모를 쓰고 있었다. 호위 장정들은 조총과 칼을 차고 있었다.
누르하치 처남 용이지가 자리에서 일어나 허리를 구부렸다.
"왜 이렇게 미리 오셨습니까. 모레 오시기로 하지 않았나요?"
그의 대답을 묵살하고 누르하치가 물었다.
"헤이룽강 쪽 사람들 안 왔더냐?"
"그쪽 사람은 아니오고 조선에서 밀사가 왔습니다."

"밀사?"

정충신이 앞으로 나섰다.

"조선 왕실 선전관 정충신 아뢰옵니다. 세자 저하의 밀서를 가지고 왔나이다."

"자리를 마련하렸다."

순식간에 접대 자리가 마련되었다. 누르하치는 훤출한 키에 잘 생긴 장골이었다. 턱이 발달해 힘깨나 쓰는 인물로 보였다.

영웅호걸이 여자를 밝히듯이 그는 가는 곳마다 여자를 맞아들였다. 맞아들였다기보다 빼앗았다. 그는 죽을 때까지 여자들로부터 아들 열여섯을 얻었고, 여식은 열셋을 두었다. 죽은 아이까지 포함하면 오십 명이 넘으리라 하였다. 그는 처녀를 취하는 취향이 남달랐다. 힘을 쓰는 처녀를 취했다. 이런 일도 있었다.

어느 강 유역을 지나는데 처녀가 궁둥이를 까고 오줌을 누고 있었다. 오줌발이 너무 세서 흙바닥을 세 치나 팠다. 누르하치는 부하를 시켜 그녀를 납치해 왔다. 그리고 그녀에게서 태어난 아이가 셋째아들 아배였다. 아배는 추후 장성해서 만주지역에서 여진족 최고 군호인 우룩장경이라는 직함을 받았다.

"그래, 무슨 일인가?"

자리에 정좌하자 누르하치가 물었다. 정충신이 가지고 온 보퉁이를 양손에 받쳐 올렸다.

"무엇인가."

"세자님께서 갖다 바치라는 선물입니다. 개경 인삼이올시다."

그러자 누르하치가 껄껄 웃었다.

"역시 예법을 아는 나라군. 내가 인삼 좋아하는 것은 어떻게 알았누? 내가 이렇게 용을 쓰는 것은 창바이산(백두산) 산삼 덕분 아닌가?

우리를 늘 오랑캐라고 하대하던 조선 왕실이 나에게 이런 귀한 선물까지 가지고 오다니, 놀랍군. 그래, 오랑캐를 본 기분이 어떤가?"

"장군. 우리가 여진족을 오랑캐라고 부른 적이 없습니다."

그가 화를 냈다. 날짐승을 잡아먹고 살아서인지 그는 다혈질이었다.

"여직껏 여진족을 오랑캐라고 하지 않았던가?"

"그렇게 부른 것이 아니라, 노략질하는 자를 부르는 것입니다. 변경의 조선 주민을 괴롭히니 그런 말이 나오는 것입니다."

"우리는 고구려 발해 고토의 같은 족속으로 아는데 조선이 우리를 야만시한단 말일세. 예법은 익히면 되는 것 아닌가. 그런데 진인(여진사람)을 업신여긴단 말이야. 명색이 문명국인 조선국이 왜국의 침략을 받았을 때 내가 응원군을 보내겠다고 했잖나. 그런데 단번에 거절하더란 말이야. 왜 그런 거야? 그래 가지고 전쟁에서 이길 수 있나? 명군은 우리에게도 발리고 있잖나. 나는 지금 명군이지만 명군이 아니야. 여진족의 우두머리야. 그들이 나를 이용하지만, 나 역시 그들을 이용해. 조정이 저렇게 타락한 만력젠지 십력젠지 그 자가 정신없이 술에 취해 편전에 오줌 갈기고, 환관이란 것들은 쥐새끼들처럼 궁에 구멍을 뚫고 금은보화를 빼돌리는데 이걸 기회로 보지 않겠나. 그런 썩은 동아줄을 군신의 나라라고 붙잡고 있으니, 보기에도 한심해. 국경을 맞대고 있는 우리와 손잡아야지."

"그래서 세자 저하의 밀명을 가지고 소관이 왔나이다."

하여간에 중국 상황은 복잡했다. 한 나라에서 내전으로 치달으면서 통일 여진족이 세운 후금과 명나라가 대결 국면으로 치달았다. 여전히 명나라 장수인 누르하치는 그를 출세시킨 명나라 도독 이성량과 싸우고 있는 것이다. 후금 세력은 급속도로 팽창하고 있었고,

누르하치 말대로 명나라 황실은 타락해 갈피를 잡지 못하고 있었다. 정충신이 말했다.

"장군 휘하의 기마부대를 응원군으로 요청하는 바입니다."

"나의 기마부대를 요청한다고?"

"그렇습니다."

"그런데 작년에 우리가 군사지원을 해주겠다고 했을 때는 왜 받지 않았던가. 왜놈들이 쳐들어왔을 때, 지푸라기 하나라도 붙들어야 할 처지에 왜 거절한 거야?"

정충신은 침묵을 지켰다.

"부지깽이 하나 부러뜨릴 힘도 없으면서 거부했지. 조상의 나라라고 해서 도우겠다는 우리 군사를 받지 않겠다니, 호의를 비례로 응답하나?"

"명과의 군신(君臣)관계 때문입니다."

"군신관계? 명나라 눈치를 본 것이라고? 명나라가 파병했지만 조선을 분탕질하고 있더군. 그래, 군신관계 맺어서 혜택을 본 게 뭔가. 세자 책봉에서부터 왕비 간택까지 하나같이 결재를 받지만 돌아오는 게 뭐야? 명은 거들떠도 안 보는데 너희 놈들만 미친 듯이 빠는 꼴 보면 한심해서 못 보겠어. 그게 종놈의 근성 아닌가? 그래, 주권이 있는 나라가 왜 그 모양인가. 도대체 주권국가라고 말할 수 있나?"

"우리는 우리의 법제와 왕도와 예법이 있습니다."

"법제와 왕도와 예법? 그런 사대(事大) 쪼가리 붙들고 앉아서 무슨 예법을 찾아? 에라이, 한심한 것들. 나라의 자존심을 지키는 것이 예법의 기본 아닌가? 왕이나 사대부가 권력 유지 수단으로 그렇게 할 뿐이야. 고명한 명이라는 종주국을 지렛대 삼아 권력 유지하고, 반대파를 척결하고, 기득권을 향유하겠지. 종주국이 허락하였느니 안 하였느니, 편을 갈라 상대방을 제거하는 도구로 삼는 것, 야비한 짓 아닌가? 그런 사대로 무슨 나라라고 할 수 있나. 개인적 영달과 이익을 취하는지는 몰라도 나라는 병신돼버리잖나. 혼이 없는 나라가 무슨 나라라고 할 수 있나. 한마디로 나라 팔아먹는 개자식들이지."

누르하치는 거침없이 말을 쏟아냈다. 분한 감정도 있었던 모양이다. 정충신은 죄인처럼 묵묵히 앉아 있었다.

"나는 조상의 나라인 조선국과 형제국을 맺어서 호상간에 힘을 합칠 것을 생각했지. 내가 제 부족을 통합해갈 때, 때로는 힘에 부쳤고, 때로는 위기에 몰리기도 했다. 그래서 같은 고구려 땅, 발해 땅에서 살았던 형제 족속인 조선의 힘을 빌리고 싶었다. 그런 조선이 왜국에 밀리자 돕겠다고 나섰더니 만인(蠻人)과는 인연이 아니라고 외면해버렸지. 내가 요놈들 두고 보자 했지. 지금 나는 원대한 꿈을 꾸고 여진의 제 부족을 통합했고, 그 여세로 명국을 자빠뜨릴 힘을 비축하고 있는 것이야. 산해관—영원성에 이르는 만리장성을 넘나드는 정도가 되었어. 나의 야망은 곧 현실이 될 거야. 이런 야망의 여진과 힘을 모은다면 조선국은 고토의 종족들과 얼마나 형제국으로서 관계가 좋을 것인가. 그런데 고리타분한 조정 사대부들이 잔명을 다해가는 명나라 부랄 붙잡고 낑낑댄단 말이야. 우리와 동맹 맺으면 훨씬 이익이 많을 텐데 헌신짝처럼 내버리고, 명의 똥구녕만 핥고 있단 말이야. 그런 꼴을 못 보겠어. 그래 썩은 동아줄 섬기니 좋은가? 얻어먹는 것 없이 매년 수십 척의 배에 조공품 갖다 바치고, 조선의 아리따운 여자 갖다 바치는 따위, 그런 군신 관계는 어디에 써먹으려고 하는 것이지?"

"세자 저하의 서찰을 보십시오. 그래서 제가 밀사로 왔습니다."

"내 말 더 들어. 등잔불이나 호롱불이나 그게 그게 아닌가. 헌데 명이 벽제관 전투에서 패배한 후 후퇴 명분을 찾고, 왜장 역시 심유경 간에 화의(和議)가 진행중인데, 왜 그러는 거야? 싸워야지. 왜국이 조선 4도를 명에 제공한다면서? 그러면 나머지 4도는 왜국이 먹겠다는 것 아닌가. 지들 꼴리는대로 생선 토막 내듯이 한다는 건데, 명색 문명국이자 자존심이 있는 조선국이 왜 그런 거지?"

누르하치는 모욕을 주면서 조선 왕실을 조롱하고 있었다.

"왜국은 명국과 화의를 맺고 남쪽으로 후퇴하는데, 그자들이 고분고분 떠나갈 것 같은가? 조선이 대흉년에다 전쟁 중에 농사를 짓지 못했으니 식량 한톨 구하기 어렵기 때문에 본국에서 군량 보급을 받아야 하는데, 그 시간을 벌기 위해 남쪽 해안으로 내려가 힘을 비축한다고 봐. 이런 때 왜군을 밀어붙여야 한다."

누르하치는 조선에서 전쟁이 계속되고, 지원군인 명군이 더 쇠해지기를 기다리고 있었다. 그러면 명의 수도 북경을 치기가 좋다. 전선이 분산되면 이기는 것은 식은 죽먹기다. 그는 화의가 성립되기보다 깨지기를 바라고, 조선반도에서 전선이 더 확대되기를 고대하고 있었다. 그렇게만 되면 2백만 여진족이 1억의 중국을 먹는 것은 시간문제다. 그러나 혹 있을지도 모르는 기우, 즉 조선이 뒤통수를 칠지 모르니 조선과 형제관계를 맺는 것이 중요하다.

누르하치가 다시 말했다.

"조선에 군마 이백 필을 제공하겠다."

정충신의 눈이 휘둥그래졌다. 기마민족인 여진족의 호마는 한결같이 명마들이다.

"왜군이 후퇴해서 순천부터 동해의 울산까지 동·남해안 일대 해안 요충지에 왜성을 쌓고 있다. 히데요시는 명국과의 강화협상을 갖는 한편으로 경상도 해안 일원에 왜성을 쌓고 교두보를 확보하고 있다. 힘이 강할 때는 기동전을 위한 침략 전진기지로, 힘이 약할 때는 지구전, 혹은 진지전을 하기 위한 보루 쌓기다. 이것을 우리의 기마부대가 부숴주겠다."

누르하치가 이어 말했다.

"군마를 구하는 것은 잘한 일이다. 말이 없었다면 칭기스칸이나 조자룡 같은 위인이 나올 수 없었겠지. 우리 말을 가져가되 꼭 비밀에 부쳐야 한다. 무슨 뜻인 줄 알겠느냐?"

"알고 있습니다."

누르하치는 대업을 이루기 위해서는 몸을 낮출 때 낮추고, 숨길 때 숨기고, 힘겨울 때 피해가는 조심성을 갖고 있었다. 그것이 그의 전략 중 하나였다. 아직은 명의 눈치를 살펴야 하고, 주변국을 의식해야 한다. 힘이 커질 때까지는 낮은 자세로 상대방이 안심하도록 해야 한다. 군마를 200마리 지원한다고 해도 기밀에 부쳐야 하는 이유인 것이다.

누르하치의 할아버지 기오창가(覺昌安)와 아버지 닥시(塔克世)가 무모하게 대항했다가 같은 날 똑같이 명군에게 칼맞아 죽고, 어린 누르하치는 포로가 되었다. 패배는 단순히 장수의 죽음만으로 끝나는 것이 아니다. 가족이 몰락하고, 종족이 멸해질 수 있다.

누르하치는 자라는 동안 한을 숨기고 고난을 이겨내면서 가슴속 깊이 복수의 칼을 갈았다. 대업을 이루기까지는 할아버지와 아버지가 죽은 지 35년이라는 장구한 세월이 흘렀다. 기다리며 준비한 끝에 마침내 대업을 이루는 턱밑까지 왔다.

"자, 젊은 조선 손님이 왔으니 대접을 해야지."

누르하치는 별채로 쓰는 게르로 자리를 옮겨 술자리를 마련했다. 정충신은 그의 맞은편에 앉았다. 연령의 차이나 신분의 나뉨이 없이 그는 모두에게 공평하게 대했다. 둘러앉은 막료들과 맨손으로 멧돼지 고기를 뜯고, 북방의 독한 화주(火酒)를 사발째 마시며 와자하게 떠들었다. 누구나없이 시커먼 얼굴에 땟국 흐르는 짐승 가죽옷을 걸친 품이 꼭 산적들 같았다. 이런 것을 보고 한인(漢人)들은 야만인이라고 했는지 모른다. 누르하치는 정충신에게 고향 얘기며, 군인이 된 내력, 부모의 하는 일을 물었다. 그럴 때는 꼭 집안의 삼촌 같았다.

"내 큰아들 추엔과 비슷한 연배니 더욱 반갑군."

화주가 대여섯 순배 돌자 분위기는 더욱 무르익고, 만인(滿人) 특유의 괴성과 거친 동작들이 횃불 아래 일렁였다. 누르하치가 정충신을 이윽히 바라보며 입을 열었다.

"나는 조선에 대해 호의를 갖고 있다. 그런데 조선은 따따부따 재고 따지기를 좋아하더군. 좋으면 좋은 것이지, 좋은 색깔이 무엇이며, 왜 하필이면 그 색깔인가, 그 색깔은 이래서 안 되고, 또 저래서 문제가 있다고 따진다. 그렇게 따져서 어쩌겠다는 건데? 젊은 그대는 나를 알고 있느냐."

"말씀 들을수록 빠지게 됩니다. 위대하신 분으로 알고 있습니다."

"위대하다는 말은 아무것도 모른다는 말이다. 구체적으로 말하라."

"세계사적 흐름을 아시는 분입니다."

"그래? 너는 알지만 조선은 모른단 말이다. 흐름을 모를 뿐만 아니라, 나의 철학이 무엇인지 알려고 하지 않는다. 만족(蠻族)이라는 선입감으로 편견부터 갖는단 말이다. 무식하고 무지하고 짐승같이 산다고…. 그건 명국이 만들어 놓은 선전 모략일 뿐이다.”

그러면서 조선에 대해 다음과 같이 평가했다.

“조선의 사대부는 공자맹자 몇 줄 외운 것으로 권세 잡고 떵떵거리더군. 그게 임진왜란을 부른 거야. 세상이 어떻게 돌아가는지 이치를 알아야 하는데 여전히 문자 몇 개 아는 것으로 지배력을 행사해. 공리공담에 무능이 몸에 배었어. 지네들이 잘못 저질러놓고 백성에게 책임을 전가하는 뻔뻔스런 자들이야. 우리 여진족을 오랑캐라고 무시해. 여진이 천조(天朝: 명나라)를 갈아엎고 중원의 주인이 되어가는 현실을 모르고 있어. 망해가는 명을 대신한다고 소중화(小中華)를 부르짖어. 명이 지향하는 유연한 성리학과도 충돌하면서 말이다. 경직되고 굳은 신념의 독단에 빠져있을 뿐, 나라를 위한 어떤 대안도 없어. 내 세력권에 들어오면 어떤 오류를 범해도 옳고, 남의 옳은 생각도 내 파가 아니면 사악하다고 부정해. 나도 글깨나 익혀서 알지만, 사물은 유연성의 성질을 갖고 있지. 세상 만물은 불변의 원칙이 깨지는 것이 원칙이야. 수정되고 보완되어 시대에 조응해 완결되어가는 과정이야. 그런데 만고불변의 진리인 양 굳어버린 낡은 걸 붙들고 있어. 지배층만이 아는 암호문자 같은 것을 씨부리며 백성 위에 군림하며 선민의식에 젖어있단 말이야. 조선의 성리학적 질서와 세계관이 도대체 뭔가. 왕과 대비가 죽었을 때 상복을 몇 년간 입을지를 놓고 패로 나뉘어서 피를 부르는 싸움이 학문의 본질인가? 남녀 균분 상속이나 여성의 재혼을 제한하고, 여인이 불한당에게 억울하게 겁간을 당해도 정조 운운하며 여자를 처벌하는 것이 예를 중시하는 성리학인가? 상놈은 영원히 상놈이되 돈을 주면 면천해주는 것이 성리학의 질서인가? 이것을 지배세력이 농단하는데, 그런 세력 또한 둘로, 셋으로, 다섯으로 쪼개져서 나라를 분탕질하고 있더군.

백성들은 다 죽어가는데 신주단지 모시듯 자왈(子曰) 어쩌면서 노는 꼴 보면 한심한 생각이 다 들어. 집어먹기 딱 좋게 굴러가고 있어. 나는 대명과 겨루지만, 그러다 큰 코 다친다."

정충신은 입을 굳게 다물었다. 그의 거침없는 말이 놀랍기도 하려니와 조선의 속속들이를 너무도 환히 들여다보고 있는 것이 혀를 내두르게 했다. 외모에 어울리지 않게 높은 지식을 갖추고, 조선의 사정을 물속 들여다보듯 꿰고 있는 것이 두렵기까지 했다.

누르하치가 조선에 대해 적나라하게 알게 된 것은 김풍달이라는 조선의 궁인(宮人) 때문이었다. 선조가 의주로 도망갈 때 궁인 김풍달도 행렬의 뒤를 따랐다. 왜군이 어느 결에 평양성을 넘어 영변 자락까지 왕을 호종하던 예조판서 이덕형이 명국에 구원병을 청하자고 긴급 제의했다. 이 의견이 받아들여져 이덕형이 청원사가 되어 명나라로 건너갔다. 이때 김풍달이 여러 종자(從者) 중 하나로 이덕형을 수행했다. 육로를 통해 산중을 가는데 김풍달이 숲속에서 대변을 보았다. 그때 매복한 누르하치 군대에 생포되고 말았다. 그렇게 포로가 되었으나 지금은 그의 핵심 막료로 변신했다.

"김풍달에 따르면, 조선왕조 200년 정치 중 가장 나쁜 제도가 신분제라고 하더군. 백성을 갈가리 찢어놓는다고 했어. 한번 종놈은 자자손손 영원히 종놈이라니, 그 말 맞나?"

"사실이 아닙니다. 저도 신분상으로 낮은 계급이지만 이렇게 군관이 되었습니다."

"너는 사람 잘 만나 성공한 예일 거고, 대개는 그럴 것이다. 조선에는 왕족 양반 평민(상민) 중인 천민 중 평민 이하가 9할이요, 1할이양반이라더군. 1할의 양반 계급이 부의 9할을 차지하고, 9할의 백성이 1할의 재산으로 서로 가난하게 살아가는 부의 편중현상, 이런 불평등한 땅에서 사는 것이 지긋지긋하다고 김풍달이 건주여진에 귀순한 것이야. 수렵생활을 하고, 싸움터에 나가 싸워도 평등하게 고루 편안하게 먹게 되니 행복하다고 했다."

"그는 배신자올시다."

"배신자라니? 나뉨이 없이 고루 배 따뜻하게 사는 것을 인생의 가치로 아는 인생관이 다르겠지. 그는 지금 산해관의 매복작전에 투입되었다. 며칠 후, 군사 이끌고 이곳으로 올 것이다. 명군의 침공에 대비해야 한다."

"여진족은 취한 물건을 골고루 나눈다고 했나요?"

"그렇다. 약한 자를 뜯어먹고 발라먹는 조선과는 완전 다르다. 너희처럼 둥궈(중국) 후장을 빠는 사대가 아니라 맞장뜨는 종족이라니까. 전리품을 나누니 흩어진 부족들이 모여들어 단합하고 있다. 장수나 병사나 크게 다르지 않다. 그러고 보니 조선이란 나라가 만족(蠻族) 같군. 하하하."

정충신은 모욕감을 느꼈지만 틀린 말이 아니었기 때문에 조용히 새겨들었다. 누르하치 곁에서 술만 먹던 막료장 오쿠타이가 끼어들었다.

"나도 한마디 하겠소. 조선왕조 200년을 보니 사소한 차이로 피터지게 싸우고, 술수정치 배신정치, 매관매직, 양반 상놈 차별적 신분제, 상놈 중에서도 관노 사노 천인, 이들 천인은 또 보부 노비 광대 백정 기생 악공 승려 무당 상여꾼 천장인(賤匠人) 망나니, 수도 없이 차별하는 것 보고 놀랐소이다. 여자는 관기 애첩 소첩, 그중 세습까지 된다고 하니 살 곳인가. 성을 착취하면서 양반끼리 나눠 갖고, 나이들어 쓸모가 없어지면 폐기처분하고, 그러면서 살림 도구 하나 마련해주지 않고 개밥그릇 차듯 한다면서? 이렇게 사람을 똥값으로 취급하니 그게 과연 예법의 나라라고 할 수 있나? 상놈의 나라지."

술기운인지 오쿠타이는 스스로 흥분하고 있었다. 남의 일을 자신의 일인 양 방방 뜨는 것은 오랑캐 족속 특유의 성깔이었다.

"김풍달은 조선왕조 밑에서 밥벌어 먹는 것이 창피하다고 했네. 우리에게 합류한 것이 정말 행운이라고 했지. 그대도 나에게로 오지 않겠나? 사람 사는 세상에 사는 것은 인간의 가장 기본적인 욕구가 아닌가."

누르하치가 말하고 이었다.

"나는 내 조상이 고구려, 발해인이라고 여겨왔지. 그래서 조선에 대해 많은 애정을 가졌다. 하지만 안타까웠어. 성리학을 지배 이념으로 하여서 건국했다고 하나 왕도정치의 폐습과 중국과의 사대 관계 유지가 이상적인 정치 체제로 보고 있어. 독자적인 길이 있는데 스스로 굴종하는 길을 가는 거야. 주체성을 스스로 반납하고 사는 인간이야말로 쓸개없는 인간이지. 그리고 건국하면서 왜 최영 장군의 북벌을 지지하지 않나. 그랬다면 우리도 자랑스런 조선의 후예로서 요동땅을 떵떵거리며 살았을 것 아닌가. 그런데 속국으로 스스로를 가둬서 주권을 포기하고, 고구려 발해의 웅비를 폐기해버렸어. 그랬다면 나도 그 일원이 되었을 텐데 말이야. 그런데 그로부터 200년간 기회주의자만 살 판이 났어. 조선 왕국의 망국은 거기서부터 시작된 것이야."

오쿠타이가 나섰다.

"우리 여진 땅에도 들어오는 조선 사람이 많소. 우리는 이삭줍듯 그들을 맞아들이고, 그렇게 해서 우리가 명군, 왜군의 동태를 빠삭하게 파악하게 된 근거가 되었소."

"어찌 그리 잘 아누?"

누르하치의 처남 용타이가 물었다.

오쿠타이가 날카롭게 눈을 빛내며 말했다.

"척후장으로서 변경을 드나들며 정보를 많이 입수했지. 장군, 그들이 명과 짜고 우리를 토벌하러 올지 모릅니다. 어버이 나라를 넘본다고 우리를 아작내려 올 가능성이 있습니다."

"그럴 일은 없을 것입니다."

정충신이 분명하게 답했다.

"왜 그렇다는 것인가."

누르하치가 물었다.

"소관이 군마를 지원받으러 온 처지에 적을 하나 더 만든다는 것은 논리적으로 앞뒤가 안 맞지요."

"조선 사대부라면 능히 그럴 만한 놈들이지."

"아닙니다. 소관이 여기 온 것만으로도 화친의 증표가 되는 것입니다. 광해 세자의 정신이 그렇습니다."

조명(朝明) 간에는 군신관계, 혈맹관계를 맺고 있지만, 그렇다고 여진과 척을 질 수 없다는 것이 광해의 뜻이었다.

"딴은 그렇다. 우리와 화친해야 한다. 하지만 말로만 화친을 말하면 믿을 수 없다. 실질적인 화친의 근거를 대라."

"실질, 좋은 말씀입니다. 소관이 조선의 옥수수 씨앗과 감자 씨앗을 가져왔습니다. 여진 땅은 박토인데 기존의 품종으로는 생산을 증대할 수 없습니다. 그래서 품질좋은 조선의 감자와 옥수수를 가져왔는데, 심으면 식량 문제가 개선될 것입니다."

누르하치가 만면에 웃음을 띠었다.

"좋은 생각이다. 우리는 수렵으로 육류만 먹고 사니 한결같이 치아상태가 좋지 못하다. 찰옥수수와 하지 감자를 재배해 수확하면 식생활이 개선되고, 치아 상태도 나아지겠지. 실질 중에서도 상급이로다. 그대의 깊은 뜻을 헤아리겠다. 그대나 광해는 생각이 다르구나. 우리 군에 합류하면 어떻겠느냐.”

“돌아가야지요. 대신 용호장군의 군사지휘법을 배워가려고 합니다.”

“내 군사철학은 깊은 것이 아니다. 군자부구 십년불만(君子復仇 十年不晩)이다. 무슨 뜻인지 알겠는가?”

“군자의 복수는 10년 뒤에 해도 늦지 않다, 그런 뜻 아닙니까.”

“맞다. 군자의 뜻은 길게 보고 멀리 가는 것이다. 흔들리지 말고 일관성 있게 밀고 가야 한다. 여진족은 오랫동안 한족으로부터 멸시를 받은 변방의 족속이었다. 그런 모멸이 당연한 것이, 여진족은 중국의 분열정책에 놀아나고, 단결하지 못한 채 내부자끼리 서로 헐뜯고 싸우고 죽였기 때문이다. 하등 종족일 뿐이었다. 그런데 내가 통합해 힘을 길렀다. 여진의 팔기(八旗) 아래 모이니 힘이 솟구치고 있다. 이 힘으로 명나라를 부술 것이다.”

“조그만 부족이 1억 명이나 2억의 명을 친다는 것, 무모하지 않습니까?”

“만력제라는 명 황제가 너의 군왕과 비슷하게 무능하거든, 하하하.”

“거기에 저희 상감마마를 끼워넣는 것은 온당치 않습니다.”

“그렇지 않다. 조선 왕이란 자가 백성을 버리고 달아났다면 끝판 왕이다. 도망가면서 건너온 나룻배를 불사르고, 민가를 다 불태워버렸다면서? 그런 못된 왕이 어디 있나? 도성을 사수한다고 해놓고 몰래 도망가버린 자가 왕이라고? 그런 왕은 나중에도 필히 나올 것이다. 나쁜 유전인자는 질기게도 사라지지 않고 이어지거든. 누가 그를 나라의 어른이라 부르겠나?"

막료장 오쿠타이가 받았다.

"왕이 한양을 빠져나가던 날 밤 비가 억수로 쏟아졌는데, 그때 많은 궁인들이 강물에 휩쓸려 떠내려 갔다고 합니다. 피란 도중에 아랫것들이 몇날 며칠씩 굶고 있는데도 왕은 새우 눈알을 뽑아 만든 젓갈을 가져오라고 성질 부렸다 합니다."

"그건 헛소문입니다."

정충신이 부정했다. 그건 너무 나간 것이고, 모함이고 음해다. 실체가 보이지 않으면 잔영이 크게 보이는 것일까, 헛소문이 사실처럼 부각되고 있었다. 물론 그런 왕이 섭섭했을 것이다. 그래서 백성들이 분개해서 궁을 불질렀을 것이다.

"내 일찍 싹수를 알아보았다. 좋은 이웃은 살붙이보다 가까운 법, 하지만 조선 왕은 틀렸다. 세자 광해에게 왕위를 물리고 은퇴하는 것이 낫지 않을까?"

직접 광해의 밀명을 받고 왔으므로 정충신이 정중히 받았다.

"그 말씀은 저희 세자 저하를 죽이는 일입니다. 세자 저하를 너무 모르고 하신 말씀입니다."

"모른다고? 익히 알고 있다."

누르하치는 광해의 기다림의 미학을 자신의 '군자부구 십년불만'(君子復仇 十年不晩)과 결부시키고, 그것으로 그의 됨됨이를 가름하고 있었다.

왜란이 터지자 두만강 변경까지 진출해 진을 살피며 광해가 군사를 조련하는 모습을 보았다. 누르하치는 어느날 광해의 도감군에게 군량과 마초(馬草)를 제공했나. 2만 군사를 구원병으로 보내겠다는 호의도 베풀었다. 그러나 조선 사대부에 의해 그것은 거부되었다.

어버이 나라를 위협하는 야인의 도움을 받는다는 것은 조선의 예법에 어긋난다고 반대했다. 얼어죽을망정 도둑의 쌀을 얻지 않는다는 명분론이다. 그들은 민생 도둑을 국가침략 기도로 오인했다.

"조선왕 휘하의 백관들은 여진족을 숫제 날강도 취급을 하더군. 좀도둑을 국가 침략자로 과대포장해 거부해. 조선 땅에도 좀도둑이 없나? 어려움에 처한 조상의 나라를 돕겠다는 선심 어린 호의를 또 노림수가 있다고 거절해버리니 한심하였지. 싸움에는 전략적 지혜가 있어야 하는 법이거늘….""

누르하치는 미래를 심자는 뜻으로 광해가 옥수수 씨앗과 감자씨 앗을 선물로 보내온 것을 고맙게 여겼다.

"내일은 종마장으로 가야 하니 잠자리에 들자."

"자, 기상하라. 출발이다."

다음날 일찍 누르하치가 큰 소리로 변경 진중을 흔들었다. 그렇게 술을 마시며 와자하게 밤을 새우고도 누르하치는 언제 그랬더냐 싶게 먼저 자리에서 일어나 막영지를 돌고 있었다.

조반을 마치자 누르하치가 정충신에게 건장한 말을 내어주더니 말에 올라 앞서 달리기 시작했다. 젊은 그가 따라붙기에 힘에 겨울 정도로 누르하치는 일도 쾌주했다.

누르하치는 40을 바라보는 나이였다. 하루 저녁에 처첩 여덟을 모두 다구리했다니 힘 하나는 절륜한 호걸이었다.

갈대밭이 우거진 강기슭을 지나고 야트막한 야산을 넘자 끝이 보이지 않는 대평원이 나타났다. 평원의 끝자락에 군마생육장 겸 훈련소가 있었다. 종마소(種馬所)에 이르자 금빛 모자를 눌러쓴 젊은 청년이 달려왔다. 모자를 벗는데 앞머리는 칼로 밀었고 꽁지머리를 하고 있어서 흡사 금방 깐 생율 같은 모습이었다.

"인사하거라. 조선국의 군관이다."

"환영합니다. 나는 아이신기오로 추옌이요. 한자로는 저영(楮英)이라고 하고요. 아버님의 첫째 아들 올시다."

말 한마디 한마디가 똑부러졌다. 그는 아버지를 닮아 가슴이 벌어진 장골에 미남이었다.

"말들은 잘 건사하고 있느냐?"

"지금 발정기라 암컷들을 종마에게 접붙이고 있습니다."

"씨앗이 좋아야 한다. 그래야 좋은 말을 얻지."

"접붙이는 것도 지겨워서 이거….."

추옌이 시큰둥한 반응을 보였다.

"여기 조선의 정충신 군관이 옥수수와 감자 씨앗을 가져왔다. 품종이 좋으니 들판에 심어서 식량을 많이 낼 수 있을 것이다. 좋은 종마와 다르지 않을 것이다."

"선물이라면 금덩어리 아닙니까?"

"금덩어리보다 낫다. 무릇 씨앗은 생명의 근원이요, 우리 부족에게는 일용할 양식이다. 너는 그 깊은 뜻을 헤아려야 한다."

"그래도 금붙이가 현금성이 있잖아요."

두 부자의 대화가 겉돌고 있었다. 하긴 누르하치는 무슨 이유로인지 추옌을 종마소로 쫓아버렸다. 누르하치가 전방에 가 있는 사이 추옌이 누르하치 첩의 방에 들어갔다는 소문이 돌았다.

아비의 첩이니 그의 어머니 아닌가. 건주여진 하나만도 한반도 이상 땅이 넓고, 근래에는 해서여진까지 합병했으니 한반도 두세 배의 땅을 가졌다. 누르하치는 정실을 전장에 데리고 갈 수 없어서 처첩을 전장마다 두고 욕망을 채우는데, 그 사이 아비의 여자를 손댔다는 것이다. 오랑캐들은 성이 문란한 풍습 때문인지 고만고만한 부족 간에 처첩을 나누고, 정략 결혼을 하고, 또 죽은 아버지나 삼촌, 형의 처첩을 물려받아 데리고 사는 경우가 많았다. 호색한이기 때문에 그런다기보다 처첩을 먹여 살리는 방편과, 자신의 권위를 내세우는 수단으로 행하는 방식이었다.

패배한 적장이나 족장의 처첩을 전리품으로 챙겨서 부하들에게 나눠주는 경우도 있는데, 이렇게 해서 어떤 장수는 처첩이 백오십 명이나 되었다.

군주 내실엔 복진(福晉) 제도를 두어서 처첩을 계급적으로 구분해 신분을 가렸다. 왕족의 정실부인, 즉 적처를 적복진이라 하고, 명문가의 여식을 첩으로 데려오는 경우, 미안해서 예우하는 측면에서 측실, 즉 측복진으로 부르고, 비정상적 처첩을 서복진이라고 불렀다.

물론 천첩도 있으나 서로 경쟁을 붙여 신분상승의 기회를 준다. 이러다 보니 정실인 복진도 여러 명이 되었고, 측복진은 기십 명이었다. 신분 상승은 대개 요기(妖氣)가 뛰어나고 잠자리가 절륜한 젊은 처첩이 차지하기 마련이었다. 늙고 한물간 적복진, 측복진은 이름만 가졌을 뿐 현역에서 은퇴한 경우와 똑같았다.

추옌은 어렸을 때부터 전쟁터에서 살았고, 언제나 피바람을 몰아온 용맹한 전사였다. 올해 나이 열아홉인데 몇 달 전 1천의 병사를 이끌고 다른 부족을 무찔러 대승을 거두었다. 누르하치는 그에게 홍파도로라는 칭호를 내렸다. 홍파도로는 만주어로 '놀라운 용사'라는 뜻이다.

그런 전과 때문인지 안하무인으로 동생들을 패고, 챙긴 전리품을 독식하고, 그러면서 아비의 애첩이자 여진 최고의 미녀 동가(당예혼)를 찔벅거렸다. 다혈질에 거친 성품인 그가 강압적으로 두 번째 어

머니를 연인으로 여기고 밤을 즐겼다? 용서할 수 없다. 그래서 주마
(走馬) 거리로 한나절쯤 되는 종마소 겸 군마훈련소로 쫓아버린 것이
다. 더 까불면 이제 목숨을 내놓아야 할 것이다. 장남이고 나발이고
없다. 그런데도 물정 모르고 대드는 꼴 보면 누르하치는 한심스러워
서 속으로 혀만 끌끌 찼다.

"말 이백 필 준비해라."

"네?"

추옌이 무슨 말이냐는 듯이 물었다.

"준비하라면 준비하렷다!"

"어렵습니다."

추옌이 단박에 거절했다.

"뭐라고?"

"지금 말들이 모두 발정기인데 교접을 붙여야 하고, 상당수의 암
말들은 지금 임신 중입니다. 내년에는 배의 말이 생산되지요. 그때
까지 움직일 수 없습니다."

그때 둘째 아들 다이샨이 말을 타고 달려왔다.

"왜 왔느냐."

누르하치가 물었다.

"승전보를 알리러 왔는데 아버님께서 군마소로 가셨다기에 달려
왔나이다."

"잘했다. 나는 언제나 이기는 자를 우대한다."

"이겨봐야 부족 열댓 명 죽이고 온 것 아니겠소?"

추옌이 시큰둥한 반응을 보였다. 추옌과 다이샨은 한 뱃속에서 한
살 터울로 나왔지만 성격도 다르고 하는 행동도 달랐다. 추옌이 아
버지를 그대로 빼닮아 거칠 것없는 용맹성과 직선적이고 돌발적인

성격이라면, 다이샨은 행동에 앞서 생각을 하는 신중한 성격이었다. 다이샨은 형과 아버지가 말 문제로 다투고 있는 것을 보았다. 다이샨이 누르하치에게 제안했다.

"아버님, 통화 북변 마을을 공략하면서 상당량의 노획물을 확보했습니다."

"어느 만큼 되느냐."

"노비 팔십에 부녀자와 아이들 백, 그리고 말 백오십 두입니다."

"그러면 그중 쓸만한 것으로 골라서 백 두를 이 젊은 군관에게 주거라. 나머지는 내 진에서 주겠다. 조건은 없다."

두 아들의 태도를 보고 누르하치는 둘의 사람 됨됨이와 효성을 가늠했다. 큰 아들 추옌은 어려서부터 전선을 따라다니며 거친 용맹성을 보여주었지만, 그것이 전부였다. 장남이라 후계자의 가장 유리한 조건을 갖추었으나 덕이 부족해 아비의 욕심을 충족하지 못했다. 탐욕적이고 거칠고 안하무인이다. 나중 칸이 되어서 권력을 휘두를 적에 피를 부르지 않을 날이 없을 것이다. 벌써부터 아비의 처첩에 눈독을 들이는가 하면 동생들을 두들겨 패니 걱정스러웠다. 장자는 포용적이고 어른스러워야 한다.

추옌은 어렸을 적에는 착했다. 그런데 후계자가 된다는 것이 소년 시절부터 인정되었기 때문에 다른 패륵과 대신들이 그에게 충성했다. 그것이 잘못된 길로 인도했다. 벼는 익을수록 고개를 숙인다는데, 반대의 길로 갔다. 기고만장에 안하무인이었다. 누르하치는 기회를 엿보고 있었다. 그의 비행이 더 이상 걷잡을 수 없을 때 칠 요량이었다. 때가 무르익을 때까지 기다리는 것이 그의 치세술(治世術)이었다. 자식과의 관계도 엄연한 권력 관계다.

"조선의 왕세자가 특별히 우리한테 지원을 요청한 바, 고마운 일이다. 우리가 3만 병사를 지원하겠다고 했을 때 거절한 것에 비하면 얼마나 발전된 태도인가."

당장에 추옌이 반발했다.

"조선은 장차 명과 함께 우리를 칠 것입니다. 명과 합세해서 왜국을 물리친 다음 우리를 격퇴하려고 할 것입니다. 그들에게 무기를 지원하다니요?"

"추옌, 해야 할 말과 하지 말아야 할 말이 있다. 미리부터 전략을 말하면 뭐가 되겠느냐. 어리석은 놈."

"새끼를 낳은 다음 불려서 주어도 늦지 않습니다."

그에 대답하지는 않고 누르하치가 정충신을 향해 말했다.

"앞서도 말했지만, 이건 철저하게 비공식으로 주는 것이다. 어떤 기록에도 남기지 마라. 우리 기록에도 남기지 않을 것이다. 그대는 나를 만나지 않았다."

누르하치는 이 말을 남기고 말을 타고 떠나버렸다.

정충신은 다이샨을 따라 말을 달렸다. 다이샨이 정벌한 부족마을은 압록강 상류 관마산성이 길게 뻗어있는 통화였다. 칭허, 지안을 거쳐 압록강을 건너면 우리 땅 만포였다. 거리로는 이백여 리 남짓이었다.

"말을 끌고 가는 법을 알겠지?"

다이샨이 고을의 양마장에 이르자 정충신에게 물었다.

"그야 주면 안고라도 가겠다."

"욕심으로 되는 게 아니야. 요령이 있지. 발정을 한 암말들을 앞에 세워라. 지금이 한창 발정기다."

그런 말 다루는 법을 정충신도 이미 알고 있었다. 첩실 하양 허씨의 말을 듣고 평양성에 이른 길목에서 탐악질하던 명나라 사신의 말을 그런 식으로 잡아버린 경험이 있었다.

"나는 네가 좋다. 우리 친구로 하자."

다이샨이 제안했다.

"친구로 하자니 내가 더 고맙다."

"하지만 우정은 하루아침에 깨지는 수가 있다. 우정이라는 것은 깨지라고 있는 거야. 서로 잘 가꾸어야 한다."

"그러니까 겉만 보면 안 되지. 사랑은 겉만 보고도 가능하지만 우정은 그렇지 않아. 그래서 우정은 키 작은 감자나무라고 하지 않나."

"감자나무?"

"그래. 감자나무는 겉으로는 볼품없고 빈약해보이지만 그 뿌리는 굵고 튼실한 열매를 맺거든."

"야, 너 어른스럽다. 나는 싸움만 했을 뿐, 문자를 잘 모른다. 네가 너의 나라 변경에서 복무했으면 좋겠다. 자주 만나게."

"나도 바란다."

실제로 정충신은 몇 년 후 함경도 최북단 조산보 만호 발령을 받았다. 조산보 만호는 이순신 전라좌수사가 복무했던 곳이다. 녹둔도를 관할하는데 야인여진이 활개를 치는 곳이었다. 녹둔도는 오늘날로 치면 러시아 땅으로 편입된 곳이다.

— 3권에 계속

깃 발 ❷
― 충무공 금남군 정충신 ―

초판 1쇄 발행 2021년 1월 25일

지은이   이계홍
펴낸이   윤형두 · 윤재민

펴낸곳   종합출판 범우(주)

등록번호   제 406―2004―000012호(2004년 1월 6일)
         (10881) 경기도 파주시 광인사길 9―13 (문발동)
대표전화   031)955―6900, 팩스 031)955―6905

홈페이지   www.bumwoosa.co.kr
이메일   bumwoosa1966@naver.com

ISBN 978―89―6365―305―1 04810